英国王妃の事件ファイル⑧

# 貧乏お嬢さま、ハリウッドへ

リース・ボウエン　田辺千幸 訳

Queen of Hearts

by Rhys Bowen

コージーブックス

JN133916

QUEEN OF HEARTS
(A Royal Spyness Mystery #8)
by
Rhys Bowen

# 謝辞

支援と友情とバウチャーコンのゲームショーで楽しいひとときを共に過ごせたことへの感謝を込めて、本書をJungle Red Writersの友人たち——ハリー・エフロン、フィリッピ・ライアン、デボラ・クロンビー、ジュリア・スペンサー＝フレミング、ルーシー・バーデット、スーザン・イーリア・マクニール——に捧げます。

本書に登場するハリウッドの人間のひとりに名前を貸してくれたバーバラ・キンデルに、心からのお礼の言葉を。

素晴らしい編集者であるジャッキー・キャンター、いつもそばにいてくれたエージェントのメグ・ラリーとクリスティーナ・ホグレブ、あとおしてくれたファンの方々、そして例によって原稿に磨きをかける手助けをしてくれて、ドライブに連れ出してくれて、カリフォルニアで一番のコーヒーをいれてくれるジョンにありがとうと言わせてください。

貧乏お嬢さま、ハリウッドへ

## 主要登場人物

ジョージアナ（ジョージー）……………ラノク公爵令嬢
クイーニー…………………………………ジョージーのメイド
ダーシー・オマーラ………………………アイルランド貴族の息子。ジョージーの恋人
ベリンダ……………………………………ジョージーの学生時代からの親友
クレア・ダニエルズ………………………ジョージーの母親
プリンセス・プロミーラ…………………カミールのマハラジャの令嬢
ディグビー・ポーター……………………英国産業開発庁の長官
ミルドレッド・ポーター…………………ディグビーの妻
サイ・ゴールドマン………………………ハリウッドの興行主。映画監督
ヘレン・ゴールドマン……………………サイの妻
ステラ・ブライトウェル…………………女優。サイの愛人
ホアン・ド・カスティーリョ……………スペイン人。新人俳優
アルジー・ブロックスリー＝フォジェット……イギリスの貴族
タビー・ハリデイ…………………………新聞記者
バーバラ・キンデル………………………ゴシップ欄のコラムニスト
チャーリー・チャップリン………………有名俳優
クレイグ・ハート…………………………有名俳優
ロニー………………………………………サイのアシスタント

# 1

## キングスダウン・プレイス　アインスフォード　ケント
## 一九三四年七月九日　月曜日

愛しの日記帳：気持ちのいい一日だけれど、まったくすることがない。退屈で死にそう。

きれいに手入れされた芝生に大きく枝を広げた栗の木の下で、わたしは白い籐の椅子に座っていた。背後にある湖は二羽の白鳥がときおり小さな波を起こす以外は鏡のように凪《な》いでいて、そこにはアインスフォード公爵の屋敷であるキングスダウン・プレイスの堂々とした胸壁がくっきりと映しだされていた。目の前にはティー・テーブルが置かれ、キュウリとスモークサーモンのサンドイッチ、イチゴとクリーム、エクレア、ビクトリア・スポンジ、プチ・フール、スコーンとクロテッド・クリームがところせましと並んでいる。これ以上望むべくもない完璧な午後だった。めったにない美しいイギリスの夏の日で、聞こえるのは薔薇のあいだを飛びまわる蜂の羽音、遠くから響いてくる芝刈り機のカタカタという音、村で行われているクリケットの試合でボールを打つバットの音だけだった。

わたしは長々とため息をついた。のどかな一日に満足するべきなのに、実を言えば退屈以外のなにものでもない。告白してしまうと、王家の一員であるというのはそれほど簡単なことではないのだ。たとえば、王家の親戚や頭のいかれた求婚者や死体と対峙したときに背筋をしゃんと伸ばし続けているのはなかなかに難しいし、一日じゅうなにもせずにいるのはもっと大変だ。毎朝ウォータールー行きの八時二〇分発の列車に乗らなければならない人たちが、わたしたちの暇な暮らしをうらやんでいることはわかっているけれど、はっきり言ってわたしたちの生活のほとんどの時間は退屈との闘いだ。わたしはなにか役に立つことがしたかった。できればお金も稼ぎたい。けれど本を頭に乗せて歩くときのコツや、ディナーパーティーでは司祭さまにどこに座っていただくかといったことくらいしか学校で学んでいない若い女性に仕事などなかった。わたしがウールワースのカウンターでレジを打ったり、リオンズで紅茶を給仕したりしていることを知れば、当然ながら王家の親戚はいい顔をしないだろう。そもそもこんな大不況のなかでは、様々な資格を持っている人間ですらそれなりの報酬を得られる仕事を見つけるのは難しい。

本来であれば、時代遅れの王家の血筋を絶やさないために（無政府主義者に暗殺されるというリスクを負いつつ）、大陸のどこかの王子と結婚するというのがわたしの果たすべき義務なのだが、いまのところ、頭のねじのゆるんだ王子たちからは、かろうじて逃げることができている。わたしが結婚そのものに否定的だと思われているといけないので言っておくと、結婚相手の候補者はちゃんといる。けれど彼はわたし同様貧乏で、今後お金持ちになる見込みもない。どうにも希望の持てない状況だ。

そういうわけでわたしは、同じような立場にいる若い女性が夫を見つけるまでしていることをしている――食事と田園地帯の散歩と狩りという、時たまのうっぷん晴らしだけが区切りの長い空っぽな日々に耐えているのだ。イギリスの天気はたいていうんざりするほど陰鬱なので、本を読んだりジグソーパズルをしたり手紙を書いたりつぎの食事までの時間を数えたりして過ごす時間は長かった。

数カ月前、最近になって見つかったアインスフォード公爵の跡取りが上流社会に溶けこめるように手助けをしてほしいと頼まれたときには、今回は運が巡ってきたと思ったものだ。アインスフォード公爵の邸宅であるキングスダウン・プレイスは、貴族のお屋敷はこうあるべきだという見本のような家だった。豪華で、優雅で、見事な庭と立派な馬がいっぱいいる厩《うまや》があり、食事のたびにぜいたくな料理が次々と運ばれてくる。キングスダウン・プレイスには、世間の不況を感じさせるものなどかけらもなかった。けれど、思惑通りにことは運ばなかった。殺人事件が起きたのだ。事態が収束したあとも、わたしは公爵未亡人を慰めるという義務を果たすため、この地に残った。わたしの乳母と家庭教師は義務にはひどくうるさくて、ラノク家の人間は王冠よりも義務を重んじなければならない（もしわたしが王冠を持っていたら、そちらのほうを重んじると思う）と、わたしはよちよち歩きのころからいやというほど叩きこまれて育った。そういえば、わたしはレディ・ジョージアナ・ラノクでジョージ国王の親戚だと話したかしら？

正直な話をすれば、ダーシー・オマーラ——いつか結婚したいと思っている人——がいっしょにいてくれたときには、その義務もさほど苦痛ではなかった。けれどダーシーは長期間、ひとところにいたためしがない。根っからの冒険家で、常に地球のどこか遠いところでなにかわけのわからない任務についている。そんなわけで、彼がいなくなり、アインスフォード一家の若いメンバーも散り散りになると、わたしは公爵未亡人と彼女のいささか常軌を逸したふたりの妹と数十人の使用人と共に、この豪勢なお屋敷に取り残されることになった。母がそんなわたしの救出にやってきてくれたのは、変化と若い仲間を渇望していたときだった。母を知らない人のために言っておくと、彼女はいわゆる母親らしいタイプからはほど遠い。

その日の午後、三人姉妹と共に芝生の上でお茶をいただいていたとき、エドウィーナ公爵未亡人が口に運びかけていたティーカップを途中で止めて言った。

「私道を自動車がやってきているようですね。妙だこと。いったいだれでしょう？」

「お客さまの予定はありませんでしたよね？」妹のシャーロット・オロフスキー王女は、私道がよく見えるように座ったまま向きを変えた。「わたくしの魂の導き手はなにも言っていませんでしたけれど」（オロフスキー王女は降霊術に夢中だった）

「来客があってもいいころよ」末の妹は品行方正とは言い難く、ヴァージニアという名前にまったくふさわしくなかった。「みんながいなくなってから、なにひとつ面白いことがないんだもの。かわいそうに、若いジョージアナは退屈と欲求不満で死にそうになっているはずよ。それはわたしもだけれど」

「とんでもない。そんなことはありません」わたしはあわてて嘘をついた。

エンジンの音が大きくなってきた。黒い車が視界に入ってくると、エドウィーナはティーカップをおろして柄付き眼鏡《ローネット》を手に取り、木立ちの合間に目を凝らした。流線形で車体の低いオープンタイプのスポーツカーで、かなりのスピードを出している。車が近づいてくるにつれ、心臓の鼓動が速くなった。ダーシーだろうか？　外国での任務を終えて、わたしをここから連れ出しに来てくれた？

けれどハンドルを握っているのがダーシーではないことが、すぐにわかった。小柄で帽子をかぶっておらず、金色の髪が風になびいている。その人物がわたしたちに気づいて砂利をはね飛ばしながら車を止めたところで、わたしはようやくそれがだれであるかを見て取った。

「いったいだれなんでしょう？」エドウィーナが口を開いた。

「わたしの母です」真っ赤なスラックスと白いホルターネックのトップスという格好のほっそりした女性が車から降りるのを見ながら、わたしは答えた。顔の半分が隠れるような大きなサングラスをかけ、風にさらされていたにもかかわらず、その装いは少しも乱れていなかった。母はわたしたちに手を振ると、厚底のエスパドリーユを履いた足元をふらつかせながらこちらに近づいてきた。

「ようやく見つけたわよ、ジョージー」世界中の芝居好きな人たちを楽しませてきた、よく通るあの声で母が言った。「さんざん探したのよ。ラノク城に電話をしたけれど、あなたのお兄さんは居所を知らなかったし、数カ月前までいっしょに滞在していたロンドンのあの家にもいないし。がっかりしていたら、ゆうべクロックフォーズであなたのお友だちのベリンダとばったり会ったのよ。アインスフォードにいるって彼女が教えてくれたの」そう言い終えたときには、母は慎重な足取りで芝生を横切り、わたしたちのすぐ前にやってきていた。そこまで来て初めて、派手な最新ファッションに身を包んだ彼女を座ったまま見つめている三人の年配女性に気づいたようだった。「はじめまして。いきなりお邪魔してごめんなさい」

わたしはあわてて口をはさんだ。「公爵夫人、母を紹介させてください。元ラノク公爵夫人です」母の唯一もっともらしい肩書きを紹介しておくのが賢明だろうと思った。嘘をついているわけではない。母は実際に元ラノク公爵夫人だ。ただそれ以降は、様々な男性と様々な関係にあるというだけだ。公爵未亡人がそういったことを知っている可能性はあったが、例によって彼女のマナーは完璧だった。

「はじめまして」エドウィーナは手を差し出しながら言った。「ようやくジョージアナのお母さまにお会いできてうれしいですよ。ですが遠い昔、ご主人のパーティがご存命のころに一度お会いしているはずです。わたくしは彼の母親づきの女官だったのです。パーティは愛すべき少年でした。あのかわいらしい笑顔ときたら。わたくしの息子たちもそうですが、あんなに若くして亡くなったのが残念です。子供は親より先に逝ってはいけませんね」

母はアインスフォード家の息子たちが亡くなったことを知らなかったらしく、賢明にもなにも言わなかった。

「さあ、どうぞ座ってお茶を召しあがってくださいな」エドウィーナは近くに控えていたメイドに、カップを持ってくるように身振りで命じた。「お嬢さんとさぞお会いになりたかったのでしょうね。いらっしゃることがわかっていたら、ふさわしいお部屋をご用意しておいたのですが」マナーに反しないぎりぎりの非難の言葉だった。

「ご親切に。ですが滞在するつもりはないんです」母はティーカップを受け取ると、籐の椅子に腰をおろした。「ジョージーを迎えに来ただけなので」

「わたしを？」

「ええ、そうよ。いっしょに旅に出るのよ」

「旅？　どこへ？」

「アメリカよ」ロンドンに買い物に行くのだと告げるような口ぶりだった。

「アメリカ？」

「ええ、そうよ。摩天楼があってカウボーイのいるあの大きな国のことは知っているでしょう？」母はひとり娘の頭の鈍さを嘆くように、三姉妹に向かって大げさに微笑んで見せた。

「わたしがこちらの方たちとお茶をいただいているあいだに、あなたはメイドに荷造りをさせていらっしゃい」

「でもお母さま、こんなふうに出ていくわけにはいかないわ。公爵夫人はひどくつらい思いをなさったの。わたしを必要としているときに、出ていったりできない」けれどそう言いながらも、頭のなかではこんな声が響いていた。「アメリカ！　お母さまといっしょにアメリカに行く！」

　エドウィーナがわたしの手を軽く叩いた。「あなたがいてくれて、わたくしはとても慰められましたよ、ジョージアナ。あなたは本当に優しい子ですね。ですが、お母さまと旅に出るのを引き留めたりはしませんよ。それもアメリカに行くというのに。大西洋を渡るのは素晴らしい経験ですし、あなたのような若い女性は世界を見る必要があります。三人の老女とここに閉じこもっていてはいけません。あなたは行かなくてはいけませんよ」

「もちろんですとも」ヴァージニアが声をあげた。「ニューヨークはとてもわくわくする町よ。それに、カウボーイはとてもたくましいんですって。サドルとりわけ大きな鞭《むち》を使った、ぞくぞくするような話を聞いたことが……」

　エドウィーナが咳払いをした。ヴァージニアは母以上に奔放なセックスライフを送ってきたらしく、その様子を克明に語ることをためらわなかった。

「急いで荷造りをしてきたほうがいいですよ、ジョージアナ」エドウィーナが言った。「本当にすぐに出発なさいますか？　ひと晩泊まって、明日の朝、出かけるというのは？」

「ご親切にありがとうございます、公爵夫人。ですがそういうわけにはいかないんです」母が答えた。「木曜日にサウサンプトンから出航するベレンガリア号を予約しているので」

「ベレンガリア号」ヴァージニアが羨望のため息をついた。「億万長者の船って、以前は呼ばれていたわ」

「いまでもそうです」母が答えた。「そうでなければ、このご時世にだれが乗れます？　とにかく出航が木曜日で、それまでにしておかなくてはならないことが山ほどあるので、ぐずぐずしている暇はないんです。さあ、用意していらっしゃい、ジョージー」母は自動車に目を向けた。「あなたのメイドと荷物をあれにのせられるとは思えないわ。あのカバみたいなひどいメイドはまだいるの？」

「クイーニー？　ええ、残念ながら」

「とてもじゃないけれど、あの子は後部座席には入らないわね。荷物があるならなおさら。あの子には、荷物を持って列車で来てもらえばいいわ。もちろん、ブラウンズ・ホテルよ。あそこにしかわたしは泊まらないから」

「まあ、ブラウンズ・ホテル。いい思い出があります」今度口をはさんだのは、悲しげな表情のシャーロットだった。

「ほら、さっさとして」母はいらだたしげに手袋をしていない手を叩いた。

「本当にかまいませんか、公爵夫人？」わたしはエドウィーナに尋ねた。

「お母さまを待たせてはいけませんよ、ジョージアナ。わたくしたち年寄りはこれまでどおり暮らしていきますから」

　わたしはティーカップを置くと、デッキチェアから優雅に立ちあがろうとした。けれどあいにくスカートを踏んでしまい、優雅どころか無様によろめいてティー・テーブルに危うくぶつかるところだった。かろうじて姿勢を正し、顔を赤らめながらもせいいっぱいの威厳をかき集めてその場を離れた。

「ジョージーらしいわ。昔からあの子は、歩く災厄なんですよ」母がそう言うのが聞こえた。

「お宅を壊したりしていません?」

もう、お母さまったら。これまでのところわたしはそれなりにうまくやっていて、なにひとつ壊してもいなければ、老いた姉妹たちの足を折ったりもしていなかった。けれど残念なことに母の言葉は正しい。わたしは動揺すると、しばしばとんでもないことをしでかす。たとえば、社交界へのお披露目の場ではドレスの裾にかかとがからまり、うしろ向きにあとずさりしなければならないところを、国王陛下ご夫妻に向かって突進してしまったことがある。

寝室に戻ったが、クイーニーの姿がなかったので、呼び紐を引いて待った。だれも来ない。わたしはもう一度呼び紐を引いてから、衣装ダンスから服を取り出し始めた。数分後、ドアをノックする音がして、家政婦長のエルシーが入ってきた。

「お呼びでしょうか、お嬢さま?」

「わたしのメイドを呼んだのよ。彼女を見なかった?」

「お茶をしていましたが、そのあとは見ていません」

「だれかに彼女を探させてくれないかしら。急ぎの用があるの」

「承知しました、お嬢さま」エルシーは膝を曲げてお辞儀をすると出ていった。

どうしてわたしには彼女みたいなメイドがいないのだろうと考えた。熱心で、有能で、いっしょにいても不快ではなくて……もちろん、答えならわかっている。それだけの賃金が払えないからだ。クイーニーにはひとついい点がある。まともな貴族の女性には雇ってもらえないことがわかっているので、ただのような賃金で働いてくれているのだ。つまり、わたしたち双方の利害が一致したということだ。

タンスの中身を全部ベッドの上に出したところで、まるで象が暴走でもしているような音が廊下から聞こえてきたかと思うと、赤い顔をして髪をぼさぼさに乱したクイーニーが部屋に飛びこんできた。

「なんとまあ」ベッドの上の服の山を見て、クイーニーが言った。「いったいなにごとです？」

「ここを発つのよ」わたしは答えた。「トランクを取ってきて、服をつめてちょうだい」

「ここを発つ？　いったいどこへ行こうっていうんです？」クイーニーはたっぷりした腰に両手を当てた。「ここ数カ月で初めてまともな食事ができているっていうのに」

「あなたは存分に堪能しているようね」彼女の制服が縫い目から裂けそうになっているのを見ながら、わたしは言った。「どこにいたの？　二度も呼び紐を引いたのに」

「お茶のとき、シードケーキを三切れ食べたら、眠くなっちまったんですよ。なので、ちょっと横になろうと思って部屋に戻ったら、とたんにばたんきゅーで。それで、いったいどこに行くんです？　まさかスコットランドのあの恐ろしいお城じゃないでしょうね」

「クイーニー、雇い主やその家族を批判するようなことを言ってはいけないって、前にも教えたでしょう？　こんな不況のときに仕事があるだけでも感謝すべきなのよ」

「なにもお嬢さんに文句があるわけじゃないですよ。問題は、スコットランドのお城に住んでるあの人ですよ。あのとんでもない公爵夫人。あの人はあたしが好きじゃないんです。あたしが役立たずだって思ってるんですよ」

「だってそのとおりでしょう？　ほかのレディズ・メイドたちがどんな振る舞いをしているか、見てきたはずよね？　それなのにあなたは、わたしをきちんと呼ぶことさえいまだにできないじゃないの」

クイーニーはため息をついた。「〝お嬢さま〟って呼ばなきゃいけないのはわかってるんですけど、それってすごく気取って聞こえるんですよ。お嬢さんはすごくいい人で普通で親切だから、当たり前の女の人みたいに思えるんです」

「でもね、クイーニー。貴族に対しては正しい呼び方をするのが社会の決まりごとなの。わたしの親戚のエリザベスはかわいらしい女の子だけれど、それでも彼女のことは〝殿下〟と呼ばなければいけないのよ。とにかく、荷造りを始めてちょうだい。お母さまが待っているの」

「お母さんですか？　お母さんといっしょに行くんですか？　ああ、それなら大丈夫ですね。ちゃんとしたものを食べさせてくれるだろうし。で、どこに行くんです？　ロンドンに戻るんですか？」

「いいえ、アメリカに行くのよ」

「なんてこった」クイーニーは言った。

2

## ブラウンズ・ホテル　ロンドン

### 七月九日

一時間後、母とわたしはロンドンに向かってケント州の道路を疾走していた。クイーニーは盛大に文句を言いながら、わたしの荷物と共にワゴン車に乗って出発した。眠っちまって、駅を乗り過ごしたらどうするんです？　知らない男の人がコンパートメントに入ってきて、誘惑してきたら？　それにこれだけの荷物をひとりでどうしろっていうんです？　ヴィクトリア駅が終点だから乗り過ごす心配はないし、女性専用の車両に乗ればいいとわたしは言った。駅に着いたらポーターを呼んで、タクシーまで荷物を運んでもらえばいいのよ。そういうわけでクイーニーは最寄りの駅に向かったのだが、あとは無事にブラウンズ・ホテルに着くことを祈るほかはない。

「あの恐ろしく退屈な老婦人たちと、いったいなにをしていたの？」立派な門を出て田舎道に入ったところで、母が尋ねた。

「公爵未亡人のお相手をしていたの。とてもつらい思いをなさったのよ。お母さまはドイツにいたから、聞いていないのかもしれないけれど」

「ああ、そういえば耳にしたわね。なにか跡取りに関することでしょう？」

「そうよ。本当に恐ろしい事件だったの」

「そういうことなら、あなたを連れ出せてよかったわ。楽しいことがたくさん待っているから」

「具体的にはどこに行くの？　どうしてわたしをいっしょに？」

「わかりきったことじゃないの。ひとりで旅をしたくないからよ。ひとり旅の女性は狙われやすいし、アメリカ人は野蛮で危険だったりするんですもの」

母以上に自分の身を守ることに長《た》けている女性は世界中どこにもいないだろう。小柄で華奢に見えるかもしれないが、実際はロンドンの下町生まれでとてもタフだ。ヴィクトリア女王の孫であるわたしの父と出会ったとき、母は売れっ子の女優だった。自分の卑しい生まれを忘れるためにも、公爵夫人という肩書きは大いに満足できるものだったらしい。ラノク城で暮らすことがそのための条件でなければ、いまも公爵夫人のままだったかもしれない。わたしは母の顔を見た。無力なか弱い女性を演じている――例によって、いかにももっともらしく。笑うほかはなかった。「カウボーイや先住民なんてもういないのよ」

「でもギャングはたくさんいるわ。アル・カポネとか。わたしといっしょに過ごせることを喜んでくれるかと思ったのに」

「もちろん、喜んでいるわよ。ただあんまり急だったから。最後に会ったときは、ものすごく料理が下手な女性の家にわたしを残して、マックスとルガーノ湖に行ってしまったでしょう？　とうとう彼と別れたの？」

「その逆よ。マックスはどうしてもわたしと結婚すると言ってきかないの。実は道徳的にうるさいタイプなのよ」

「でもわたしの記憶が正しければ、お母さまはまだだれかと結婚しているんじゃない？」

母は南極以外のあらゆる大陸の男性と次々と浮名を流していることも、言い添えておくべきだろう。

「テキサスの石油王かなにかじゃなかった？」わたしは言葉を継いだ。「離婚を承諾してくれなかったのよね？」

「あんなに宗教にこだわる人だったなんて、わたしが知るはずもないでしょう？」母はいらだたしげに言った。「二〇年代にパリで会ったときは、礼儀正しくて快活で、気持ちいいくらい純真で、とんでもなくお金持ちだったの。お酒も飲まないなんて知ったのは、結婚してからよ。そのうえ、テキサスの牧場にわたしを閉じこめようとしたのよ」母はぞっとしたような顔をわたしに向けた。「牧場よ。テキサスの。このわたしが？　想像してみてちょうだい。牛と油井しかないのよ。ラノク城もひどいところだったけれど、少なくとも定期的にフオートナム・アンド・メイソンから食料は届いていたわ」

「アメリカに行くのはそれが理由？　自由にしてほしいって頼みに行くの？　それとも、彼が都合よく死んだとか？」

「どちらでもないわ。彼から逃げる方法を見つけたの。ネバダ州のリノに行けば、簡単に離婚できるんですって」

「テキサスで離婚してくれなかったのに、どうしてネバダならしてくれるの？」車はロンドンに入り、母がアクセルを踏みこんだので、エンジンの咆哮《ほうこう》に負けないように声を張りあげなければならなかった。

「彼が離婚に同意する必要はないの。条件さえそろっていれば、相手はその場にいなくてもいいのよ」

「わお。それって合法なの？」

「問題ないわ、ネバダでは。信頼できる情報筋から聞いたんですもの。そういうわけだから、あなたもいっしょにリノに行ったらどうだろうって思ったの。ベレンガリア号での航海は楽しみじゃない？　列車でアメリカを横断するのはどう？」

「わお、もちろんよ」

母は渋面をわたしに向けた。「その女学生みたいな言葉遣いはやめたほうがいいわ。大人の女性として見られたいのなら」

「ごめんなさい。落ち着かない気持ちになると、つい口から出てしまうの」わたしは咳払いをした。「招待してくれてありがとう、お母さま。天にものぼるような気持ちよ」

「それでいいわ」母は珍しく、力づけるように微笑んだ。共犯者の笑みだ。「あなたの旅支度を整えるのに、たった二日しかないのよ。いま着ているようなコットンの服でベレンガリア号に乗るわけにはいきませんからね。まるで施設で暮らす孤児みたいじゃないの」

「だってこれは、女学生のころから着ているんですもの。お金のない人間は、服を買わないのよ」

「やっぱりあなたはお金持ちの男性を見つけなきゃいけないわ、ジョージー。ダーシーは愉快な人だし、ベッドのなかではさぞかし素敵なんでしょうけれど、夫としてはふさわしくない。そうでしょう？　彼があなたを養えるようになるとは思えない」

「愛してもいないお金持ちの人と結婚するくらいなら、ダーシーと貧乏な暮らしをするほうがいい」わたしは熱っぽく告げた。

母は笑みを浮かべた。「若いのね。ロマンチックだこと。いずれわかるわ。賢い子なら、船の上でアメリカ人の億万長者を捕まえるところよ」

「いまのアメリカに億万長者なんているの？」母の言葉はばかばかしく聞こえた。

「もちろんいるに決まってるでしょう。一年ほどいっしょに暮らしてから離婚すればいいのよ。そのあとは悠々と暮らしていけるわ」

「お母さまみたいに？　そして、苦労して離婚するわけ？　わたしはごめんだわ」

「あなたって、わたしの父にそっくりね」母は顔をしかめた。「プライドばかり高くて、高潔すぎるのよ」

「おじいちゃんに会ったの？」ダーシーと同じくらい大好きな人の名前を聞いて、わたしの胸は高鳴った。ロンドンの警察官だった祖父はいま、母が売れっ子女優だったころに贈ったエセックス州の二軒長屋で暮らしている。

「会ったわよ。でも、わたしからは一ペンスも受け取ろうとしないの。それはドイツのお金だから、ですって。世界大戦のときにドイツがしたことを絶対に許すつもりはないらしいわ」祖父から同じ台詞《せりふ》を何度も聞いたことがあった。

「おじいちゃんは元気なの？」祖父に会いたいという思いを募らせながら、わたしは尋ねた。

「それが、あまり具合がよくないのよ。船旅はきっと体にいいと思ったから、いっしょにアメリカに行きましょうって誘ったのだけれど、断られたわ」

「船に乗る前に、おじいちゃんに会いにいかないと」わたしは言った。「どれくらい留守にする予定なの？」

「あまり長くはかからないと思うの。ニューヨークで何日かは過ごさなきゃいけないわね――また合法的にお酒を飲めるようになったことだし。潜り酒場は本当に退屈だったもの。それから列車で大陸を横断してリノに向かうの。なにもかもうまくいけば、ひと月で戻ってこられるはずよ。あまり長く留守にしていたら、マックスがわたしを恋しがるんですもの」

わたしは改めて母の顔を見た。「お母さまは本当にマックスと結婚して、ドイツで暮らしたいの？」

「ジョージー、あの人はとんでもなくお金持ちだし、セックスときたらそれはそれは素晴らしいのよ。まるで荒々しい牡牛のようで、ひと晩に何回でもできるの」

母のあからさまな言葉に、まだ純情さを失っていないわたしは顔が赤くなるのを感じた。

「でもお母さまはドイツ語ができないし、ドイツのお料理だって好きじゃないでしょう?」

母は肩をすくめた。「どうしてもというのなら、一、二週間ならベルリンも我慢できるわ。あのいまいましい小男のヒトラーさえいなければ、あそこも文明的な町なのよ。それに、ルガーノ湖畔に借りていたヴィラをわたしがとても気に入っているのを知って、マックスが買ってくれたの。だからスイスに逃げこめる場所ができたというわけ。彼って、本当に気前がいいのよ。そのうち、彼と会話ができるようになるかもしれないわ。ドイツ語のレッスンを受けるって、約束したの」

「おじいちゃんは気に入らないでしょうね」

「それは我慢してもらわないと」母はいかにもロンドン子らしく、素っ気ない口調で言った。


ブラウンズ・ホテルに到着すると、母は期待していたとおりの出迎えを受けた。

「おかえりなさいませ、奥方さま」ドアマンが声をかけた。

「おかえりなさいませ、奥方さま」フロント係の高慢そうな若者が、お辞儀をしながら愛想よく言った。「冷えたシャンパンを用意してございます」

わたしはしわだらけになったコットンのドレスを恥ずかしく思いながら、母について階段をあがった。母の部屋は二階にあって、フランス窓はアルバマール・ストリートに面していた。わたしはいつも、どうして母がリッツやクラリッジではなく、ブラウンズを選ぶのか不思議に思っていたのだが、ようやくその訳を理解した。このホテルの人たちは、母がもう〝奥方さま〟ではなく〝ミセス・ホーマー・クレッグ〟――わたしの記憶が正しければ――であることを都合よく忘れてくれるのだ。だが母はまもなく、フラウ・フォン・ストローハイムになるらしい。そうしたら、ブラウンズの人たちはどうするだろう？

わたしに与えられたのは、道路とは反対側にある小さいけれどかわいらしい部屋だった。夕食に着ていくものがなにもないことに気づいたちょうどそのとき、赤い顔をしたクイーニーが息を切らせながら到着した。

「トランクはだれかが運んできてくれます」クイーニーは言った。「列車からひとりであのいまいましい代物をおろすのは、すんごく大変だったんですよ。ポーターなんて簡単に見つかると思いますか？　とんでもない。車掌に荷物を見張っててもらって、そのあいだに探しに行かなきゃならなかったんですから。〝盗まれないように見張っててくださいよ〟って言ったら、その車掌ときたらチップをよこせって言うんです。ずうずうしいったら。だからあたしは〝この荷物は国王の親戚にあたる人のものなんだから、見張ることができて光栄だと思ってもらわなきゃ〟って言ったんです」

「クイーニー、急いで荷物を開けてちょうだい」わたしはぺらぺらと話しだしたクイーニーを遮った。「すぐにでも夕食に出かけなければいけないのに、着ていくものがなにもないのよ」

「それじゃああたしは、どこで食事をすればいいんです？」クイーニーはトランクを開けて、中身をベッドの上に次々と放り投げながら言った。「ようやくここまでたどり着けて、あたしはお腹がぺこぺこなんです」

「使用人はどこで食事をしているのか、お母さまのメイドに訊いておくわ」わたしは答えた。「赤いドレスを着ようと思うの。キングスダウンでずっと喪に服していたんですもの。気分をあげたいわ」

そう言いつつも、わたしの気分はすでに充分に上向いていた。明日は母とショッピングをし、そのあとは豪華客船で大西洋を渡るのだ。若い娘にとって、それ以上のことがあるだろうか？

# 3

## ブラウンズ・ホテル
## まだ七月九日

ようやく運が向いてきたようだ。ブラウンズに泊まり、お母さまとショッピングに行き、大西洋を横断する。わお。

クイーニーの荷造りのおかげで赤いイブニングドレスはひどい状態になっていたようで、夕食に行くために部屋を訪れたわたしを見て、母は顔をしかめた。「赤が似合うっていったいだれに言われたの？　ほかにちゃんとしたドレスはないの？」

「ギャラリー・ラファイエットでココ・シャネルが買ってくれたものがあるけれど、スコットランドに置いたままなの。フィグに電話して、ロンドンまで送ってもらっている時間はないでしょう？」

「彼女のことだから、ドレスをトイレに流しておいて、見つからなかったって答えるのが関の山よ」母は言った。「明日ロンドンで、それなりのドレスを見つけられることを祈るばかりね。どこにあるのかは神のみぞ知るだけれど」母は餌を吟味する虎のように、わたしのまわりを歩きながらじろじろと観察した。「あなたがそれほど大柄でなければ、わたしの服を着られたのに。マックスはわたしに服を買うのが大好きで、古くなったものが溜まっていく一方で困っているのよ。でも残念ながら、あなたが着られるものは一着もなさそうね」

「お母さまの言葉を聞いていると、巨人になった気がするわ」わたしは応じた。「一六五センチしかないのよ。お母さまが小さいの」

「華奢なのよ、ジョージー。わたしは華奢なの。あなたは、スコットランドの祖先のがっしりした体格を受け継いでしまったのね。王家のほうの血筋はみんな小柄なのに。たくましいスコットランド人を恨むのね」

「ダーシーはいまのままのわたしを気に入っているみたいよ」

「男の人はしばしば愛に目がくらむのよ。まあ、いいわ。出発までにあなたをお洒落とは言わないまでも、見苦しくない程度にしましょうね」


翌朝わたしたちは朝食を終えるとすぐに出発した。「ボンド・ストリートの角を曲がったすぐ先にフェンウィックがあるから、まずそこに行きましょう」母が言った。けれど半時間後には、フェンウィックはあまりにも時代遅れだという結論に達していた。「あなたはベレンガリア号でわたしといっしょに食事をするのよ。ひとり娘があんなぼろ服を着ているなんて思われたくないわ」

「いままではそれで平気だったのに」と言いたくなった。母がわたしの人生に顔を出すのはほんのときたまで、わたしにお金がないことやベイクド・ビーンズのトーストのせいで生きながらえていることなど、想像すらしていないようだ。

母はタクシーを止めた。「ハロッズならなにかあるかもしれないわね」

「セルフリッジズのほうが近いわよ」わたしは指摘した。

母はぞっとしたようにわたしを見た。「セルフリッジズはタイピストや下流中産階級の主婦が行くお店よ」自分がイースト・エンドの裏通りで生まれたことを、母はまたもや都合よく忘れている。

そういうわけでハロッズに向かうと、ドアマンがわたしたちを見つけて飛んできた。

「おかえりなさいませ、奥方さま。お久しぶりでございます」

母は落ち着きはらって店に入ると、化粧品コーナーを通り過ぎざま、お気に入りのクリームを注文し、船旅にふさわしい赤い革の手袋と同じ色のベレー帽が欲しいと告げてから、婦人服売り場に向かうためにエレベーターに乗りこんだ。手ごわそうな女性が近づいてきて訊いた。「なにをお探しでしょうか?」

「今年のシーズンの流行にくわしい、若い人を連れてきてちょうだい」母が答えた。「娘を船旅に連れていくのよ」

「まさかこちらのお嬢さんは、奥さまの娘さんではありませんよね」その女性は猫なで声で言うと、わざとらしくくすくす笑った。「妹さんでしょう?」

その女性は、母の顔を知らず、こびへつらうような挨拶の言葉を口にしない数少ない人間のひとりだということがわかったので、母はとたんに反感を抱いた。「あなたの言うところの〝こちらのお嬢さん〟はレディ・ジョージアナ・ラノクだと教えてあげたほうがいいみたいね。国王陛下の親戚よ。アメリカでは、この国の大使として扱われるでしょう。あなただって、イギリスを誇らしく思いたいでしょう?」

女性の顔が真っ赤になった。「ええ、もちろんです。すぐに気づかなくて、失礼しました。マドモアゼル・デュボワを呼んでまいります。パリのオートクチュールサロンから、最近こちらに移ってきた女性です。試着室にご案内いたします」

「彼女もこれで学んだでしょう」彼女がお洒落なフランス人女性を呼びに行ったところで、母が言った。「あなたを妹だなんて言うから、むっとしたのよ。だいたいわたしがだれだかわからないなんて」

試着室のドアをノックする音がして、その女性がまだ赤らんだままの顔をのぞかせた。

「フランス人のアシスタントを連れてきました、マダム。マドモアゼル・デュボワ、あなたならレディ・ジョージアナにふさわしい装いを用意できるわね?」彼女は脇へ寄り、ほっそりした黒髪の女性を招き入れた。

「ボンジュール、どういったものをお望みでしょう?」そこまで言ったところで、彼女の顔から笑みが消え、恐怖の表情が取って代わった。わたしは叫びたくなるのをこらえた。母も同じだったと思う。女性販売員が試着室を出ていくまでわたしは口をつぐんでいたが、ドアが閉まると若いフランス人女性はほっと安堵のため息をついた。

「よかった。どうなることかと思ったわ」

「ベリンダ！」わたしは叫んだ。「いったいここでなにをしているの？」

わたしの親友であるベリンダ・ウォーバートン＝ストークは、唇に指を当てた。

「しーっ。わたしはマドモアゼル・デュボワということになっているんだから」

「でも、どうして？」

「お金よ――ほかに理由がある？　ほぼ一文無しになっていたときに、ファッションアシスタントを募集する広告を見たの。オートクチュールの知識があって、できればフランス人が好ましいって」

「ベリンダ、あなたってどうしようもない人ね」わたしは笑って言った。

「あら、そんなことないわ。わたしは条件にぴったりだったんですもの。シャネルのところで働いていたし、自分でもデザインしていたし」

「もちろんあなたは完璧に条件を満たしていると思うわ。フランス人じゃないことを除けばね」

「大勢の応募者の中から選ばれるためには、フランス人だって言わなきゃならなかったのよ。それに噂が家族の耳に入っては困るの。わたしが働いているなんていうことを知ったら、祖母は遺言書からわたしの名前を消してしまうかもしれないもの」

「でも、本物のフランス人のお客さんが来たらどうするの？」

「実を言うと、わたしはフランス語がかなりうまいのよ。レゾワゾで三年勉強したし、パリでシャネルといっしょに働いていたでしょう？　それにジャン＝リュックは、学校では決して学ばないような言葉をいろいろと教えてくれたわ」

「ジャン＝リュック――それってシャネルの恋人だった人？　そのせいであなたはくびになったのよね？」

「また会えてうれしいわ、ベリンダ」母が割って入った。「ゆっくりお話をしたいところだけれど、いまはしなければならないことが山ほどあるのよ。ジョージーには、大西洋を渡るのにふさわしい服が必要なの。シルクのパジャマがいるわね。この子は脚が長くてきれいだから、リネンのスラックスもいいかもしれない。お茶用のきちんとしたドレスも何着か必要だけれど、サイズを直している時間はないし、既成のものではぴったり合わないと思うの」

ベリンダは有能だった。一時間もしないうちに、ずっとわたしが羨望のまなざしで見ていたような服をずらりと揃えてくれた――白いチャイニーズ・シルクのイブニング・パジャマ、わたしでもセクシーに見えるくらい背中が大きく開いた濃紺のイブニングドレス、スラックスやジャケット、シルクの花柄のワンピース、ベルベットのイブニング・ケープまであった。

「アメリカに行けるなんて、あなたは運がいいわ」母が小切手を書いているあいだに、ベリンダがうらやましそうに言った。「いまのわたしはどこにも旅行なんて行けないんですもの」

「援助してくれる人はいないの？　それとも、男性をあてにして生きるのはやめたの？」

「まさか。セックスしたくてたまらないんだけれど、今年の夏は、それなりの人はみんなロンドンから逃げ出してしまったみたいなの。旅をするだけのお金はないし、実家でも歓迎してもらえないし。アメリカに行けたらどんなにいいかしら。向こうでどんなことをしたのか、手紙をちょうだいね。ハリウッドには行くの？」

「ネバダだけだと思う」わたしは答えた。

「とても近いんだから、ハリウッドは見に行くべきよ。サンセット・ストリップでソーダを飲んでいるあいだに、スカウトされるかもしれないわよ」

「ありえない」わたしは笑いながら応じた。「あまり長くは留守にできないって母が言っているの。マックスは母が恋しくてたまらなくなるみたい」

「マックスとの関係を台無しにしたくないでしょうからね。彼ほどのお金持ちは、もうほとんどいないんだもの。一度、ドイツに遊びに行ったほうがいいかもしれない。マックスに若いお金持ちの親戚はいないのかしら？」

「わからない。わたしなら、イギリスに残って貧乏な暮らしをするほうがいいわ」

母が戻ってきたので、わたしたちは話をやめた。「さあ、これでいいわ。スラックスは裾あげして、夕方までにブラウンズに届けてもらうようにしたから。そういう点では、ハロッズは安心ね。それに、服の品質が思いのほかよかったのは驚きだったわ。とてもお洒落だし。船の上であなたにお似合いのお金持ちをみつけられるかもしれないわね、ジョージー」母はそう言って、ベリンダにウィンクをした。

わたしがなにか言う間もなく、母はエレベーターに向かって歩きだしていた。

「手紙をちょうだいね。それから……」ベリンダは言いかけたところで、自分がフランス人だということになっているのを思い出したらしかった。わたしは彼女に投げキスをしてから、急いで母のあとを追った。エレベーターを降りると、母は堂々とした足取りでメインフロアを歩いていき、お辞儀をする店員たちの前を通り過ぎて、待っているタクシーへと向かった。

# 4

## 一九三四年七月一二日　木曜日

今日、出航する！　ベレンガリア号を早く見たくてたまらない。アメリカ、いま行くわ。待ちきれない気分。でもどこに行くのかをダーシーに伝えておきたかった。本当に腹立たしい人！！！

出航までの二日間は、あわただしく過ぎていった。母はアメリカでは手に入れられないような必需品――たとえば歯磨き粉とか――を買い、髪を整え、わたしも美容院に行き、荷物を入れるための新しい鞄を買い、母とわたしの帽子を買った。お金に糸目もつけずあれこれと買いあさるのは、確かにわくわくする。請求書を見たマックスがひきつけを起こして、母との結婚を考え直したりしないことを祈った。

そして出発の日がやってきた。わたしは、荷物がタクシーに運び込まれるのを夢見心地で見守った。わたしたちの乗る列車はそれからまもなくウォータールー駅を出発し、サウサンプトンに向かった。心残りといえば、お洒落に装ったわたしが船に乗りこむさまを憎たらしい義理の姉フィグに見せられないことだ（普段のわたしは意地悪ではないのだけれど、フィグには散々惨めな思いをさせられてきたから、それくらいは当然の報いだと思う）。さらに言えば、行き先をダーシーに伝えておきたかった。例によって、彼と連絡を取るすべはない。それよりは、彼もアメリカに来ることを祈っていたほうがいいかもしれない。

これまで何度もイギリス海峡を渡ったことはあるけれど、遠洋定期船を見るのは初めてだ。ベレンガリア号の脇に立ったときには、あんぐりと口があいた。とんでもなく巨大な船で、ぴかぴか光る三本の赤い煙突からはすでに煙が出ている。まるで、ドーチェスター・ホテルを見あげているようだった。

「さあ、いらっしゃい、ジョージー。ぐずぐずしないの」母は一等船室の舷門に向かいながら言った。「そんな顔をしないでちょうだい。田舎娘みたいじゃないの」

母が期待していたとおり、わたしたちは大仰に歓迎され、母のスイートルームのあるAデッキに案内された。夜に出航する船でオステンドからイギリス海峡を渡ったことが一度あったので、そのときと同じような片側に寝台と洗面台がある寝台列車のような部屋だろうとわたしは思いこんでいた。そういうわけで、客室係がドアを開けた先に見えたソファと肘掛け椅子、大きな二面の窓のあいだの書き物机、さらにはふかふかの絨毯が敷かれた広々とした居間は、まったくの予想外だった。テーブルには花と冷えたシャンパンが用意されている。

母は満足そうにうなずいた。「ええ、いい感じね。寝室はこちらかしら」わたしは母のあとについて寝室に向かった。優美な白い木の家具とインド更紗のカバーで設《しつら》えたかわいらしい部屋で、二面ある窓からデッキをのぞむことができた。ベッドが二台ある。

「わたしはここでお母さまといっしょに寝るの？」

「まさか」母はぞっとしたような口調で答えた。「娘と同じ部屋で寝るなんてとんでもないわ。なにもできないじゃないの。だれかを部屋に招待したくなるかもしれないでしょう？」

厳格なドイツ人と結婚するために、離婚を目的とした旅に出ようとしているのだと改めて指摘するつもりはなかった。航海中にはめをはずしたことを彼が知れば、いい気はしないだろうということや、この贅沢《ぜいたく》な旅の代金を払っているのが彼であることも。客室係が控え目に咳払いをしたので、母は口をつぐんで微笑んだ。「ありがとう。もうけっこうよ。レディ・ジョージアナをお部屋に案内してあげてちょうだい」

わたしの船室はAデッキのずっと先にあった。スイートルームでもなければ豪華でもなかったけれど、デッキとその先の海が見える大きな窓があって、こっちのほうがわたしの好みだった。ゆったりしたきれいなバスルームに大いに満足していると、クイーニーが最初の荷物と共に到着した。

「残りはだれかが運んできてくれます」クイーニーが言った。「おやまあ――悪くないじゃないですか。やっぱりお嬢さんも、お母さんのドイツ人みたいにお金を持っている男の人を見つけるべきですよ」

「クイーニー！」わたしは指を振って彼女をいさめた。「わたしは船のなかを探索してくるから、あなたは荷物をほどいておいてちょうだい」

「お母さんのメイドは本当に気取ってますね。列車でずっといっしょでしたけど、ろくに挨拶すらしないんですから。これから五日間、彼女と同じ船室だと思うとうんざりですよ――ここより狭いでしょうしね」

わたしが払っているような賃金ではほかのメイドを雇えないことがわかっているので、これまでクイーニーの欠点には目をつぶってきたけれど、もう我慢の限界だ。そろそろ上流階級のきちんとしたレディらしく振る舞って、使用人が友だちのような口をきくのをやめさせなければいけない。わたしはひとつ深呼吸をしてから言った。

「クイーニー、あなたに注意しておかなければならないことがあるの。ここのところ、あなたは文句が多すぎるようね。はっきり言ってほかのだれもあなたを雇ってくれないことがわかっているのに、ちゃんとした家で仕事を得られて、充分な食べ物があって、雨に濡れずに寝ることができるのがどれほど幸運なのか、忘れているんじゃないかしら。あなたにその気があれば、クローデットを見習って、まともなレディズ・メイドがどんなふうに振る舞うのかを学んでいたはずよ。彼女は絶対に自分の雇い主に対してあなたみたいな口のききかたはしないわ。そんなことをすれば、五分後には放り出されているでしょうからね」

クイーニーは申し訳なさそうに笑って言った。「すいません、お嬢さん。そのとおりです。このあいだ会いに行ったとき、ちょっとうぬぼれてるんじゃないかって父さんに言われたんです。思いあがりは失敗のもとだぞって」

「お父さんの言うとおりよ。それから、アイロン台を見つけてきてちょうだい。しわになりやすい服もあるから」わたしはそう言うと部屋を出ていこうとしたが、ドアの前で足を止めて振り返った。「ああ、そういえばクイーニー、シルクに高温のアイロンはだめよ。溶けるから」

「合点です、お嬢さん」クイーニーは応じ、わたしはため息をついた。きっと彼女はずっとこのままで、わたしはそんな彼女から逃げられないのだろう。

クイーニーに荷ほどきを任せて、わたしはデッキに出た。はるか下の桟橋で蟻のようにうごめいている人たちが、信じられないくらい小さく見える。髪をなぶる風はさわやかで、わずかに潮の香がした。あまりにも心が浮き立ったので、ちょっと踊ってみた——手すりに向かって、軽くステップを踏んだ程度だけれど。

「魅力的だ」背後から声がして、わたしは顔が赤らむのを感じながら振り向いた。若い男性が手すりにもたれて煙草を吸っている。「舞踏場できみに最初のパートナーになってもらうことを忘れないようにしないとね」

「残念ながら、舞踏場でのわたしはひどいものなの。フォックストロットとツー・ステップの違いもよくわからないくらいだから」

「きみはもっと原始的なダンスが好きなのかな？　いま踊っていたみたいな？」男性が挑発するようなまなざしを向けてきたので、わたしは落ち着かない気持ちになった。

「あれはダンスじゃないわ。何日もずっと母といっしょだったから、ちょっと息抜きをしていただけ」

「お母さんと旅行中なんだ。アメリカ人の金持ちの夫を見つけに行くのかい？　残念ながら、近ごろではあまり金持ちはいないよ」

緊張するような場面になると、わたしは自分のなかに曾祖母のヴィクトリア女王を感じることがしばしばある。「ご自分がひどく不作法だということに、気づいていらっしゃるかしら。わたしたちは紹介すらしてもらっていないのですから、話をするべきではありません」

彼は頭をのけぞらせて笑った。「ここは船の上だよ。なんでもありだ。時代遅れの社交界のルールなんてここにはないし、船室を渡り歩くのも珍しくない」

「わたしはごめんだわ。ちゃんと決まった人がいるし、お金持ちのアメリカ人もいらないの」

彼はシガレットケースを開けた。「吸うかい？　ところでぼくはタビー・ハリデイ。きみは？」

「ジョージアナ・ラノクよ」一度も吸ったことはなく、どんな味がするものかも知らなかったけれど、わたしは煙草を受け取りながら答えた。

「本当に？　なんてこった。それじゃあ、きみのお母さんは女優のクレア・ダニエルズなんだね？　船に乗ってきたとき、彼女じゃないかと思ったんだ。アメリカになにしに行くんだい？　訊いてもいいかな？」

「母はちょっとした用事があるの。わたしはそのお供よ」

「ちょっとした用事か。興味をそそられるね。西海岸に土地を買うつもりなのかな？　二束三文で売りに出されている土地がずいぶんあるからね」

「あれこれと質問ばかりするのね。そういうあなたは、アメリカでなにをするつもりなの？」

「楽しむのさ。ぼくがいつもしているようにね。きみと会って、ますます楽しくなってきたよ。船に乗るのはたいてい年寄りばかりだからね――最近は、旅ができるだけの金を持っている若者はめったにいない」

わたしは手すりから身を乗り出して、下を見おろした。「すごく大きいのね。まるでセント・ポール寺院のてっぺんにいるみたい」

「船は初めて？」

「大西洋を航海するのは初めてよ」

「それはそれは。きみが迷子にならないように、船を案内しよう」

わたしはためらった。船内をひとりで探索するつもりだったし、おしゃべりなミスター・ハリデイとはあまり親しくなりたいとも思わない。けれど結局は、ひとりでうろうろするよりは案内してもらったほうがいいだろうと考え直した。「お願いするわ、ありがとう」

「まずは最上階のプロムナードデッキからだ」彼はそう言いながら、わたしを外の階段へと連れ出した。「ここは最高級のスイートルームがほんの数室あるだけなんだ」

「まあ。自分の部屋が最高級じゃないってわかったら、母はきっとがっかりするわ」わたしはくすくす笑った。

「普段は使っていないよ。王家の人間や億万長者のために空けてあるんだ」彼は先に立って、プロムナードデッキへと続く最後の階段をあがるわたしに手を貸してくれた。「舞踏室もここにある。それから一等ラウンジと女性用ラウンジも。きみのお母さんは、ぼくみたいな退屈な人間から逃げるために、きっとそこにいると思うよ」

「母は女性用ラウンジに行くような人じゃないの」

「そうなのかい？　同伴している男性がいるの？　それとも彼に会いに行くとか？」

「あなたって本当に不作法ね。船の上だからって言い訳にはならない。母はだれとも会う予定はないし、そもそも母のプライベートはあなたになんの関係もないでしょう」

わたしは背を向けて歩きだした。彼はあとを追ってきて言った。「すまない。本当に申し訳ない。おまえは口を開くたびに言ってはいけないことを言うと、いつも父に叱られていたんだ。ぼくは人間に興味があるだけなんだ。作家みたいなことをしているものだから」彼は肉づきのいい手を差し出した。「ぼくたち、友だちになれないかな？　お母さんのプライベートなことには二度と触れないって約束するから」

わたしは渋々その手を握った。「わかったわ」

わたしたちは並んで歩きだし、まず舞踏室を、それからラウンジをのぞいた。どちらもステンドグラスの天窓が見事だ。「航海はどれくらいかかるの？」わたしは訊いた。

「この船は古いから五日だと思う。ほかの船は四日で横断していたんだが、モーリタニア号が引退したあと、イギリスには記録を作れるような船がなかったからね。新しいクイーン・

メリー号が完成するまで待たなきゃいけない。そうすれば、ドイツからブルーリボン賞を奪い返せるはずだ」

　彼は中央階段をおり始めた。「ベレンガリア号はもともとドイツの船だったんだよ。あの壁に皇帝の大きな肖像画が飾ってあったんだ」いまは海の絵がかけられている壁を指差す。「彼らの誇りだった。当時はインペラトール号と呼ばれていたんだ。戦争賠償金の一部として連合国側に引き渡されて、ベレンガリア号と名付けられた」

「〝ベレンガリア〟ってどういう意味なの？」わたしは尋ねた。

「古臭い女性の名前さ。たしかぼくにはベレンガリアという名前の大おばがいたと思う。流行遅れになってくれてよかったよ。そう思わないかい？」

「わたしはジョージアナっていう名前がそれほど好きなわけじゃないの。でも、ほかの名前がヴィクトリアとシャーロットとユージニーなんですもの。どれも堅苦しいのは同じ」

「どれも王家の名前だね。きみたちは必ずその手の名前をつけるからね。だが実を言えば、ぼくの名前も同じくらいひどいよ。モンモランシーっていうんだ。これよりひどい名前なんてないと思わないかい？　だからタビーで通しているんだ」

「わたしはジョージーって呼ばれているわ」そう言ってしまってから、少しだけ後悔した。彼は悪い人ではなさそうだけれど、ちょっとなれなれしすぎる。

　タビーはほかのデッキへとわたしを案内した。籐製の家具が置かれたウィンター・ガーデンから実物大のヤシの木とオーケストラ用のステージがあるヤシの中庭、一等船室用の食堂と続いて最後に船底へとおりていく。

「ここにはなにがあるの？」そちらに向かう人はだれもいなかったので、わたしは不安になった。

「すぐにわかるさ。この船で一番いいところだよ」

わたしを誘惑するために人気《ひとけ》のないところに連れていこうとしているんだろうか、とちらりと思った。タビーは無防備な女性を誘惑するようなタイプには見えないが、隙あらば女性の体をまさぐろうとする、見かけはごくまっとうなイギリス人男性がいるのを知って、驚いたことが何度もある。

「こっちだ」タビーの声は反響して妙に聞こえた。わたしはためらった。タビーが戸口の向こうに姿を消し、そのあとを追ったわたしは思わず足を止めた。「わお」

そこにあったのはプールだった。それもただのプールではない。ギリシャ風の円柱が並び、すべてが大理石で造られ、天井は淡い光で照らされている。

「なかなかいいだろう？　そのうちいっしょに泳がないかい？」

「海が荒れたら、ここはどうなるの？」

「水があふれるだろうね。だが嵐のなかで泳ぐのは楽しいとは言えないな。コルクみたいにもみくちゃにされるよ。ひどく荒れているときは、プールは閉鎖されるんだ」

「よく荒れるの？」自分が船に強いのかどうか、まったくわからないことに気づいてわたしは訊いた。

「いつもさ。大西洋は波が高いことで有名なんだ。家具が全部ボルトで留められていることに気づかなかったかい？」タビーはわたしの表情を見て笑った。「冗談さ。この時期なら大丈夫だよ。氷山もないしね。さあ、そろそろデッキに戻ったほうがよさそうだ。もうすぐ船が出る。出航は見ておかないとね」

デッキに戻ってみると、そこにはすでに人がずらりと並んでいた。シャンパンを手にしている人もいる。波止場では楽団が『錨《いかり》をあげて』を演奏していて、船の汽笛が響き渡った。船を係留していた太いロープをほどき始めたちょうどそのとき、知っている人を見かけたような気がした。あの癖のある黒い髪や、自信に満ちた傲岸《ごうがん》とも言えるほどの決然とした足取りが、ほかのだれかであるはずがない。彼は、最後の舷門のまわりに集まっている人々を押しのけるようにして進んでいた。心臓がひっくり返った気がした。

「ダーシー！」わたしは大声で呼んだけれど、二度目の汽笛にかき消された。デッキに煙が漂ってきて、もう一度目をこらしたときには彼の姿は見えなくなっていた。見送りの人々は船から離れ、ハンカチを激しく振っている。船はじりじりと桟橋から離れようとしていた。手すりから大きく身を乗り出すと、背中をだれかにつかまれた。「気をつけてくださいね、お嬢さん」年配の軍人らしい男性だった。「高さがありますよ」

「知っている人を見かけた気がしたものですから」わたしは申し訳なさそうな笑みを浮かべた。「彼が乗船したのかどうかを確かめたかったんです」

「もし乗っているのなら、じきにわかりますよ」その男性は優しそうに微笑んだ。

わたしの新しい友人はどこかへ行ってしまったらしかった。船がタグボートに引かれて桟橋から離れ、海上交通路に入っていくと、デッキに集まっていた人々は少しずつ減っていった。階下におりてダーシーを探したいと心のどこかで思いながらわたしはデッキに残っていたけれど、この大きさの船ではそれが不可能であることはわかっていた。出航する直前に乗ってきたのが彼だったはずがないと、自分に言い聞かせた。人ごみをかきわけながら歩いていたあの男性はなにも荷物を持っていなかったし、チケットのない客を船に乗せるはずもない。でもそれなら、見送り客のなかにその男性の姿がないのはなぜだろう？　わたしはデッキに立ったまま、手を振る人々が小さくなるのを眺めていた。船は海岸線に沿ってソレント海峡を進んでいく。あれが本当にダーシーだったのかどうかを知りたかった。わたしが旅に出ることを耳にして、会いに来てくれたのかもしれないと思うと、うれしさのあまりぞくぞくした。たとえ間に合わなかったのだとしても。

もし奇跡が起きて彼がこの船に乗っているのなら、きっとすぐに会えるだろう。

# 5

## ベレンガリア号船上
## 七月一二日

わお。ついに、お金持ちの有名人のような暮らしが始まる。着替えをして、船長といっしょに夕食。フィグにざまあみろって言いたい。

船が開水域に出てワイト島に沿って進み始めると、わたしは初めて波の揺れを感じた。船酔いにならないことを祈った。楽しいことやおいしい食事が待っているのに、寝込んでなどいられない。部屋に戻って夕食のために着替えをすることにした。もしも奇跡が起きてダーシーがこの船に乗っていたら、夕食の席で会うことになる。彼が先にわたしの船室にやってこなければの話だけれど。わたしは急ぎ足で通路を進んだ。

部屋に戻ってみると、クイーニーが立ったまま窓の外を眺めていた。

「ひどく揺れますね、お嬢さん」

「大丈夫よ、クイーニー。じきに慣れるわ。荷物をほどいたのね。よくやったわ。夕食のための着替えがしたいの」

「なにを着ます？　いま大はやりの新しいイブニング・パジャマですか？」

「いいえ、背中が大きく開いた濃紺のドレスのほうが、お洒落で洗練されているように見えると思うの」

「合点です」クイーニーはそう応じたものの、ふと手を止めた。「背中がこんなに開いているドレスには、どんな下着をつけるんです？」

「つけないのよ、クイーニー」

「え？　肌着はなしですか？　ブラジャーも？」

わたしは声を立てて笑った。「もちろん肌着なんてつけないわ。ブラジャーもね」

「なんとまあ。ずいぶんと大胆になってるじゃありませんか。おっぱいがはみ出たらどうするんです？」

わたしはさらに笑った。「クイーニー、そうならないようにデザインされているのよ。それにわたしの胸は、あなたみたいに心配するほど大きくないから」

クイーニーがベッドの上にドレスを並べているあいだに、わたしは顔を洗った。

「用意できましたよ。それで、あたしの食事はどうなっているんです？　どこで食べればいいんですか？」

「プロムナードデッキにメイドの食堂があるはずだけれど、クローデットに訊いてちょうだい。それからクイーニー、マナーには気をつけてね。あなたの言葉遣いを聞いたら、ほかのメイドたちは驚くわ」

「心配いりませんよ、お嬢さん。食べるのに忙しくて、お喋りどころじゃありませんから。あとで船酔いになったときのために、食べられるときにありったけ食べておくつもりなんです」

後片付けをクイーニーに任せ、わたしは母の船室に向かった。母はわたしを見ると、うれしそうに言った。「ようやく人前に出ても恥ずかしくない程度になったわね。わたしのような圧倒的な美しさは無理だとしても、自分をもっとよく見せるすべを身につければ、あなたもそれなりに人目を引けるようになると思うわ。昔は、洗いたての素顔でもよかったけれど、そろそろお化粧の仕方を覚えるべきね。教えてあげるわ。いらっしゃい、頰紅と口紅をつけてあげるから」

「いらないわ。このままでいい」わたしは答えたが、母はすでに口紅を取り出していた。そんなわけで、一等食堂へと階段をおりていくときには、わたしは人目が気になって仕方がなかった。食堂はすでにいっぱいで、ステンドグラスの高い天井や上の通路に話し声が反響していた。白いテーブルクロスの上の磨きあげられた銀器やグラス類に明かりが当たってきらきらしている。母に気づくと、給仕長がお辞儀をして言った。

「ミス・ダニエルズ、レディ・ジョージアナ、ぜひ同席していただきたいと船長からことづかっております。こちらにどうぞ」

母は足を止め、食堂にいる人々全員の目に留まるように優美なポーズを取ってから、わたしに向かって満足そうに微笑んだ。給仕長はわたしたちを先導して、食堂を縦断するように歩いていく。ダーシーがどこかのテーブルにいるかもしれないと思ったわたしはあたりを見まわしたが、見当たらなかったので母のあとを追った。だが残念なことに、背中が大きく開いた流行のドレスは、スカートがものすごくタイトだった。母に追いつくためには、慣れないハイヒールでちょこちょこと何歩も歩く必要があった。不運だったのは、食堂の真ん中あたりまで来たときに、船が大きく横揺れしたことだ。わたしは前につんのめる格好になり、転ばないためにひたすら前に足を出し続けるほかはなかった。それを止める唯一の手段が、手近にあった椅子の背をつかむことだった。さらに不運なことに、その椅子は空ではなく、わたしはそこにあったむき出しの大きな背中に勢いよくぶつかった。気の毒な女性はちょうどカクテルを口に運ぼうとしていたところで、グラスに顔を突っこむ結果になった。怒りの声の前になにかが詰まったような奇妙な鼻息が聞こえたから、さくらんぼが鼻の穴に入ったのではないかと思う。

「ごめんなさい」わたしはあえぐように言った。「わざとでは……」

彼女は琥珀色の液体にまみれた顔をわたしに向けた。「なんてがさつで間抜けな子なの」アメリカなまりの早口の英語だった。「いったいどういうつもりで……」

気がつけば給仕長がわたしの隣に立っていた。「申し訳ありません、殿下。海が荒れていますから、わたしが手をお貸しするべきでした」

今回ばかりは、わたしはただのレディであって殿下ではないと訂正するつもりはなかった。その女性はきまり悪さを絵に描いたような表情を浮かべた。

「まあ、殿下でしたの。存じませんで」彼女は口ごもった。「もちろん、船が揺れているのはわかっていたことですものね」

「本当にすみませんでした。なにかわたしにできることはありませんか？」

「顔さえ拭けば大丈夫です」

「すぐに新しいカクテルを運ばせます」給仕長が言った。「船長がお待ちです、殿下」

今度はしっかりと彼の腕につかまって進んだ。案内されたのは、中央にある九人がけのテーブルだった。すでに四人が座っている――金モールがたっぷりついた華やかな制服姿の船長、宝石で全身を飾りたてた魅力的なインド人女性、恰幅のいい中年夫婦。妻のほうはやや時代遅れの茶色いレースのドレスを身に着けていた。男性たちが立ちあがった。

「ミス・ダニエルズ、レディ・ジョージアナ。ようこそ。わたしは船長のハリソンです。どうぞお座りください」船長は母に自分の隣の椅子を示した。わたしの席はインド人女性の横だった。「ほかの方々をご紹介しましょう。カシミールの故マハラジャのお嬢さまのプリンセス・プロミーラと、サー・ディグビーとレディ・ポーターご夫妻です。サー・ディグビーは英国産業開発庁の長官でいらっしゃいます」船長はつぎに母とわたしを示して言った。「みなさんはもちろん、前ラノク公爵夫人のクレア・ダニエルズとお嬢さまのレディ・ジョージアナをご存じですね」

「そうか、クレア・ダニエルズだ」サー・ディグビーは熱いまなざしを母に向けた。「戦前のよき時代に、まだ女優をなさっていたあなたの舞台を観ましたよ。そうだろう、おまえ？本当に素晴らしい演技だった。まったく素晴らしかった」

レディ・ポーターはかろうじて笑みを浮かべた。船長のテーブルでちやほやされるのを楽しみにしていたのだろうが、プリンセスと有名な元女優とわたしのおかげですっかり影が薄くなってしまっている。プリンセス・プロミーラは隣に座ったわたしに親しげな笑みを向けた。「あなたはヴィクトリア女王のお孫さんかしら？」

「曾孫にあたります」わたしは答えた。

「父が女王のことをとても評価していたんですよ。若いころ、ワイト島にある王室の離宮のオズボーン・ハウスに滞在したことがあって、感銘を受けて戻ってきました。小柄な女性なのに、世界を支配している帝国を指揮していると言って。父はイギリスを心から支持していましたから」彼女はインド人であることをほとんど感じさせない、少し大げさなくらいのイギリスなまりの早口の英語を話した。イギリス人の家庭教師がいたか、あるいはイギリスの女子校で教育を受けたかのどちらかだろう。

「あなたはインドで暮らしていらっしゃるんですか？」わたしは尋ねた。

「時々は。パリにマンションがあって、そっちのほうがずっと好きなんですけれど、時々は帰らなくてはならないんです」彼女は、西洋の人間には決してできない物憂げな素振りで優美な手を振った。「宮廷の外にある自由を楽しんでいます。カシミールの女性には束縛が多すぎるんですもの。行ったことがおありかしら？」

「いいえ、一度も。ヨーロッパ以外の場所に行くのは、これが初めてなんです」わたしは打ち明けた。

「いつかインドにもいらしてくださいね。費用を惜しまない、豪華なパーティーをするんですよ」

「聞いたことがあります。わたしの親戚のデイヴィッド王子が公式訪問で素晴らしいひとときを過ごしたそうですね」

「ええ、わたしたちの家に滞在なさったの。わたしもたまたま家にいたので、おもてなしさせていただきました。魅力的な方ですね。結婚はなさらないのかしら？　もう四〇歳でしょう？」

「ええ、そうなんです。彼が自分の務めを果たして結婚することをご両親は願っていらっしゃるんですけれど。どうなるんでしょう」

「どこかのアメリカ人女性とお付き合いなさっていると聞きましたけれど。困ったことですね。相手の方は二番目か三番目の夫がいるとか」

「よく知りません。でも彼女は未来の女王にはふさわしくありません」

「彼女にまだ夫がいて、イギリスにとっては幸いでしたね。そんなありえない状況が現実にならずにすんだわけですから。お会いになったことはあります？」

「ええ。好意を抱いているとは言えませんけれど」

「王子以外はみんなそうだと聞いています。辛辣な口をきくそうじゃありませんか。わたしは昔の友人に会いにアメリカに行くんですけれど、あなたは？」

「母のお供なんです」わたしはそう答えたが、母が釘を刺すような表情を向けてきたので、それ以上は言わなかった。ウェイターがシャンパンのコルクを開けて、わたしたちのグラスに注ぎ始めた。

「ああ、もうお二方もいらっしゃったようですね」船長が再び立ちあがった。ずんぐりした熊のような中年男性がこちらに近づいてきている。もじゃもじゃの白い髪に細いメタルフレームの眼鏡がどこかフクロウを思わせた。傍らにはとてもなまめかしくて艶やかな女性がいた。銀色のラメのドレスをまとい、片方の肩にはさりげなくシルバーフォックスの毛皮を羽織っている。彼女がだれなのか、ひと目でわかった。食堂にいるだれもがわかったはずだ。

船長は母に向き直った。「ミスター・サイ・ゴールドマンとはお会いになったことがありますよね？　ゴールデン・ピクチャーズの興行主です。そしてもちろん、映画スターのステラ・ブライトウェルもご存じですね？」

その男性は大げさに両手を広げた。「クレア・ダニエルズだ」よく響く声で言う。「ようやく会えた。この瞬間をずっと待ち望んでいたんですよ」

母は顔をピンクに染めた。食堂じゅうの人の視線が向けられていることがうれしいらしい。「初めまして、ミスター・ゴールドマン」母は手を差し出した。「お噂はかねがねうかがっています」

「もちろんステラは知っていますよね。だれだって彼女のことは知っている」艶やかな黒髪の美しい女性は、完璧な歯を見せつけるようにしながら、母の向かいに腰をおろした。

「ようやくまた会えたわね、クレア。歳月はわたしたちのどちらにも優しかったようね」

彼女は低いハスキーな声で言った。長らくアメリカで暮らしていた影響が聞き取れる。

母はじっと彼女を見つめていたが、やがて顔をのけぞらせて笑った。

「ガーティね。驚いたわ、小さなガーティ・オールダム」

母はわたしたちに説明した。「戦前、いっしょにパントマイムをしていたんです。もちろんわたしが主役で、ガーティと妹は脇役でしたけれど。ええ、思い出してきたわ。ガーティ・アンド・フロッシー。オールダム・シスターズ。とてもかわいらしかった。歌って、踊って、アクロバットもして。とても才能があった。最新の映画であなたを見たとき、どこかで見たことがあると思っていたのよ」

ステラ・ブライトウェルは、ガーティ・オールダム時代のことを持ちだされてあまりうれしくなさそうだった。「ガーティ・アンド・フロッシー。改めて聞いてみるとひどい名前ね」ステラ・ブライトウェルは鈴の音のような笑い声をあげた。「あなたが公爵と結婚してからまもなく、わたしたちはステラ・アンド・ベラ・ブライトウェルに改名したのよ」彼女はそう言うと、ウェイターが目の前に置いたマティーニを口に運んだ。

「妹はどうしたの？」母が尋ねた。

「ショービジネスから足を洗ったの。あの子にはわたしのような美貌も才能もなかったんですもの。それにわたしにはハリウッドに行って映画で勝負できるだけの才覚があったわ。あの子はイギリスを離れたがらなくて、もう何年も会っていないの」ステラは母の手に手を重ねた。「また会えて本当にうれしいわ、クレア。ねえサイ、彼女がわたしたちの願いをかなえてくれるかもしれないわね」

「うむ、そのとおりかもしれない」ふたりはそろって母を見つめた。

「どんな願いなのかしら？」母は面白がって尋ねた。

「その話はまた今度にしよう」サイ・ゴールドマンが言った。「ショービジネスの話はほかの方々には退屈でしょうからね」

「あら、とても面白いお話ですのに」レディ・ポーターが言った。「イギリスの田舎町で婦人会の運営をしているような人間とは、まったく違う人生ですもの」

「おまえは慈善事業で素晴らしい仕事をしているじゃないか」サー・ディグビーが言った。「それに素人演劇のスターでもある」彼はわたしたちに向き直った。「『ペンザンスの海賊』の彼女は見事だったんですよ」

「やめてちょうだい、ディグビー。そんな素人の舞台の話なんて持ち出さないで」レディ・ポーターは顔を真っ赤にして言った。

「あなたは海賊だったんですか？」プリンセス・プロミーラが尋ねた。

それを聞いた母はシャンパンにむせたが、咳をしているふりをしてごまかした。

「まだ正式に紹介してもらっていませんでしたね、ミス・ブライトウェル」サー・ディグビーが朗々たる声で言った。「わたしはサー・ディグビー・ポーター、彼女は妻のミルドレッドです」

「こちらはプリンセス・プロミーラ」わたしは言い添えた。「わたしはジョージアナ・ラノク、クレア・ダニエルズの娘です」

「お会いできてうれしいですよ。もちろんあなたにも、プリンセス」サイ・ゴールドマンが言った。「なんと、このテーブルには王族の方々がおられるわけですね。自分がひどく田舎者のように思えますよ」

「あなたが田舎者ですって？」ステラが笑い声をあげた。「あなたのお屋敷はここにいる人たちのなかで一番大きいって賭けてもいいわ」ステラはわたしたちを見まわしながら言った。

「ホアンがいないわね」

「ホアン？」母が訊いた。

「ホアン・ド・カスティーリョ。スペインで会ったハンサムな若者よ。サイはいま、略奪の旅の途中なの」

「略奪？」レディ・ポーターはちらりと夫を見ながら訊き返した。

「サイは太平洋を見おろす丘に自分のお城を造っているんです」ステラが説明した。「家具はすべてヨーロッパのアンティークで揃えていて、あちらこちらの修道院を巡っては貴重なものを持って帰ってきているんですよ」

「略奪などしていないよ」サイ・ゴールドマンはよく響く声で釈明した。「正当な代金を払っているんだ。彼らは金を必要としているし、わたしは彼らの燭台や細長い食卓が欲しい。結果として、どちらも満足しているわけだ。今回船にのせた品々をお見せしたいですよ。セビリア近くの修道院で見つけた美しい羽目板やステンドグラスの窓。あれは一五世紀のものだったかな？」彼はステラに確認した。

「一六世紀よ、サイ。一五〇〇年代は一六世紀だって教えたじゃないの」

サイは笑った。「同じことだ。古いものは古い。古いものなら、わたしの城に置く価値がある」

ステラはわたしたちに顔を寄せて言った。「この人ったら、礼拝堂を丸ごと解体して、石のひとつひとつ、窓という窓、すべてを運ばせているんです」どうしようもない、けれど愛すべき子供を見るようなまなざしをサイに向ける。「今回の一番の略奪品は、全体に宝石がちりばめられた二本の燭台でしょうね」

「それに絵があるよ、ステラ。あの絵を忘れちゃいけない」

「ああ、そうだったわ。エル・グレコの聖母と子供の絵。修道院の礼拝所で見つけたんです。サイは自分の目の届かないところには置かせないんですよ」

「手の届かないところには、だよ。船の金庫にしまってあるからね」

ステラはさっきのわたしのように、食堂を見まわした。「ホアンはどこかしら？　スペイン人はいつも遅れるのよね。このテーブルの最後の椅子には彼が座るんでしょう？」

「いいえ、違います、ミス・ブライトウェル。この最後の席にはアメリカ人女性をお迎えします」船長が答えた。「ああ、いらっしゃいましたよ」

そちらに顔を向けると、シンプソン夫人その人がこちらに近づいてくるところだった。彼女がテーブルまでやってくると、男性たちが立ちあがった。ビーズで飾られた黒のロングドレスに白いミンクのストールを肩にかけた彼女はいつものごとく華やかで、その装いは非の打ちどころがなかった。

「お待たせしてごめんなさいね、船長」わずかに南部のなまりのある低い声で彼女は言った。

「先に始めてくださってよかったんですのに」

「始めていましたわ」母がシャンパンのグラスを持ちあげて応じた。

「あら、まあ。驚きだこと。大西洋横断の旅に、あの女優さんと娘さんがいるなんて。またお会いできてうれしいわ」

「こちらこそ、シンプソン夫人」母が言った。「おひとりなの？　今回はご主人がごいっしょではないの？」

「ええ、いないの。ボルティモアでちょっとした用事があるのだけれど、残念なことに友人たちは忙しくていっしょに行けないものだから」

その〝友人〟というのがデイヴィッド王子であることを暗にほのめかす口ぶりだった。

「それは残念ね」母が応じた。「でもあなたならすぐに船の上でも大勢の友人ができるでしょうね」

シンプソン夫人と母は嫌悪感も露《あら》わににらみ合った。ふたりは初めて会ったときから互いを嫌っていて、久々の再会でもその状況が改善されることはなかったようだ。

「元気にしていたのかしら、ジョージアナ？」シンプソン夫人はわたしに声をかけた。「まだ結婚していないの？　王家の方はあなたの結婚相手になるような素敵なヨーロッパの王子を見つけられないでいるの？」

「ええ、残念ながら」わたしは答えた。「王家の人間は、それがだれであれ、ふさわしい結婚相手を見つけるのが得意ではないらしくて」

黒い瞳が一瞬怒りにぎらりと光ったが、すぐに笑みが取って代わった。「まあまあ。ずいぶんと大人になって、爪も鋭くなったのね」

「ほかの方々をご紹介しましょう」船長があわてて割って入り、順に紹介していった。サー・ディグビーとレディ・ポーターが顔を赤くして、落ち着かない様子でいることにわたしは気づいた。国王陛下ご夫妻の立場上、新聞はその話題を記事にすることを禁じられていたのだが、シンプソン夫人とデイヴィッド王子の噂はついに一般の人たちの耳にまで届いたのかもしれない。

夕食は素晴らしかった。豪華な食生活をキングスダウン・プレイスで何カ月も送ったあとだったから、ろくに食べるものもなくベイクド・ビーンズでかろうじて命をつないでいたころに比べれば感動は薄かったかもしれないが、それでもわたしは運ばれてくるどの料理も嬉々として平らげた。シンプソン夫人は驚くほど静かだった。訊かれたことには礼儀正しく答えるものの、それ以上は口をつぐんでいる。代わりに、サイ・ゴールドマンがマリブにある屋敷やそこで飼っている輸入した野生動物の話で場を盛りあげた。

「それって危険じゃありませんか？」レディ・ポーターが尋ねた。「シマウマはライオンと同じくらい獰猛《どうもう》だと聞いたことがありますけれど」

「餌にするのは、いやな客だけですよ」サイはそう言って、愉快そうに笑った。

サー・ディグビーが素人演劇で活躍する妻の話を再び持ちだそうとすると、母とステラが目と目を見交わして笑った。

サー・ディグビー夫妻も大西洋を渡るのはこれが初めてだということがわかった。

「ハーバード大学で講義をしてほしいという依頼を夫が受けて、断るにはあまりにもったいないということになったんです」レディ・ポーターが説明した。「実を言うと、わたしはあまり気乗りしなかったんです。一度地中海でクルーズをしたことがあって、そのときひどく船酔いしたものですから」

「真っ青になって、ずっと吐き通しでしたよ」サー・ディグビーが言い添えた。

レディ・ポーターが船長に尋ねた。「お答えいただけるかしら、船長。このような船が沈むのはよくあることなんですか？」

「沈むのは一度きりですよ、レディ・ポーター」船長は真面目な顔で答えた。

食事を終えて、楽団がダンス曲を演奏しているパーム・コートに移動していると、颯爽《さっそう》とした若者が人ごみのなかをこちらに近づいてくるのが見えた。一瞬、ダーシーかと思ったが、黒い髪はうしろに撫でつけられ、肌は地中海沿岸の人らしくよく日に焼けている。わたししたちに気づくと若者の茶色い瞳はうれしそうに輝き、ステラが足早に彼に近づいた。

「ここにいたのね、ホアン。夕食のときはどこにいたの？」

「あなたたちは船長のテーブルに招待されたけれど、ぼくはミルウォーキーから来たという女性たちといっしょだったんだ。ところで、ミルウォーキーってどこにあるんだろう？」

「シカゴの近くよ」

「ぼくたちはミルウォーキーには行かないよね？」

「心配いらないわ。行かないから」

「ああ、よかった」彼はありえないくらい真っ白な歯を見せて笑った。

ステラは新しい玩具を見せびらかすかのように、わたしたちを振り返った。

「彼、素晴らしいでしょう？　セビリアの近くの修道院を略奪していたときに、サイが見つけたの。英語は堪能だし、演技もできるのよ。サイは彼をスターに育てるつもりでいるの。実を言えば、わたしの次の映画に出てもらうことになっているのよ。わたしがメアリ一世で、彼がスペイン王のフェリペ二世を演じるのよ」

「フェリペ二世とメアリ一世？」母が笑った。「よりによって、あんなに人気のないふたりを？　メアリ一世は年を取っていて、醜くて、信仰心ばかり篤かったたし、フェリペ二世は一度も彼女とベッドを共にしなかったはずよ」

「歴史どおりである必要はないのよ」ステラは薄ら笑いを浮かべて答えた。「ハリウッド映画なんですもの」

「さあ、ホアンも来たことだし」サイが強引に割りこんだ。「ご婦人がたにはお喋りを楽しんでいただくとして、わたしたちはブランデーと葉巻でもどうだい？」ホアンに呼びかけてから、わたしたちに向き直る。「彼は本物だと思わないかい？　クラーク・ゲーブルも真っ青だ。もうひとり、本物の才能の持ち主を教えようか？　きみだよ、クレア・ダニエルズ。いまでもそうだ。まさにイギリスの薔薇だ。どうしてきみがいままで映画に出ようとしなかったのか、とても理解できないね。だがわたしたちがそれを変えるつもりだ」

「ばか言わないで。わたしはもう年よ。大きな娘がいるの」母は笑い声をあげたが、気分をよくしているのはわかった。「いらっしゃい、ジョージー。あなたのダンス相手を探しましょう」

母はわたしの腕に手をからめると、その場を離れた。「あの人たちの言うことをまともに受け止めてはだめよ」階段をあがりながら言う。「ハリウッドでは本当のことを言う人なんてだれもいないの。どれも愉快な絵空事なのよ」

振り返ると、ホアンとサイ・ゴールドマンが遠ざかっていくのが見えた。地中海の人らしい肌と明るく輝く茶色の目は別として、ホアンにはどこかダーシーを思わせるところがある。波止場で見かけた、ぎりぎりになって船に乗り込んできた男性はホアンだったに違いない。ダーシーではなかったのだとわかって、失望のため息がこぼれた。勝手に想像をふくらませていたらしい。それとも願望と言うべきだろうか。ダーシーはベレンガリア号には乗っていないし、わたしがアメリカに向かっていることすら知らないのだ。わたしは母に連れられるまま、楽しげな音楽が流れてくるパーム・コートへと足を運んだ。母は入り口で立ち止まり、ダンスフロアで踊っている人たちやテーブルでカクテルを飲んでいる人たちを見まわした。

「知り合いになりたいような人はいないわね」いつものように素早く値踏みをした。「男の人たちはみんなまだスモーキング・ラウンジにいるのね。今夜はこれ以上残っている意味はないと思うわ。レディ・ディグビーのような退屈な人に、素人演劇の話を聞かされるのはうんざりだもの。わたしは部屋に戻るわ、ジョージー。あなたは残って、ダンスをしてもいいと思える相手を探したらどうかしら」

「わたしと同じくらいの年の人はあまりいないみたい」わたしは部屋を見まわした。なれなれしいミスター・ハリデイの姿すら見えない。

「一等船室にはいないわね。こんな船旅の代金を払える人のほうが少ないから。あのハンサムなスペイン人とひとときの情事を楽しんでもいいのよ」

「お母さまったら。わたしがひとときの情事を楽しむようなタイプじゃないって、わかっているくせに」わたしは笑い声をあげた。「それに彼はわたしの存在に気づいてすらいないと思うわ。だれかに興味を引かれたとしたら、それはお母さまよ」

「そうかしら？」母はさらりと言うと、満足そうな笑みを残して船室に戻っていった。

# 6

## ベレンガリア号船上
## 一九三四年七月一三日　金曜日

翌朝わたしはドアをノックする音で目を覚ました。紅茶とビスケットをのせたトレイを持って入ってきたのは、クイーニーではなく客室係だった。

「おはようございます、お嬢さま。朝食はお部屋で召しあがりますか?」

「ありがとう、そうしてもらえるかしら。夕食をたっぷりいただいたから、ゆで卵と果物だけでいいわ」

体を起こすと、船室が揺れているのがわかった。立ちあがり、窓から外を見る。どんよりした朝で、白波が立っていた。呼び紐を引くと、青い顔をしたクイーニーがよろめきながらやってきた。

「ひどく揺れてますね、お嬢さん。気持ち悪くならないといいんですけど。食事を抜きたくないんですよ。メイド用の食堂の料理もすごくおいしいんですから」

「船酔いしない秘訣は、あまりしつこくないものを時間どおりに控え目に食べることだって聞いたわ」わたしは教えた。「気分が悪くなったら、外に出て新鮮な空気を吸って、水平線を見るといいのよ」

「いまもちょっとばかり気持ち悪いんです」クイーニーは弱々しく笑った。確かに、具合が悪そうだ。

「身支度は自分でするから、あなたは外に出てくるといいわ。それからトーストを食べるのよ」

「そうします、お嬢さま」クイーニーがわたしをそう呼んだので、ひどく具合が悪いことがよくわかった。

わたし自身は吐き気のかけらもなかったので、朝食をおいしくいただいてからデッキに出た。膝掛けをしてデッキチェアに座っている人が何人かいて、客室係が温かいコンソメを配っている。若い男性のグループが果敢に輪投げに挑戦していた。そのなかにタビー・ハリデイがいて、わたしに気づくと手を振った。

「いっしょにやらないか？　これだけ揺れる船の上でする輪投げは、やりがいがあるぞ」

わたしはためらったものの、断る理由もない。「いいわ」彼らに近づいていくと、投げ輪を渡された。一度も輪投げをしたことがないとか、自分の手足を思いどおりに使えたためしがないということなど、ここでは関係ないはずだ。そうでしょう？　一投目と同時に船が揺れ、投げ輪はデッキをころころと転がっていったので、走って追いかけなければならなかった。二投目はピンの方向ではなく、真上に飛んだ。男性たちは船の揺れに合わせて、うまく輪を投げている。わたしもすぐに慣れて、船の揺れさえも楽しめるようになり、ピンに輪が入ることもあった。

「いいね」長身の若者が言った。派手なチェックのジャケットからしても、アメリカ人であることは一目瞭然だ。「デッキテニスの試合では、きみにパートナーになってもらうことにするよ」

「まあ、それはどうかと思うわ。わたしはそれほどうまくないもの」

「きみは気づいていないかもしれないけれど、この船には四〇歳以下の女性はあまりいないんだよ」その台詞はいささか率直すぎた。

「それはどうもありがとう。とても心強い言葉だわ」うまく受け流せたことを誇らしく思いながらわたしは言った。

彼は顔を赤らめた。「すまない、褒められた言い方じゃなかったね。父はぼくにいずれ大使になってほしいと思っているのに。きみは素晴らしいパートナーになってくれると思うし、その右腕は力強くて頼りになるよ。ところでぼくはジェリー。きみは町に滞在するの？　それともどこかに向かうのかな？」

「何日かニューヨークに滞在したあと、列車で横断する予定よ」

「カリフォルニアに？」

「ネバダだと思うわ」

「それは興味深いね」タビー・ハリデイが近づいてきた。「ネバダに行く理由はただひとつ。離婚するためだ」

「土地を買うつもりかもしれないでしょう」わたしは冷ややかなまなざしを彼に向けた。

「ネバダに買うだけの価値のある土地はないよ」タビーはさらに言った。「それに、あの有名なシンプソン夫人もこの船に乗っているのを見た。彼女はまさにそのためにボルティモアに行くという噂だ」

「土地を買うために？」わたしは無邪気に尋ねた。

タビーは声をあげて笑った。「ミスター・シンプソンと離婚するためさ」

「なんてこった。つまり彼女は王子と結婚するつもりだってことだ」若いアメリカ人が言った。「あっと驚く展開だな。ヤンキーの女王だぞ。きみたちイギリス人の意見が聞きたいね」

「ありえないわ」わたしは答えた。「デイヴィッド王子が離婚歴のある女性と結婚することは許されないの。いずれ国王になったら、離婚を認めていない英国国教会の長になるんですもの」

「それはどうだろう。彼女は自分の意志を押し通そうとする女性だと聞いているよ」

「何世紀ものイギリスの伝統は覆せないわ」

「なんにだって抜け道はあるものさ」アメリカ人はそう言って、のんびりと煙草をふかした。

「さあ、きみの番だ」

わたしは輪を投げた。彼の言うとおりだ。ダーシーはカトリック教徒で、わたしは王位継承権を持つ身だから――たとえ三五番目だとしても――彼とは結婚できないのだと思っていた。けれど、王位継承権を放棄すると宣言さえすれば、だれであれ望む相手と結婚できるのだと教えてもらった。ペストが再び猛威をふるうようなことがないかぎり、わたしが女王になることは考えられないから、難しい選択ではない。ただし、ダーシーにもわたしにもお金がないので、いずれ結婚するつもりであることはまだだれにも話していなかった。

タビー・ハリデイがさらに身を乗り出してきた。「きみのお母さんは本当に離婚するつもりなのかい？　だれと再婚するんだろう？」

「あなたには関係のないことよ、ミスター・ハリデイ」わたしは答えた。

「タビーと呼んでくれないか。船ではみんな下の名前で呼ぶものだよ。興味があるんだ。彼女は有名人だし、有名人というのは格好の話題だろう？」

「どうしてそんなに人の人生に興味があるの？　まだなにも起きたわけじゃないのに」

若いアメリカ人はくすくす笑いながら、タビーをこづいた。「知らないのかい？　彼は『デイリー・メール』紙の記者なんだ。特ダネを探すのが彼の仕事なんだよ」

怒りが湧き起こった。わたしは感情をコントロールするように育てられたのだが（レディは常に冷静でいなければなりません、レディは決して感情を露わにしてはいけません）、今回は黙っていられなかった。「恥ずかしくないのかしら？　わたしの母と家族の記事を書くために、わたしと親しくなったふりをするなんて。輪投げであれなんであれ、今後二度とあなたとなにかをするつもりはありませんから」

そう言い残して、わたしはその場をあとにした。タビーがアメリカ人に文句を言っているのが聞こえた。「ずいぶん余計なことを言ってくれたじゃないか」

「自業自得さ」というのが答えだった。

母が離婚目的でリノに行くことを彼のなれなれしさにつられて喋ってしまわなくてよかったと、神に感謝した。母は絶対に許してくれなかっただろう。そろそろ起きているころだろうと思ったので、母の部屋を訪ねてみることにした。ドアをノックしたとき、話し声が聞こえた気がした。そっとドアを開ける。

「お母さま、起きている？」声をかけた。

「ジョージー、お入りなさい」母が応じた。「起きているどころか、お客さまなの」

部屋に入ってみると、サイ・ゴールドマンとステラ・ブライトウェルが母と向かい合うようにしてソファに座っていた。煙草の煙が充満している。きちんとお化粧をし、身づくろいも終えた母は、いつものように肘掛け椅子にだらしなくもたれるのではなく、すっと背筋を伸ばして座っていて、とても品よく見えた。

「ゆうべ、食事でいっしょだったふたりを覚えているでしょう、ジョージー？　ミスター・ゴールドマンとミス・ブライトウェルよ。廊下のすぐ先にふたりのお部屋があるそうなの。この船の宿泊設備は素晴らしいわね。そうじゃない？」

「サイは窮屈だって言うのよ」ステラは笑いながら答えた。「でもあなたたちは、第二のアルハンブラ宮殿を見たことがないものね」

「第二のアルハンブラ宮殿？」

ステラは挑むようなまなざしをサイに向けた。

「マリブに建てているわたしの家のことなんだよ。古いスペインの建物の一部を再利用しているというだけで、彼女ときたら第二のアルハンブラ宮殿などとニックネームをつけてしまって。実際は、まだ名前はないんだ」サイはわたしを見ると、座っているソファの横を叩きながら言った。「きみが来てくれて幸いだよ、お嬢さん。座ってくれないか。実はわたしたちの映画に出てもらえるようにきみのお母さんを説得していたところなんだ。だがどういうわけか彼女は、映画スターになりたくない世界でただひとりの人間らしい」

「ばかげた話よ」母が言った。「マックスがどう思うかしら？　ほかの人たちは？　再起を図る落ち目の女優と言われるに決まっているわ」

「その反対よ」ステラが言った。「あなたがまだそれほど若くてきれいなことに驚くわよ」

「ばかばかしい」母は笑ったが、うれしがっているのがわたしにはわかった。ただ気乗りしていないふりをしているだけかもしれない。「なにより、わたしにはハリウッドに行っている時間なんてないの。さっさと用事を済ませたら、ドイツにいる愛しのマックスのもとに戻らなければならないのよ。わたしが留守にするといやがるんですもの」

「アメリカのどこに行く予定なんだい？」サイが尋ねた。

「どうしてもというのなら言うけれど、リノよ。離婚を認めようとしないうっとうしい夫がいるんだけれど、いまの恋人はどうしても結婚したいと言うのよ。リノに行けば簡単に離婚できると聞いたものだから」

「それはそうだが、ひと晩でというわけにはいかないよ」サイが説明した。「ステラに訊くといい。フレディと別れるときに経験済みだ」

「イギリス人の夫よ。ひどい男だったわ。大酒飲みだし、スカートをはいてさえいれば見境なしに手を出すの。バグパイプを吹いている人はべつとして」

「それで、具体的にどれくらいかかるの？」母が訊いた。

「六週間、そこで暮らしていることが求められるわ」

「六週間？」母は愕然《がくぜん》としたようだ。「ネバダに六週間もいなくてはいけないの？　どうしてだれも教えてくれなかったのかしら」

「抜け道があるんだよ」サイが言った。「教えてあげるといい、ステラ」

「リゾートに移動して、日光浴をしたり、楽しい時間を過ごしたりする人もいるわ。わたしはそうだった。天国だったわよ。昼間はきれいなプールで過ごして、夜はギャンブル。なにもないところに閉じこめられるのがいやだったら、まずはどこか辺鄙《へんぴ》な場所に家を借りるの。そこにあなたがいることをまわりに印象づけたら、あとはお金を払ってだれかに代わりをしてもらうのよ」

「そんなことができる？」

「もちろんよ。まわりの人には、あなたは有名人だから悪い評判を立てたくないんだと思わせるの。食べるものは配達させて、時々は遠くから姿を見られるようにする。そうしておいて、六週間たったら判事のところに行けばいいの。あれこれ訊かれることはないわ。州にとって主要な財源だから」

サイは両手のこぶしを打ちつけた。「そしてそのあいだに、きみはわたしたちと映画を撮るんだ。簡単だろう？　きみにはビバリーヒルズ・ホテルに滞在してもらうよ。週末には丘にあるわたしの屋敷に来るといい。舞踏会を開こう。きみもだよ、お嬢さん。カウボーイじゃなくて、映画スターに会えるんだ。つまらないネバダなんかよりずっと楽しい」

母は髪をいじっている——不安になったときの癖だ。「その六週間を避ける方法はないの？」

「あるよ。グアムに行けばいい。その場で離婚させてくれると聞いている」

「グアム？　それはどこにあるの？」

「太平洋だ。長い航海になる。原始的なところだよ。草でできた小屋、飛びまわる蚊。こんな豪華な客船はなくて、酒飲みのアジア人乗組員が乗る不定期の貨物船があるだけだ」

「お断りだわ」母は身震いした。

「それとも国境を越えてメキシコに行ってもいい。だがメキシコでは離婚を認めていない州もあるしね」

母の気持ちが揺らいでいるのがわかった。「その映画で、わたしが演じるのはどんな役なの？　だれかの母親役はごめんよ」

「きみはセクシーな主役さ。ステラ共々ね。きみは正真正銘のイギリス人で本物の女優だ。

わたしが探していたのはまさにそんな女性なんだ。イギリス人を演じようとするハリウッドの女優なんかじゃなくて」

「メアリ一世とフェリペ二世の映画だと言ったわよね？」母は疑り深そうに言った。「わたしの役は？」

「メアリ一世よ」ステラが答えた。

「それじゃあ、あなたは？」

「妹のエリザベス。のちのエリザベス女王よ。〈チューダー姉妹〉みたいなタイトルになる予定なの。そうよね、サイ？」

母は首を振った。「ごめんなさい、よくわからないわ……」

「簡単だよ、クレア」サイは葉巻を灰皿に置くと、母のほうに身を乗りだした。「ロマンスと対立の物語なんだ。ひとりの男を巡ってね」

「エリザベスとメアリーが？　だれを巡って？」

「フェリペ二世だよ。こういうことだ。フェリペはメアリと結婚するためにイギリスにやってきたが、妹のエリザベスを見て彼女を愛するようになる。するとメアリはエリザベスをロンドン塔に幽閉して断頭台に送ろうとする。さらにフェリペに嫉妬させるために、彼の右腕であるドン・アロンソを誘惑するんだが、実際に彼と恋に落ちてしまうんだ。フェリペは部下が新妻と浮気していることを知って彼と決闘するが、ドン・アロンソはスペイン国王を殺すことはできないと思い、勇敢に死んでいく。フェリペは後悔して妻の元に戻り、エリザベスは悲嘆に暮れる。どうだい、いい物語だろう？」

「いい物語？」母はわたしを見ながら言った。「とんでもないわ。そもそもメアリとフェリペのあいだにロマンスなんてなかった。完全に政治的なもので、ふたりはたしかベッドを共にしたこともなかったはずよ。そうでしょう？　それにエリザベスはずっと年が下だから、そういう関係になんてなるはずがないの」

サイは頭をのけぞらせて笑った――熊のようないつもの笑い方だ。

「これは映画だよ、クレア。ハリウッドなんだ。歴史の授業じゃない。歴史があんまり退屈なんで、わたしがちょっとばかり味つけしてやるのさ。アメリカ人は女王や王子が出てくるイギリスの歴史が大好きなんだ」

「サイは自分で監督するつもりなのよ。すごいでしょう？」

「わたし以上の監督はいないよ、クレア。きっと大ヒットする。きみはスターになるんだ。どう思う？」

「あのハンサムなホアンがフェリペなのね？」

「そのとおり」

「でもあの子はわたしの娘とたいして変わらない年よ」

サイは身を乗りだし、母の膝を叩いた。「最近のメイキャップ・アーティストの腕は素晴らしくて、きみは彼と同じくらい若くて美しくなれるよ。約束する。絶対だ」

母は再びわたしに目を向けると、肩をすくめた。「仕方ないわね？　リノのモーテルで六週間過ごすよりは、ずっといいわ」

# 7

## ベレンガリア号船上
## まだ七月一三日

かなり揺れているけれど、まだ船酔いはしていない。お母さまは映画スターになるらしい。いま以上に注目を集めたいのだろうか。

そういうわけで、わたしたちはハリウッドに行くことになるようだ。実のところ、わたしはわくわくしていた。あの町の華やかさはいやというほど耳にしていたし、母が映画スターになるところを見るのは楽しいだろう。ハリウッドに戻って大々的にマスコミに発表するまでは秘密にしているようにと、サイはわたしたちに口止めした。そのころにはだれかがリノのモーテルで母の代役を務めているという寸法だ。この船にはタビー・ハリデイが乗っているので、彼の近くでは口をつぐんでいたほうがいいとわたしは警告した。

「なるほど、それが彼の仕事なのか。ゆうべバーをうろついているのを見かけたが、他人のことに首を突っこみたがる男だと思っていたんだ」

「母がアメリカに行く理由をわたしから聞きだそうとしたんです」わたしは説明した。「話さなくて正解でした」

「ハリウッドに行くとほのめかしてやるといい」サイが言った。「そうすれば、本当の目的から彼の目を逸らすことができるだろう」

「いい考えね」母が言った。「ジョージー、もし彼がまたなにか訊いてきたら、わたしは古い友人のステラ・ブライトウェルといっしょにハリウッドに行くと言えばいいわ」

日が落ちるころには船は荒れた海域を抜けて揺れも収まり、穏やかな夜が始まろうとしていた。三日目の夜には仮装舞踏会が開かれるということで、なにを着るのかが客たちのもっぱらの話題だった。衣装を貸し出している船上の店もあった。

「どう思う、ジョージー？　なにに仮装すればいいかしら？」

わたしは肩をすくめた。「ダンスの相手もいないのに舞踏会に行くなんて、どうかと思うわ」

「つまらないことを言わないの。まったくあなたは、ひいお祖母さまみたいなことを言いすぎよ。ドレスアップするのは楽しいし、ダンスを申しこんでくる人は必ずいるわよ」

「衣装は借りるつもり？　それともなにか考えるの？　わたしは仮装できるようなものはなにもないわ。シーツを体に巻いて、ウェスタの巫女《みこ》になるのなら話は別だけれど」

「あなたはウェスタの巫女でもいいでしょうけれど、わたしの女優の才能をもってしても、それは無理だわ。それに、だれも間に合わせの仮装なんてしないのよ。最初から持ってきているか、ここで借りるかのどちらかね。いいものを取られてしまう前に、見に行きましょう。出遅れたばっかりに、穴居人《けっきょ》にならざるを得なかったことが一度あるの。わたしにはまったく不釣り合いだったわ」

わたしは母に連れられて、パーサーの事務室の奥にある部屋へと向かった。ずらりと服が並んでいる。たっぷり一時間かけて衣装を吟味し、母は少しでも気に入ったものを見つけると片っぱしからかかえこんだが、結局クレオパトラになることで落ち着いた。わたしには人魚の仮装を勧めたが、小さな二枚の貝がらだけで胸を隠すつもりなど毛頭ない。胸元の大きく開いた陽気な乳搾り女もごめんだった。

「ジョージー、あなたって本当に難しい子ね」

「修道女になるわ」わたしは白と黒の衣装を手に取った。

「わたしの娘に修道女の格好なんてさせられるわけがないでしょう。まったく面白くない子なんだから。初めて会ったときにダーシーが強引にあなたを奪っていればよかったのに」

「そうしようとしたのよ」わたしはそのときのことや〝ことにおよぶ〟寸前まで行ったけれどいつもなにかに邪魔されたときのことを思い出して、頰を赤くした。「わたしもいやだったわけじゃない。ただいつもタイミングが合わなかっただけなの」

「ブライトンはいつでもあそこにあるのよ、ジョージー。本当にそうしたければ、必ず方法はあるものなの。とにかく、その修道女の衣装を置きなさい。それはだめ。ほら、この黒猫の衣装はどうかしら。おもしろいと思うわ」母は猫の衣装を手に取った。「あなたは見せびらかしていいくらい、長くてきれいな脚をしているんですもの」

わたしはしぶしぶうなずいた。黒い鼻にひげをつければ、だれもわたしだとはわからないだろう。夕食の船長のテーブルでの主な話題も仮装舞踏会のことだった。

「ハンサムなホアンをカウボーイにするんです。とてもセクシーなんですよ。女性たちはみんな熱狂するでしょうね」ステラが言った。「みなさんはどうなさるの?」

「わたしたちは衣装を持参しました」サー・ディグビーが語った。「妻は縫い物の達人でしてね、地元の園遊会ではいつも優勝しているんです。そうだろう、おまえ? ですが、なにに扮するかは言いませんよ。当日のお楽しみです」

「わたしはそんな子供じみたことに興味はないわ」シンプソン夫人が言った。「ドレスアップする機会は普段から充分にありますから」

「女王に扮したらどうかしら」向かいに座っている母が言い、わたしはロブスターのビスクを危うく噴きだすところだった。だれもが楽しげに言葉を交わしていたが、プリンセス・プロミーラだけは口数も少なく、会話に加わろうとはしなかった。

「舞踏会にはいらっしゃいますか?」わたしは尋ねた。

プリンセス・プロミーラは首を振った「いいえ、行きません」

その後もなにを尋ねても短い答えしか返ってこなかったので、揺れがひどかったときに船酔いにかかっていて、まだ回復していないのだろうかとわたしは考えた。

「教えてもらえるかしら？」ほかの人たちがトーキーの未来について語り合っているあいだに、シンプソン夫人がわたしに話しかけてきた。「アメリカでなにをするつもりなの？」

「わたしは母の付き添いをしているだけです。母はひとりで旅をするのを嫌うので」

「それじゃあ、お母さんはなにをするつもりなのかしら？　あのハンサムなドイツ人男性を置いて旅に出るなんて？　彼とはまだ続いているの？　それとも次の獲物を探しているの？」

「マックスはドイツでの仕事が忙しくて来られなかったんです。それでわたしが呼ばれて」

「それじゃあこれは、単なるお楽しみの船旅なの？　西海岸に向かうと聞いたけれど、どんな理由があるのかしら？」

わたしはデッキで聞いた噂話を思い出した。「あなたがひとりで旅をしているのと同じような理由じゃないかと思います」

彼女は、どこまで知っているのだろうといぶかるように目を細くしてわたしを見つめた。

「わたしは金銭的な問題を解決しに行くだけよ。あなたのお母さんがアメリカに行くのはなにか映画に関係があるのかと思ったものだから」

「そうかもしれません。母の人生を映画にしたがっている人がいるみたいですから」

シンプソン夫人は特徴的なきんきんした笑い声をあげた。「まあまあ。たいした映画になるでしょうね。絶対検閲を通らないでしょうけれどね」

そして食事は続き、わたしは自分を誇らしく思った。シンプソン夫人のような人が近くにいても、もう口ごもったりはしない。わたしもようやく大人になったのだと思った。その後ハンサムなホアンとバーで合流し、彼はステラや母と踊った。ステラが踊っているあいだ、サイの眉間に深いしわが刻まれていることに気づいて、ふたりはどういう関係なのだろうとわたしはいぶかった。ミスター・ゴールドマンには奥さんがいるのかしら？

翌朝はうららかなお天気だった。客室係が紅茶を運んできたあと、まだ青い顔のクイーニーがよろよろしながらやってきた。

「もう船酔いしているはずがないのに。海はこんなに穏やかよ。外はとても気持ちがいいわ」

「まだゆらゆら揺れているみたいです」クイーニーは答えた。

「しっかり朝食をとっていらっしゃい。着替えは自分でするから。卵とベーコンをお腹に入れてくるのよ」

クイーニーはうめいた。「食べ物の話はやめてください。もう二度となにかを食べる気にならないような気がしてるんです」

「そうなれば食費が助かるわね」わたし自身はとてもいい気分だったので、いささか冷淡な口調になったかもしれない。「元気をだして、クイーニー。新鮮な空気を吸ってくるといいわ。デッキをぐるりと歩いて、それからなにか食べるの。紅茶とトーストだけでもいいから。そうすれば絶対に気分がよくなるわ」

クイーニーはよろめきながら部屋を出ていき、わたしはお風呂に入って着替えをした。母が遅くまで寝ていることはわかっていたので、ひとりでデッキに出てみると、昨日会ったアメリカ人男性がほかの若者たちに交じってまた輪投げをしているのが目に入った。「いっしょにやらないか」彼が呼びかけてきた。

幸いなことにそのなかにタビー・ハリデイの姿はなかったので、わたしは彼らに近づいた。

「やあ、きみはジョージアナ・ラノクだよね？」若者のひとりが言った。

また新聞記者じゃないでしょうね、わたしは心のなかでつぶやいた。

ひょろひょろと背が高く、額に髪を斜めに垂らしたその若者はどこか間の抜けたような顔をしている。うれしくてたまらない子犬のようなはずんだ足取りでわたしに近づいてきた。知っている顔だとわたしが気づいたのと同時に、彼が口を開いた。

「ぼくはアルジー。アルジー・ブロックスリー＝フォジェット。きみが社交界デビューした年に、狩猟舞踏会で会ったね。ウィンダミアで」

「ええ、思い出したわ。たしかあなたは、カーテンに火をつけたんじゃなかった？」

彼はにやりとした。「あの話か。ちょっとしたアクシデントさ。煙草は消したと思ったんだけれどな。たいしたことはなかっただろう？　あいにく、ぼくのまわりでは災難がよく起きるんだよ。どうもトラブルを呼び寄せてしまうみたいで」

アルジーは渡された投げ輪を受け取り、ピンに向かって投げた。だが投げ輪は宙に舞いあがり、妻といっしょにデッキを散歩していた年配の軍人らしい男性の後頭部に当たった。

「なんだ？」男性は振り返った。

「すみません」アルジーは申し訳なさそうに笑って言った。「急に風が吹いたもので」

彼はわたしたちに向き直った。「ぼくの言った意味がわかっただろう？　ぼくは歩く災厄だって親父が言うんだ。それはちょっとばかり大げさだろうってぼくは思うけれどね。失望って言ったほうが近いんじゃないかな。どうしようもないっていう場合もときにはあるけれど、災厄っていうのは言いすぎだよ。でもバスルームに水をあふれさせて、かなり高価な絵の上に天井が落ちたときには、親父もかなり頭に来たらしい。アメリカ行きの片道切符を渡されて、これで西海岸に行って一人前の男になってこいと言われたんだ」

「向こうでなにをするの？」わたしは尋ねた。

「大牧場で働いてたくましくなってほしいっていうのが、父親の望みらしい」友人になったアメリカ人が答えた。「だがアルジーは、群れ全体を暴走させてしまうかもしれないな」

「きっとそうなるね」アルジーはあっさりとうなずいた。「そして踏みつぶされるんだ。跡取りの息子がぺしゃんこになって称号が途絶えたら、親父も後悔するかもしれないね。さあ、ジョージー、きみの番だ」

不思議なことに、わたしは驚くほどうまく輪を投げることができた。わたしよりも不器用でトラブルを招く人間が同じ船上にいると思うと、どういうわけか安心できた。その後はプールで泳ぐことになった。音が反響する洞窟のような場所で泳ぐのは妙なものだった。どこか不気味な感じがしたし、アルジーが大柄なアメリカ人女性の上に勢いよく飛びこんで大騒ぎになったので、わたしたちはあわてて逃げ出した。明るい陽射しの下に戻ったときにはほっとした。

ようやく母のところに戻ってみると、ステラたちといっしょに台本を読んでいるところだった。ステラはもうずいぶん前からこの役を演じることが決まっていて、メアリを演じる人間をずっと探していたらしい。「わたしが激しい恋に落ちるこのドン・アロンソという役はだれが演じるの？」母が尋ねた。

「まだ決めていないんだ。だがホアンと同じくらいたくましくて、ハンサムな若者になることは間違いないよ」サイが答えた。

「やっぱり、楽しくなりそうね」母がつぶやいた。

夕食におりていくと、プリンセス・プロミーラの姿がなかった。

「ゆうべ、あまり元気がないようだったんです」わたしは言った。「具合が悪いわけじゃないといいんですけれど」

「今日の海は池のように凪いでいる」サー・ディグビーが言った。「こんな日に船酔いになる人間はいないはずだ。そうだろう、おまえ？」

「わたしはとても元気ですよ」レディ・ポーターが応じた。「でもこういうことは気持ちの持ちようでしょうから。わたしは健康と美容にはとても気を遣っていますし、ガール・ガイド運動にも関わっています。たっぷりの運動と新鮮な空気が大切だといつも言っているんです。夫とわたしは今日もデッキを五周も歩いたんですよ」

夕食を終えると部屋に戻り、仮装舞踏会のための着替えをした。黒猫の衣装を身につけたとたん、わたしはそれが間違いだったことを悟った。背が高くて痩せているせいで、ぴったりしたその衣装を着ると、耳とひげのついた黒い排水管のようにしか見えない。

「とても素敵よ」母が優しく慰めた。「きっと楽しい時間が過ごせるわ」

クレオパトラに扮した母は、もちろん素晴らしかった。黒いかつらがコール（鉱物の粉に水を混ぜたもの。アイメイクに使われる）で黒く縁どった大きな青い目をいっそう際立たせている。人々の賛美のまなざしを受けて満足そうな笑みを浮かべていた母だったが、それも舞踏会場に着いて、ステラ・ブライトウェルがまったく同じ装いをしていることを知るまでだった。

「これってどうかと思うわ」母が言った。「同じ衣装を貸しだすべきじゃないのに」

「貸すほうは気にしていないのよ」ステラが応じた。「それに、わたしたちふたりとも素晴らしくきれいじゃない？　どう、サイ？」

「ふたりの美しさに鼻高々さ」サイは両手をふたりの腰にまわして言った。サイ自身はかつらと丸いメタルフレームの眼鏡でベンジャミン・フランクリンに扮していて、とてもよく似合っていた。やがてホアンがやってくると、ステラと母はそろってため息とうめき声が混じったような妙な声をあげた。ひげのある黒い排水管に彼が興味を示すかもしれないと思えば、わたしも同じような声をあげていたかもしれない。ホアンはフリンジのあるぴっちりしたズボンに拍車のついたブーツ、胸元を大きく開けた革のシャツと黒いカウボーイ・ハットといういでたちだった。彼はまずステラに向かって帽子を軽く持ちあげて見せてから、母の手を取ってキスをした。

「カウボーイは手にキスをしないと思うけれど」母はそう言って笑った。

「カウボーイになにができるかを知ったら、驚きますよ」ホアンはスペイン語なまりのハスキーな声で言った。わたしたちは舞踏会場を横切り、窓のそばのテーブルについた。わたしは歩きながら母の身のこなしや首の動かし方をながめ、どうしてわたしには母のような外観や優雅さがないのだろうと考えた。代わりに受け継いだのは、たくましいスコットランド人の先祖の体格と外見だ。けれどダーシーはそんなわたしを魅力的だと考えてくれているのだと、自分に言い聞かせた。うっとりと想像に浸った。もしもダーシーがここにいたなら、ダンスをしただろう。月明かりに照らされたデッキをそぞろ歩き、彼はわたしを抱き寄せてキスをする……。

ため息がこぼれた。結婚できるだけのお金が貯まる日がわたしたちには来るのだろうか？がちゃがちゃという金属音でふとわれに返り、顔をあげると、そこには十字軍の騎士が立っていた。「やあ、ジョージー」兜《かぶと》の内側から声がした。「踊ってもらえるかい？」

ああ、どうしよう。アルジー・ブロックスリー＝フォジェットだ。最後に彼と踊ったときのことが恐ろしいほどの鮮明さで蘇《よみがえ》った。アルジーがあまりに勢いよくわたしを回転させたせいで、像を倒してしまったのだ。あのときはすさまじい音がした。そのうえ彼はわたしだけでなく、ほかの女性たちの足まで踏んづけた。けれど彼の誘いを断る理由が見つからなかったので、仕方なくその手を取った。わたしたちはがちゃがちゃという金属音と共にフロアに出ると踊り始めたが、とたんに罵り声やうめき声や叫び声があたりに広がった。

「あなたの剣がまわりの人に当たっているみたいよ」わたしは指摘した。

「それは申し訳ない。兜をつけていると、まわりがよく見えないんだ」

「それならはずせばいいわ」

「はずしたら、せっかくの扮装が台無しだ。ぼくは恐ろしい騎士なんだから」

「気をつけたまえ」古代ローマの元老院議員が注意した。「妻にぶつかるところだったぞ」

その曲が終わり、チャールズ二世の仮装をしたサー・ディグビーにダンスに誘われたときにはほっとした。レディ・ポーターはチャールズ二世の寵姫《ちようき》だったネル・グウィンに扮しているものの、オレンジ色の巻き毛のかつらと豊かな谷間を露わにしたその装いは似合っているとは言い難い。わたしを必要以上に抱き寄せたりしないように、彼女は鷹のようなまなざしで夫を見張っていた。見分けがつかないくらいうまく仮装しているのかもしれないが、タビー・ハリデイの姿は見当たらない。バンドがクイックステップの曲を演奏し始めると、若いアメリカ人ジェリーにフロアに連れ出されたものの、わたしの衣装にも大きな問題があることにすぐに気づいた。わたしの動きにつれて黒くて長い尻尾が命を得たかのように大きく揺れて、通りすぎる人たちにぴしぴしと当たるのだ。次々と非難のまなざしを向けられて、もうこれ以上踊らないほうが無難だという結論に達した。

少なくともこれでアルジーの誘いを断る理由はできた。ほかの女性たちからも断られ、アルジーはカクテルで憂さ晴らしをしているようだ。わたしもまた、飲みたくもないカクテルをサイ・ゴールドマンから次々と勧められて、困っていた。

「いいじゃないか、飲みたまえ。飲めば元気が出る」グラスをわたしの前に並べながら彼が言った。わたしは申し訳程度に口をつけながら、いつになれば失礼に当たらずに部屋に戻れるだろうと考えていた。兜をはずしていて、目の焦点が合っていないのがわかった。

ぞっとした。そこへアルジーが再びよろめきながら近づいてきたので、わたしは

「やあ、ジョージー。もう一度踊らないかい？　今度はスローなワルツだし、ぶつかることもないさ」彼はそう言ったものの、〝シュローなワルツ〟としか聞こえなかったし、言ったそばから足元をふらつかせてわたしたちのテーブルにぶつかりそうになった。

「あなたはもう部屋に戻ったほうがいいわ、アルジー」わたしは言った。「もう一度踊ったりしたら、また悲惨な事態になるだけよ」

「そうかもしれないな。部屋が揺れているよ。それとも揺れているのはぼくのほう？」

「あなたよ。さあ、連れて帰ってあげるから」

わたしたちはこれといった失態を演じることもなく、舞踏会場をあとにした。

「あなたの船室はどのデッキなの？」

「Aデッキだ」

「あら、わたしと同じね」

わたしはアルジーを連れて階段をひとつおりると、彼の部屋のある方角を指差した。いき

なり抱きすくめられたのはそのときだ。気がつけばべちゃべちゃした唇を押しつけられていた。子供のころに飼っていたラブラドールを思い出したけれど、あんなに可愛いものではもちろんない。わたしは彼を押しのけた。

「いったいどういうつもり、アルジー？」

「ちょっとしたキスじゃないか。昔のよしみさ。いいだろう？」

「あなたを部屋まで連れて帰ってきたからといって、そんなことを許したわけじゃないのよ」

彼の手はわたしの腰にまわされたままだ。「そんなことを言うなよ、ジョージー。きみは女性で、ぼくは健康で精力旺盛な男だ。チャンスは逃すなと親父からいつも言われていたから、そうしているんだ」

笑うべきか、それとも怒るべきかわたしは決めかねていた。「悪いけれど、わたし以外のところでしてちょうだい。さあ、もうベッドに入って」

「ベッドと言えば」アルジーは色気があると自分では思っているらしいまなざしをわたしに向けた。「ぼくといいことしないかい？　ぼくたちの船室はこんなに近いんだし」

「お断りよ」今度こそ笑いを抑えきれなくなった。

「女の子はみんなそう言うんだ。アメリカの子はもっと簡単だってみんなは言う。本当にそうだといいんだけれどね」アルジーはそう言い残し、ふらふらしながら通路を遠ざかっていった。

わたしも部屋に戻るつもりだったが、カクテルのせいでいくらか頭がぼうっとしていたので、デッキに出て夜風に当たることにした。満月に近い月が黒い海を照らし、航跡を白く輝かせている。スローなワルツの調べが風に乗って流れてくる。わたしは手すりにもたれて海を眺めながら、心の底から湧きあがる物悲しさと切なる思いを感じていた。視界の隅をなにかが横切ったのはそのときだった。船の横手をなにかが飛んでいったのを見た気がした。大きなものが水面へと落ちていく。一瞬、自分の見たものが信じられなくて、月明かりのせいでありもしないものが見えたのかとも思ったが、まもなくはるか下のほうで水しぶきがあがる音がした。

# 8

## ベレンガリア号船上
## 一九三四年七月一四日　土曜日　夜遅く

いまなにを見たのか、自分でも信じられなかった。手すりから大きく身を乗り出して、暗い海に目をこらす。月明かりが水面をきらめかせているせいでわかりにくいけれど、波間で確かになにかが揺れている——人の頭のようなものが。広がって見えるのは髪？　長い黒髪だろうか？

どうすればいいのかわからず、つかの間、その場に立ち尽くした。声をあげたあとで間違っていたことがわかったらばかみたいだ。けれど、本当にだれかが海に落ちたのだとしたら？　波止場で手すりから身を乗り出したとき、うしろからつかまえてくれた男性のことを思い出した。アルジーくらい酔った人がうっかり落ちていたら、どうする？　わたしは船内に駆け戻った。なんて叫べばいいだろう？

「人が落ちたの！」階段に向かって叫んだ。長い髪を思い出して、さらに叫んだ。「女の人よ。だれかが落ちたの。助けて。急いで。人が海に落ちたの」

舞踏会場から数人の人影が現われ、主階段をおりてきた。すぐさま行動を起こす。ふたりはわたしといっしょにデッキに出て、ひとりは乗組員を探しに行った。

「わたしはここに立っていたんです」男性のひとりが近くにあったチーク材の収納箱から救命ブイを取り出し、水面へとおろし始めた。

「この闇のなかで人を見つけるのは難しい。間違いなく人間でしたか？　だれかがごみかなにかを捨てたわけじゃなくて？」

「はっきりとはわかりません」わたしは答えた。「でも水面に髪が広がっているのが見えたと思います」

「助けを求める声は聞こえましたか？　水しぶきは？」

「いいえ、なにも」

船員が数人の乗組員と共にやってきた。

「目撃したのは彼女です」救命ブイをおろした男性が言った。

「それはどれくらい前のことですか？」船員が暗い海面をのぞきこみながら尋ねた。

「それほどたっていません。ほんの数分前です」

「この船は毎時二六ノットで航行中です」彼が言った。「数分たてば、何キロも離れてしまう。船長に報告してきます」

なすすべもなく手すりの脇に立って闇を見つめていると、エンジンが停止し、船が向きを変えるのがわかった。下のデッキにサーチライトが運ばれ、不気味な光が海面をなめるように照らしていく。救命ボートがおろされたが、気休めであることはだれもがわかっていた。数分で一キロ移動するような速度で進んでいたのだから、この大海原でひとりの人間を見つけられるはずもない。わたしは吐き気がして、体を震わせた。男性のひとりが気づいて言った。

「震えていますね、お嬢さん。なかに入りましょうか。わたしたちがここでできることはなにもありません。あとは乗組員に任せましょう。さあ、ブランデーでももらいましょう」

仮装舞踏会は終わり、舞踏会場はがらんとしていた。母も取り巻きたちもいない。わたしは男性たちに連れられて舞踏会場からパーム・コートに向かった。腰をおろすと、目の前にブランデーグラスが置かれた。「お飲みなさい。気分がよくなる」男性のひとりが言った。実を言えば、早く部屋に戻ってベッドの上で丸くなりたかったのだが、そのうちだれかに説明を求められるだろうということはわかっていた。案の定、ブランデーを飲み終える前に船員がやってきて、船長がわたしと話をしたがっていると告げた。わたしはその船員について長い通路を進んだ。船員がつきあたりのドアをノックし、奥へと進むとそこはブリッジだった。

「彼女を連れてきました」船員が言った。

操舵輪の前に船長が立ち、ほかの乗組員たちは窓の外に目を凝らしている。

「替わってくれ、ヒギンズ」船長が言った。「もう一度ぐるりと旋回したら、それで捜索を打ち切る」

「了解です、船長」

船長は振り返り、猫の衣装にもかかわらずわたしであることを見て取った。「ああ、レディ・ジョージアナ、あなたでしたか。猫の扮装をしている若い女性としか聞かされていなかったものですから。どうぞお座りください。さぞショックを受けられたことでしょうね」

うなずいた。乗組員が持ってきてくれた椅子に腰をおろしたときも、わたしはまだ震えていた。

「あなたは、だれかが海に落ちるのを見たのですね？　間違いありませんか？」

「実を言うと、なにを見たのかはっきりとはわからないんです。あっと言う間のできごとだったので。視界の隅になにか動くものが見えただけなんです」

「ほかに見た人はいますか？」

「いいえ。デッキにはわたしひとりきりでしたから」

「見たと思っただけではないですか？　水面に月明かりが当たると、妙な具合に見えたりしますからね。とりわけダンスをしたり、お酒を飲んだりしたあとでは」

わたしは首を振った。「いいえ、確かになにかを見ました」

「なにを見たのか、具体的に話してもらえますか？」船長はわたしの隣に椅子を引き寄せた。

わたしは眉間にしわを寄せ、記憶をたぐった。「Aデッキに立って海をながめていたら、船のずっと先のほうの窓からなにかが出てくるのが見えた気がしたんです。そのなにかは海に落ちて、水しぶきがあがる音がしました。海面に目を向けたら、長い黒髪が広がっているように見えました」

「それは間違いなく人間でしたか？」

「間違いないとは言えません。なにか大きな物だったかもしれません。大きな包みとか」

「包み？」船長の口調は鋭かった。「どうしてそう思うんです？」

わたしは首を振った。「わかりません。ただなんとなく」

「海面を見おろしたとき、だれかが暴れていたり、水しぶきをあげていたり、助けを求めていたりはしませんでしたか？」

再び首を振った。「いいえ、なにも動いているものはありませんでした」

「白い顔や手足は見えなかったんですね？」

「はい。ただ黒っぽいものと髪の毛だけでした」

船長はわたしの横に立っている船員をちらりと見た。

「あなたが見たというその物体は、まっすぐ海に落ちていったんですか？　それとも窓から飛び出した？」

もう一度考えてみた。「わかりません。ただなにか動くものが見えて、とっさに落ちたと思ったんです。かなりの大きさがある黒っぽいものでした」

「どこから落ちたと思いますか？」

「わたしがいたAデッキだと思います。わたしが立っていたところからはずっと右のほうでした。ひとつ下のデッキだという可能性もありますが、たぶん違うと思います」

「船尾のほうということですね？」

「はい」

「プロムナードデッキがないあたり、ということになりますね。船室の窓が直接海に向かって開いているところですね？」

「はい、そうだと思います」

「ジョーンズ、右舷のそのあたりの船室を使っている人間を調べてくれ」

「すぐに話を聞きますか、船長？」

船長は首を横に振った。「いや、今夜の捜索でなにも見つからず、朝になってもだれかが行方不明だという報告がなければ、次の過程に移らなければならないが、いまは無駄に乗客を動揺させたくない。間もなく、救命ボートからブルックスが報告してくるだろう。なにか見つかるとは思えないがね。干し草の山のなかから一本の針を探すほうが、まだ簡単だ」

わたしはすっかり怯えて吐き気までしていたが、さらに妙な感覚を覚えた。だれかに見られている。背中がぴりぴりしたので、ほかにだれかいるのだろうかと振り返ってみたものの、ブリッジにはわたしたちだけだった。

「そろそろ休まれたほうがいいでしょう、レディ・ジョージアナ」船長が優しくわたしの手を叩いた。「素早く行動してくださってありがとうございます。ですが、今夜はもうなにもできることはありません。朝になったら、正式な報告書を作っていただくことになりますが」

わたしは体を震わせながら立ちあがった。

「ジョンソン、レディ・ジョージアナを船室までお連れするんだ」船長が言った。「デッキのどこに立って、どんなものを見たのか、具体的に訊いておいてくれ」

若い乗組員がわたしの腕を取った。「こちらです」そう言ってわたしをブリッジから連れ出した。

うしろで船員が話しているのが聞こえた。「どう思いますか、サー？　なにか関係があるんでしょうか？」

「かもしれない」別の声がした。ごくひそやかな低くなめらかな声だ。「彼女がなにかを見たというのなら、見たんだろう」

「それなら、プリンセスの部屋をすぐに調べたほうがいいでしょうか？」

「もちろんだ」

わたしは振り返ったがドアはすでに閉まっていて、それ以上は聞こえなかった。プリンセスの部屋？　プリンセス・プロミーラが夕食に現われなかったことを思い出した。まさか彼女の身になにかあったと考えているわけではないでしょう？

若い乗組員に連れられてAデッキのプロムナードに出たわたしは、立っていた場所を示し、なにを見たのかを伝えたあと、部屋に戻った。クイーニーの姿はなかったが、夜遅く戻ってくるわたしを起きて待っていたためしがなかったし、顔を見せたかと思うと、バンクォウ

（シェークスピアの戯曲『マクベス』で幽霊となって現われる殺された武将）の幽霊のように文句ばかり言っていたから、驚くことではない。わたしはなんとか猫の衣装を脱ぐと、黒い鼻とひげをはずしてからベッドに潜りこんだ。なんて妙な夜だったんだろう。飲みすぎただれかが海に落ちたのだとしたら、こんなに恐ろしいことはない。でもそれならどうして、海面で手足をばたつかせている人がいなかったの？　助けてと叫ぶ声が聞こえなかったの？　自殺するつもりだったから、暴れることもなくただじっと波に呑みこまれていったんだろうか？　そうは考えにくい。それともわたしが見たものは、だれかがいらなくなったなにかを窓から捨てたというだけのこと？　けれどあれほどの大きさのものなんてなにがあるだろう？　人間の長い髪みたいに水面に浮かんでいたものは？

　カクテルとその後飲んだブランデーのせいで、部屋がぐるぐるまわり始めた。わたしは目を閉じ、眠りが訪れるのを待った。ようやくうとうとし始めたころ、小さな物音がした――掛け金をはずすような、もしくは鍵を開けるような音。だれかが部屋に入ってこようとしている。とたんに頭が冴えた。鍵は間違いなくかけたはず。マスターキーを持っているのは客室係だけだ。ドアが少しずつ開いていくにつれ、わずかな光が射しこんで、黒っぽい人影が浮かびあがった。黒い服を着た長身の男性が部屋に入ってこようとしている。

　わたしは即座に立ちあがり、武器になるものはないかとあたりを見まわした。船ではあらゆるものがボルトで留められているのが腹立たしい。ここには花瓶もなければ、ランプも水差しもなかった。思いつくものといえば、テーブルの上の果物かごに入っているフルーツ用のナイフだけだが、そんなもので侵入者を撃退できるはずもない。それでもわたしはナイフに手を伸ばし、真珠貝でできたひんやりする柄を握りしめた。

「近寄らないで。ナイフを持っているのよ」わたしは果敢に告げた。

近づいてきた侵入者は低い声で笑いながら、ナイフを持った手首をつかむと頭上に持ちあげ、もう一方の手でわたしを抱きよせた。悲鳴をあげようとしたわたしの口を唇でふさぐ。驚きのあまり、体をこわばらせたのも一瞬のことで、すぐに全身の力が抜けた。この唇ならよく知っている。怒るのも忘れてしばらくうっとりしていたものの、やがてわたしは彼を押しのけて訊いた。

「こんなに人を脅かして、いったいどういうつもり?」

ダーシーがわたしを見つめながら微笑んでいる。廊下から射しこむ明かりに、彼の目がきらめくのが見えた。

「ごめんよ。きみに悲鳴をあげさせるわけにはいかなくて、これが一番いい方法だと思ったんだ」

わたしがベッドの上の明かりをつけているあいだに、ダーシーはドアに近づいて閉めた。握りしめたままの果物用ナイフを見て、笑い始める。

「そのナイフで身を守るつもりだったのかい?」

「だってほかになにもなかったんですもの」ベッドにぐったりと座りこむと、ダーシーが隣に腰をおろした。

「ここでなにをしているの、ダーシー？　デッキであなたを見たような気がしたんだけれど、それっきり見かけなかったからきっと見間違いだろうって思っていたの」

「ぼくがこの船に乗っていることはだれにも知られてはいけないんだ」ダーシーがそっと唇に触れてきたので、背筋がぞくりとした。「乗船者リストを見るまで、きみが乗っていることは知らなかった。だがそのあともきみに近づくわけにはいかなかったから、ひどくいらいらしたよ。本当はいまもここに来るべきじゃなかったんだが、明日の朝呼び出されたきみがぼくを見て驚くことのないように、あらかじめ教えておきたくてね」

「でも、どうして秘密なの？　悪いことをして逃げているの？　それともなにかの任務？」

「強いて言えば後者かな。だがいまはなにも言えないんだ。だれかが海に落ちたのを見たのがきみだったとは、驚いたよ。ブリッジできみを見たときには、息が止まりそうになった。きみに気づかれないように、急いで隠れなければならなかった」

「だれかに見られている気がしたのよ。あんなことがあったばかりだったから、あなたの姿を見ていたら気を失っていたかもしれないわね」

ダーシーは首を振った。「ありえないね。きみはもっと気丈だよ」

「問題は、自分がなにを見たのかよくわかっていないことなの。海面に髪らしいものが広がっていたことは別として。だれかが海に落ちたんだと思う？」

「行方がわからなくなっている人間がいるという報告があるまでは、なんとも言えない」ダーシーは言った。「引き返すという船長の判断は間違っていなかったが、船がその地点にたどり着くころには、落ちた人間は流されたか、波に呑まれたか、あるいは力尽きたかのいずれかだっただろうと思う。きみの言うとおり、人が暴れている様子がなかったのなら、海に落ちたときには意識を失っていたか、もしくはすでに死んでいたのかもしれない」

わたしは身震いした。「もうやめて。怖すぎるわ。舞踏会で楽しいひとときを過ごしていたと思ったら、直後にこんな恐ろしいことが起きるなんて」

ダーシーはわたしの肩に手をまわした。「それじゃあ――きみはぼくなしで舞踏会を楽しんでいたわけだ」

「それなら言うけれど、ひどいものだったわ。母がわたしに選んでくれたのは黒猫の衣装だったんだけれど、それを着たわたしはひげのある黒い排水管にしか見えないの。サイ・ゴールドマンは何杯もカクテルを飲ませようとするし、騎士に扮したアルジー・ブロックスリー＝フォジェットというどうしようもない男の人は、わたしと踊ると言ってきかないし。踊りながらまわりの人にかたっぱしからぶつかっていたの。だから、楽しんでいたとは言えないわ」

ダーシーはにやりとした。「ブロックスリー＝フォジェット？　六年生のとき、学校でいっしょだったよ。がりがりに痩せた、ぼんやりしたやつだった。たしか煙草を吸う練習をしていて、寮で小火《ぼや》を起こしたんだ」

「アルジーに間違いないわ。一度、狩猟舞踏会でいっしょになったときにも、カーテンに火をつけたのよ。一人前の男性になるために、アメリカに行かされるんですって」

「アメリカも気の毒に。ウォール街がまた大暴落するかもしれないな」ダーシーは言葉を切り、笑顔でわたしを見つめた。「ほんのひとときでも、きみといっしょにいられてうれしいよ。きみはアメリカになにをしに行くの？　キングスダウンにいるんだとばかり思っていた」

「母の付き添いなの。これは内緒の話なんだけれど、離婚するために行くのよ。でもサイ・ゴールドマンとステラ・ブライトウェルといっしょに映画を撮ることになるみたい」

「本当に？　今度は映画スターになろうというわけか。あのドイツ人はどうしたんだ？」

「彼は母と結婚したがっているわ。でも未来の妻が銀幕に出ようとしていることをどう思うのかは、わからない。とは言えあの母が、有名になって賛美のまなざしを向けられるチャンスを逃すとは思えないけれど」

「みんなそう思うだろうね」ダーシーはわたしの顔を両手ではさむと、引き寄せてキスをした。気がつけばふたりしてベッドに倒れこんで、キス以上のことが始まっていた。まるで夢のなかにいるようだ。手遅れになる前にやめなければいけないという小さな声が頭のどこかで聞こえていたけれど、やめたくないと思っていることもわかっていた。

突然、明かりがついたかと思うと、大きな黒い影が部屋に入ってきた。

「服を脱ぐ手伝いがいるかと思って来たんですよ、お嬢さん」クイーニーがいらだった口調で言った。「でも、もう脱いでいるみたいですね」

# 9

## ベレンガリア号船上
## 一九三四年七月一五日　日曜日　朝

翌朝わたしの船室にやってきた客室係は、なにごともなかったかのように振る舞った。もちろんダーシーとわたしのことではない。彼がこの船に乗っていることはだれにも言ってはいけない、もし喋ったらその場でクビだとクイーニーに警告したあと、ダーシーは渋々自分の部屋に戻っていったからだ。彼がすぐ近くにいることを知ったわたしは、微笑みながら眠りについた。

「おはようございます、お嬢さま」客室係が言った。「今日も気持ちのいい日です。今回の旅は幸運に恵まれていますね」

幸運に恵まれている？　運の悪いだれかにとってはそうとは言えないだろう。行方のわからなくなっている人間はいたのだろうかとわたしはいぶかった。紅茶とビスケットを食べ終えるころ、赤い目をしたクイーニーが現われた。

「あたしが必死になって寝ないようにしていた夜にかぎって、邪魔者扱いされるんですからね」クイーニーは豊かな腰に両手をあてて、わたしをにらんだ。「〝あたしの手助けがないとあの猫の衣装は絶対脱げないんだから、寝ちゃいけないよ〟って自分に言い聞かせて、最後のワルツが聞こえてくるまで寝台に座ってたんです。でもってここに来てみたら、猫の衣装をひとりでちゃんと脱いでるじゃないですか。まあ、だれかさんの助けがあったのかもしれませんけど」クイーニーはわかったような顔でわたしを見ながら部屋を横切り、床に落ちている猫の衣装を手に取った。「まさかあの人がこの船に乗っているとは思いませんでしたね。びっくりですよ。それともお嬢さんは知っていて、黙ってたんですか?」

「わたしも知らなかったのよ、クイーニー。そのことはだれにも言ってはだめよ。ミスター・オマーラはなにか秘密の任務の途中なの」

「なんとまあ。スルリのある人生を送っているんですねえ」

「スリルよ、クイーニー」わたしは訂正した。

「そう、スルリですよ」

わたしはため息をついた。クイーニーは決して学ぶということをしない。

「お風呂の仕度をしましょうか? 今日はなにを着ますか?」

「紺色のリネンのズボンと白のブラウスにするわ」

クイーニーはクローゼットに近づいた。「ゆうべはお楽しみの邪魔をしてすみませんでした」

「ええ、残念だったわ」

「これからは、邪魔されたくないときは教えてくださいよ。ドアにリボンを結んでおくかなにかして」

「クイーニー、あんなことになるなんて予想していたわけじゃないのよ」

「それはそうですよね。母さんもそう言ってましたよ。父さんといっしょに映画を観に行ったあと、用水路を通って帰ってきたんです。気がついたら、あたしがお腹にいて、急いで結婚しなきゃならなかったみたいです」

「用水路を通って帰ってはいけないと肝に銘じておくわ」

部屋にあるスピーカーが不意にがりがりと音を立てた。「乗客の皆さまにお伝えします。船上時刻一〇時より、全員参加の救命ボート使用訓練を行います。一〇時になりましたら、ご自分の救命ボート配置場所にお集まりください。ライフジャケットをお持ちになる必要はありません。これはあくまでも訓練です。繰り返します、これは訓練です」

「いったいなんなんですかね」クイーニーが言った。「船に乗ったとき、救命ボート使用訓練は一回やったじゃないですか。まさか氷山にぶつかったわけじゃないですよね？」

窓から外を見ると、半袖姿の人々がデッキにいるのが見えた。「ありえないわね」

お風呂につかっているあいだに、わたしは訓練の本当の目的を悟った。乗客に不安を与えることなく、行方がわからなくなっている人間がいないかどうかを確かめようというのだ。服を着て朝食の席におりていくと、ばかばかしい訓練のせいで朝の楽しみが台無しだと文句を言っている声が、あちらこちらから聞こえてきた。

「〈タイタニック〉に乗っているわけじゃないんですから」女性が言っている。

ゆうべのできごとを知っている人間がいないことは明らかで、あの場に居合わせた人たちは口止めされているのかもしれないとわたしは思った。たっぷり朝食をいただいたあとで最上階デッキの救命ボートの配置場所まで行くと、母とサイ・ゴールドマンとステラ・ブライトウェルの姿があった。

「時間の無駄もいいところだわ」母が文句を言った。「いったい何回訓練をしなくてはならないの？」

「なにか目的があるのだと思うね」サイが水面を見おろしながら言った。「わたしたちをプロムナードデッキに連れ出したいんだろう」

「なんのために？」ステラが尋ねた。

「ふむ、船室の窓からなにかを投げたかとか、だれかいなくなってはいないかとか訊いてくるのも妙だ」

「本当に変な話」ステラがうなずいた。「なにが知りたいのか、さっぱりわからないわ。煙草の吸殻を時々捨てたって答えておいた」

わたしはなにも言わなかった。救命ボートの前でわたしたちは点呼を受け、しばらくその場で待たされた。不満が爆発しそうになったところで、ようやく解放された。船室に戻ろうとすると、ゆうべの船員がわたしに近づいてきた。

「レディ・ジョージアナ、よろしければ船長がお話をうかがいたいとのことです」

わたしは彼に連れられて階段をあがり、サンデッキの船尾にある乗組員用の区画に向かった。案内されたのは濃い色の羽目板を張った、日当たりのいい船室だった。いかにも男性の部屋らしい。わたしが入っていくと船長が立ちあがった。机の向こうには別の船員が、そして窓の近くにはダーシーが立っていた。

「レディ・ジョージアナ」船長が言った。「来てくださってありがとうございます。一等航海士のヒギンズを紹介しましょう。ミスター・オマーラとは面識がおありだそうですね」

「はい」わたしは真面目な顔を崩さないようにしながら答えた。「ミスター・オマーラとわたしは知り合いです」

「お座りください」船長は革のソファを示した。「救命ボートの訓練の目的はおわかりでしようね？」

「いなくなっている人がいないかどうかを確かめるためですね？」

「そのとおりです」

「どうでしたか？」

「全員揃っていました」

「そうですか。お騒がせしてしまって、申し訳ありませんでした。声をあげる前に確かにためらったんです。海に落ちたものが人だったかどうか確信がなかったので」

「二日前に気がかりな出来事がなければ、今回の件もさほど真剣には受け止めなかったと思います。初日に同じテーブルにいたプリンセス・プロミーラが、ゆうべおられなかったことに気づかれましたよね？　実は大変高価な大粒のルビーが盗まれたということで、とても気落ちなさっているのです。スリナガルの星と呼ばれる宝石で、値段をつけられないほど貴重な先祖代々の家宝だとか」

「船の金庫に預けていなかったんですか？」わたしは尋ねた。

船長は首を振った。「宝石を身に着けるのがお好きらしいんです。着けていないときは、船室の宝石箱に入れているので、安全だと思っておられたようですね」

「盗まれたのは着けていたときだったんですか？」

船長は再び首を振った。「宝石箱に入れていたそうです。ただ使用人は一度も部屋を出ていないと断言していました」

「その使用人が買収されて泥棒に手を貸したということは？」

「古くからの使用人で、プリンセスのベッドの足元で眠るくらい献身的だということです」

わたしはダーシーを見た。「そのこととわたしがゆうべ見たものは関係あると思う？　だからわたしをここに呼んだの？」

ダーシーが近づいてきて、わたしが座っているソファの肘掛けに腰をおろした。

「その可能性はある」

「でも宝石が盗まれたのだとしたら、犯人は海に放り投げたりはしないでしょう？　ボートが待ち構えていて拾いあげたなら話は別だけれど、そんなボートはなかった」

ダーシーはうなずいた。「確かに。だがきみが目撃したあたりの船室の乗客は、なにも窓から投げてはいないと断言したし、なくなっているものもないようだった」

「海に落ちたものをあなたが人間だと思ったのであれば、かなりの大きさがあったはずです」船長が言った。

わたしはうなずいた。「気づいたときには勢いよく海に落ちていくところでしたから、正確なところはわかりませんけれど、でもそれなりの大きさでした」わたしは両手を広げて大きさを示した。

「形はどうです？」

「これといった形はありませんでした。ゆうべ〝包み〟という言葉がぽろりと口からこぼれましたけれど、そういう感じかもしれません。いくつかの品物を大きな布で巻いていたんでしょうか？」

ダーシーはソファの肘掛けの上で体勢を変えた。「舞踏会の最中に船室に忍びこんだ泥棒が盗んだものを共犯者に渡したというのなら筋は通るが、ここは大西洋の真ん中だ。ゆうべなにかが盗まれたという報告はないし、近くにほかの船もない」

「小さなボートで外洋に出るのは危険きわまりない」船長が口をはさんだ。「ベレンガリア号くらいの大きさの船だと、気がつかないうちに小さな舟を破壊してしまうことがあります。そもそも、陸地から遠く離れたこんなところまでどうやって来られるというんです？　あなたの仮説は不可能だと言わざるを得ません。共犯者に渡したのでないならば、どうして窓からなにかを放り投げたりしたんでしょう?」

「見つかってはまずいものを処分しようとしたとか?」わたしは言った。

ダーシーが首を振った。「だがなにを? サウサンプトンの波止場で処分できなかったどんなものを、海の真ん中に捨てるというんだ?」

「部屋を調べられると思ったのかもしれないわ」

「なくなったルビーを捜すために? 残念だが、高価な宝石を隠す場所なら船のなかにはいくらでもある。ライフジャケットのあいだに押しこんでもいいし、植木鉢に隠してもいい。唯一の望みは、船から降りる際に乗客全員を調べることだが——相当な騒ぎになるだろうね」

「だがなにかを海に放り投げたことで、実際に騒ぎになってしまったわけだ」船長はダーシーを見ながら言った。ダーシーがわたしの肩に手をのせたので、とたんに全身に電気が走ったようになって、つかの間頭のなかが空っぽになった。

「ジョージー、きみは知らないことだが、救命ボートの訓練をした理由のひとつが、そのあいだにプリンセスの宝石がないかどうかすべての船室を調べることだったんだ。もちろん徹底的に捜すだけの時間はなかったが、捜す必要のない部屋もたくさんあった。二等船室の家族、年配の聖職者、オールドミス……」

「乗組員の船室は? そこも調べたの?」

「今回は必要ないんだ。実を言えばぼくは、悪名高い泥棒を追ってこの船に乗っている。宝石をいくつも盗んでいるんだが、犯人は貴族の男ではないかとぼくたちは考えている。彼はいつも現場に黒い手袋を残していくし、上流社会の集まりで犯行がなされるからだ。犯人がだれにせよ、かなり頭がよくて、大胆だよ。人がいるすぐ鼻の先から盗んでいくんだ」

「なんの痕跡も証拠も残さずに?」

「なにひとつ。ただ、手袋のひとつにはラベルにBOBとインクで書かれていた。製造業者が書いたものなのか、それとも売られていた店でのことなのかはわからないけれどね。犯人は極めて注意深い人間だから、それを書いたのが彼だとしたら、ぼくたちになにかを教えようとしているんだと思うね。ぼくたちをからかっているんだ」

「さっきから〝彼〟って言っているけれど、男性に間違いないの?」

「樋《とい》をよじのぼったり、突起を伝って窓を開けたり、ほかにもいろいろと軽業《かるわざ》のようなことをしているからね。女性だとしたらとんでもなくたくましくて敏捷《びんしょう》だということになる。それに、ハウスパーティーの客のひとりだろうとぼくたちは考えているんだが、その場合、着ているものが邪魔になる」

「犯人がこの船に乗っていると考える理由があるの?」

ダーシーはうなずいた。「ふたつある。一度パリで、プリンセスの宝石が狙われたことがあるというのがひとつ。もうひとつが、ステラ・ブライトウェルが乗っていることだ」

「ステラ? 彼女が関わっていると思うの?」

ダーシーはわたしに身を寄せ、肩に置いた手に力をこめた。「だれにも言ってはいけないよ、ジョージー。すべての窃盗事件をつなぐ点がひとつある。どの集まりにもステラ・ブライトウェルがいたんだ」

「わお」わたしはきちんとした言葉遣いをすることも忘れてつぶやいた。「まさか彼女が宝石泥棒だと考えているわけじゃないでしょうね？　どうしてそんなことをする必要があるの？　彼女は映画スターでお金持ちなのよ」

「もっと不可解なことだって世の中にはある。興奮を求めて犯罪に走る人間もいるんだ。金が必要じゃなくてもね。だがどの事件でも彼女には確たるアリバイがある。犯罪が起きたときには、ほかの人といっしょにいたり、ブリッジをしていたり、食事の席についていたり、サイ・ゴールドマンと寝ていたりね……どの場合でも、彼女が部屋を出たらだれかが気づいたはずだ」

「それじゃあ、ステラは本当にサイ・ゴールドマンの愛人なのね？」確かにふたりは必要以上に親密に見えた。

ダーシーはうなずいた。

「でも彼は結婚しているんじゃないの？」

「している。ミセス・ゴールドマンはニューヨークにあるペントハウスの自宅にいることがほとんどだ。西海岸は嫌いらしい」

「夫がほかの女の人とつきあっているのに、離婚はしないの？」

「離婚は厄介だと考える人間もいるんだ。それにいまの状況は彼女にとっても都合がいいんだろう。ミセス・ゴールドマンでいることの利点はすべて手にしているんだから……」

「あることを除けば」一等航海士のヒギンズが口をはさんだ。

わたしは真っ赤になり、ダーシーはそれを見てにやりとした。

「いまも言ったとおり、ミセス・ゴールドマンは夫の財産と地位を利用できる立場にあるが、彼との暮らしを我慢する必要はない。きみも気づいたと思うが、サイ・ゴールドマンは扱いやすい男とは言えない。どんなことであれ、自分の思うとおりにならないと気がすまないと聞いている。だれかが逆らったりすると、ひどい癇癪《かんしやく》を起こすそうだ。二歳児がそのまま大きくなったみたいに。だが彼のような男には、成功するための資質がある。彼の生い立ちを聞いたかい？　自分でもとても誇りに思っているようだ。生まれ故郷のロシアの村が焦土と化したあと、世紀の変わるころにアメリカにやってきた。裸一貫だったから、できる仕事はなんでもやったらしい。やがてトーマス・エジソンと出会い、金を貯めて映画用のカメラを買うと、西海岸にやってきて撮影を始めた。いまでは世界でもっとも成功したスタジオのオーナーだ。気難しくても許されるわけだ」

「彼も窃盗があった場所にはいつもいたの？」

ダーシーはにやりとした。「彼が窓から忍びこんだり、樋をよじのぼったりしているところは想像できないな。それに盗むというのは、彼には似合わない。これまでに大勢の人間を破滅させてきただろうし、素手で人を殺すこともできるだろう。だが卑劣なことはしないはずだ。彼が好むのはもっと派手なことだ」

「パリでプリンセスの宝石が盗まれかけたと言ったわよね。どうして失敗したの？　盗もうとしているところを見つかったとか？」

「残念ながら違う。プリンセスのところに、小型犬を連れた来客があったんだ。その犬がひどく吠えたので調べたら、バスルームの窓がこじ開けられていた。犯人は建物の突起を伝って入ってきたらしい。鋼《はがね》のような神経の持ち主だよ。それだけは確かだ」

「それで、これからどうするの？」

「船を降りるときに乗客を調べるが、宝石を隠すのは簡単だ。だから、犯人がもう一度盗みを働くように仕向けようと思う」

「どうやって？」

ダーシーはじっとわたしを見つめた。「きみをおとりにしようかと思っている」

「いや、ちょっと待ってください」船長が割って入った。「そんなことをさせるわけにはいきません」

「わたし？　わたしにお金がないことはみんな知っているわ。盗む価値のあるものなんて、なにもないのに」

「きみはイギリスでもっとも裕福な人たちの親戚だ。メアリ王妃から先祖代々伝わる貴重な宝石を譲り受けた、本当なら銀行に預けてくるべきだったのだが、あまりにきれいなのでどうしても持ってきたかったと口を滑らせたらどうなると思う？」

「その貴族の泥棒はそれを信じると思う？　わたしはガーネットや真珠以外のものを身に着

けたことなんて一度もないのよ？」

「やってみる価値はあるだろう。王族の親戚だという事実はそれだけの重みがある」

「でもその宝石を見せる必要はあるんじゃない？」

「船室の宝石箱に大事にしまってあるとほのめかせばいい。そうしておいて、泥棒が餌に食いつくかどうか様子を見るんだ」

「わたしが船室で待ち構えていて、泥棒を捕まえるの？　眠ってしまったらどうするの？」

「きみがいないときはメイドに船室にいさせればいい。夜はぼくたちが見張ろう。明日にはもうニューヨークに到着する。あまり時間がないんだ」

「クイーニー？　クイーニーにそんな勇気と責任のあることをさせようっていうの？」笑うほかはなかった。

「以前に勇敢だったことがあるじゃないか。確かに役に立たないことが多いが、肝だけは据わっている。ぼくがきみの部屋に忍びこんだとき、叩きのめそうとしただろう？」

わたしは再び顔を赤らめながらうなずいた。「そうね、やってみる価値はあるかもしれない」

ダーシーは立ちあがり、わたしの肩を叩いた。「それじゃあ、ほかの乗客たちといろいろお喋りをするといい。とりわけ、夕食の席で」

立ちあがろうとしたそのとき、だれかが船長の部屋のドアを叩いた。入ってきたのは、不安そうな顔の若い船員だ。「船長、お邪魔して申し訳ありません。ダイヤモンドの指輪がなくなっているると、ミセス・ウォルデックから申し出がありまして。ゆうべの舞踏会のあと、はずして宝石箱に入れたそうなんです。ですが救命ボートの訓練が終わって、はめようとしたらなくなっていたということでした」

「ふむ、問題の泥棒は忙しくしているようですね」船長はダーシーを見ながら言った。

# 10

## ベレンガリア号
## まだ七月一五日

わたしは船長とダーシーといっしょにミセス・ウォルデックの船室に向かった。やつれていると言っていいくらいほっそりしたアメリカ人女性で、わし鼻のせいで猛禽《もうきん》類のように見える。ひどく気が立っているらしく、わたしたちに襲いかからんばかりの権幕だった。

「いったいこの船はどうなっているんです？　犯罪者を乗組員として雇っているのかしら？　まったく必要のない救命ボート訓練のためにわたしたちを最上階デッキに追いやり、使用人まで部屋から出させておいて、あげくに高価な宝石が盗まれるなんて。そもそも、なんだってもう一度訓練をする必要があったんです？　わたしたちは子供じゃないんです。最初の日に、救命ボートの場所は教わっています。それなのに船員がやってきたかと思ったら、〝急いでください。全員デッキに出てください〟ですって。まるでアヒルかなにかの群れを追い立てるみたいに」ミセス・ウォルデックは一度息継ぎをすると、指輪で重たそうな指をわたしたちに向かって振り立てた。「すべての船室を捜して、ニューヨークに到着する前にわたしの指輪を取り戻していただきます。そうしないと、大変なことになりますよ。言っておきますが、夫はあまり寛大なほうではありません。激怒するでしょうね。あの指輪は彼のお母さまからいただいたもので、一万ドル以上の価値があるんです」

「ミセス・ウォルデック、わたしどもは指輪を取り戻すために最善を尽くすとお約束します。念のためお訊きしますが、どこかに落としたとか、違う場所に置いたということはありませんか？」

彼女は鳥のような目で船長をにらみつけた。「船長、わたしはとても注意深い人間です。落としたり、違う場所に置いたりはしません」

「失礼しました、ミセス・ウォルデック。あくまでも……」

「ミセス・ウォルデック」ダーシーが遮って言った。「客室係以外に、船室を訪ねてきた人間はいませんでしたか？　宝石箱を置いている場所を見たかもしれない人間は？」

「だれもいません――ステラ・ブライトウェルという映画女優以外は。ある夜、彼女がここに来たんです。なかには入れませんでしたけれど」

「ステラ・ブライトウェル？」船長が確認した。「あなたのご友人ですか？」

「いいえ、初対面です。着替えをしていると、ドアのノブを動かす音が聞こえたので開けてみたら、ステラ・ブライトウェルがいたんです。酔っていたようでした。ひとつ上のフロアの同じ場所にある部屋に泊まっているので、エレベーターで違うボタンを押してしまったんだろうと言って、謝っていました」

「ありうることですね」船長が言った。

「アルコールを飲みすぎたときには、ありうるでしょうね。わたし自身は禁酒法に賛成なんです。それにあの女優たち――確かにきれいですけれど、頭には脳みそのかけらもないんですから。以前であれば、こんな船で旅をするのは本当の上流階級の人間だけでした。ハリウッドスターなんてとんでもなかった。いったいこの世界はどうなってしまうのやら」

ダーシーとほかの乗組員たちがミセス・ウォルデックの部屋を捜しているあいだに、わたしは船長に連れられて階段をあがった。部屋に戻り、わたしがいいと言うまではここから出ないようにとクイーニーに命じた。クイーニーは不満そうだった。

「お嬢さんが戻ってこなくて、夕食を食べそこなったらどうするんです？」

「ちょっと前まで、二度と食べ物なんて見たくないと言っていたんじゃなかった？」わたしは指摘した。

「もうすっかり船酔いはおさまったんで、食欲も戻ってきたんです。ここの食事はすんごくおいしいですからね」

「食べそこなうようなことはしないわ。約束する」わたしは請け合った。「ただ、人目につかないようにしてほしいの。あなたが部屋にいることがわからないようにカーテンも閉めておいて、だれかが入ってこようとしたら助けを求めるのよ」

「いったいなんのためにそんなことをするんです？」クイーニーが尋ねた。

「だれにも言ってはだめよ。だれかがわたしの宝石を盗みに来るかもしれないの」

その言葉を聞いて、クイーニーがげらげらと笑った。「なんとまあ。お嬢さんは盗まれるようなものなんて、持ってないじゃないですか」

「そうよ。でも泥棒はそれを知らないでしょう？　泥棒の顔をよく見てほしいの」

「あたしを襲ってきたらどうすればいいんです？」

「そういうことにはならないと思うわ。あなたに気づいたら、逃げるはず」

「そういうことなら、合点です」

わたしはいくらか不安を覚えながらデッキに出た。クイーニーがだれかに喋ってしまうことも心配だったし、怪我をするおそれもある。けれどまずは自分のすべきことをする必要があった。高価な宝石を持っているという話を広めなければならない。船内には噂が飛び交っているようだった。アルジー・ブロックスリー＝フォジェットが、タビー・ハリデイやほかの若い男性たちといっしょにいるのが見えた。アルジーがわたしを手招きした。「盗難の話を聞いたかい？」

「何件か被害があったらしいじゃないか。全部宝石だとか」若いアメリカ人が言った。「貴重なものは船の金庫にしまっておかないと」

「でも身に着けていなければ、つまらないもの」わたしは言った。「わたしは親戚にあたるメアリ王妃から高価なブレスレットを借りてきたけれど、金庫にはしまっていないわ。〝宝石は、身に着けて楽しむものですよ。鍵をかけてしまっておくものではありません〟と王妃さまに言われたから、そのとおりにしているの。でも部屋には鍵がかかっているし、メイドが目を光らせているから、なにも心配はないわ」

「ダイヤモンドの指輪を盗まれたという女性も、鍵のかかった部屋にメイドがいたそうじゃないか。早いところ犯人がつかまるといいんだが」タビー・ハリデイが言った。

彼に対する評価がわずかにあがったものの、それも次の言葉を聞くまでだった。

「こいつはたいしたスクープになるぞ。高級客船で窃盗犯を現行犯逮捕。記者が一部始終を目撃――いや、〝逮捕に手を貸した〟のほうがいいな」

「それなら、次の犯行を目撃できるように通路をうろついていないとだめだ」アルジーが言った。「こんなところで輪投げをしている場合じゃないぞ」

ダーシーは一日中姿を見せなかった。不穏なことはなにも起こらず、船室にやってきたのは新しいタオルを抱えた船室係だけだった。もっとタオルが欲しいと電話なさいましたかと訊かれたが、していないと答えると船室係はそのまま帰っていった。やがて日が落ちて、船で過ごす最後の夜がやってきた。ロマンチックな夜になってもいいはずだ――船上で最後の舞踏会が開かれ、船には愛する人が乗っている。けれど愛する人とわたしは宝石泥棒を捕まえようとしていて、今夜がその最後のチャンスだ。それでも、白いシルクのイブニング・パジャマを用意するようにとクイーニーに告げたときには、わたしの胸は高鳴っていた。夕食後は白と黒のドレスコードの舞踏会が行われることになっている。ようやく流行のドレスを着る機会がやってきたのだ。わたしはそれを着て、黒玉のブレスレットと髪飾りをつけた。どうせなら思いっきり着飾ろうと決めて、真っ赤な口紅を塗り、頬紅も少しだけつけた。

わたしを見た母は満足そうにうなずいた。「あひるの子がようやく白鳥になったのね。その服はよく似合っているわ。泥棒の話を聞いた？　一日中ステラとサイと部屋に閉じこもっていたものだから、たったいまメイドから聞いたところなの。よかったわ、旅に出るときは、高価な宝石類を持ってこないようにしていて。貴重なものを船に持ってくるなんて、どうかしていると思わない？」

母は、いまだに驚くほどすらりとした見事な肢体を際立たせる背中の大きく開いた黒いイブニングドレスを着て、白い長手袋をつけ、頭には羽根のついた小さな白い帽子をのせていた。片方の手首にキラキラ光るブレスレットをはめているのを見て、わたしはふと思いついた。

「お母さま、そのブレスレットを貸してもらえないかしら？　黒玉は少し地味なんですもの」

「これはただの模造品よ」母はブレスレットをはずしながら言った。「さあ、つけるといいわ」

わたしはブレスレットをはめた。犯人に本物だと思ってほしい気持ちと、思ってほしくない気持ちが半々だ。わたしたちは通り過ぎる人たちから向けられる視線を楽しみながら、夕食の席に向かった。プリンセス・プロミーラの姿はやはりない。シンプソン夫人は今夜も黒いビーズのドレスを着ていて、この船には印象づけたい人間が乗っていないことがよくわかった。話題は当然のように、今日の窃盗騒ぎだった。

「わたしたちはデッキに集められたから、犯人はその隙に乗じたのだ」サー・ディグビーが言った。「幸いなことに、わたしたちは旅のときには宝石類は銀行に預けることにしているのでね」

「本物の宝石を持って旅する人間がいるなんて信じられないわ」シンプソン夫人が言った。

「わたしは模造品を作らせて、本物は自宅に置いておくようにしているのよ」

「わたしと同じね」母が言った。「船の上でいったいだれの目を奪おうというの？」

「まったくだわ」

意見が一致するのは珍しいことだったから、ふたりはしばし見つめ合った。

近くのテーブルで、ミセス・ウォルデックが盗まれたダイヤモンドのことを声高に嘆いているのが聞こえた。食事が終わり、わたしたちは舞踏会場へと移動した。だれもがきれいに着飾って、楽しいひとときを過ごしているようだ。ダーシーがどこかから現われるのではないかと淡い期待を抱きながら、わたしはあたりを見まわした。だがそこにいたのはアルジーで、断固たる表情を浮かべてこちらに近づいてきた。

「踊ってもらえるかい？　スローな曲だから、それほどきみの足を踏まずに済むと思うよ」

自分の爪先に対する懸念よりも、彼への同情が勝った。わたしたちは混み合ったダンスフロアに出た。

「向こうに着いたら、きみはどこに行くの？」アルジーが尋ねた。

「何日かニューヨークに滞在してから列車で国を横断して、最後はハリウッドに行くことになると思うわ。映画に出ないかという話が母にあるものだから。どうなるかしらね」

「へえ。それはびっくりだ。映画の撮影を見るのはさぞわくわくするだろうね。ハンサムな若いイギリス人のエキストラは必要ないかな？」

「ないと思うわ」

「そうだろうな。またばかなことを言ったみたいだ」

「それで、あなたはどこに行くの？」わたしは本当にアルジーが気の毒になり始めていた。彼のようなどうしようもない人間が、生き馬の目を抜くようなアメリカ社会でどうやって生き延びていけるだろう？

「実は決めていないんだ。大牧場のあるところかな。どこだろう？　テキサス？　カンザス？　よくわからないんだよ。だいたい牧場のほうでぼくを雇ってくれるかどうかもわからないしね。乗馬は得意だから、それは強みだが」アルジーはため息をついた。「どれもうまくいかなかったら、ハリウッドにきみを訪ねていくよ」

冗談じゃない。〝世界中であなた以外に男性がいなくなってもごめんよ〟と言いたくなるのをこらえた。

ダンスが終わり、ゆっくりしたフォックストロットがアップテンポのジャイブに変わった。

「やった、ジャイブだ。お気に入りのアメリカのダンスだよ。ずっと練習していたんだ」

「あら、だめよ。これは……」抵抗しようとしたものの、アルジーはすでにわたしを振りまわし始めていた。わたしは危険な武器と化し、ピンに向かって転がっていくボウリングのボールのように、ほかのカップルたちに次々とぶつかった。

「アルジー、止まって。お願いだから止まってちょうだい」わたしはトランペットの音色に負けまいとして叫んだ。

「いい調子だよ、ジョージー。楽しいだろう?」

年配のカップルをダンスフロアから突き飛ばしたところだったから、とてもうなずく気にはなれなかった。アルジーはますます手に負えなくなって、わたしをぶんぶん振りまわしている。同じくらいぎこちないカップルがぶつかってきた衝撃でアルジーの手が離れたので、わたしはダンスフロアをすっ飛んだ。ぎょっとしている人たちの前を瞬く間に通り過ぎ、開いていたドアからデッキへと飛び出す。

「おっと、ジョージー。どうしたっていうんだ?」デッキの暗がりから現われたダーシーが、手すりの外へ落ちる前に捕まえてくれた。

「あなたがいてくれてよかった」わたしはほっとして言った。「あの間抜けのアルジー・ブロックスリー＝フォジェットとジャイブを踊っていたの。もう危ないったらないのよ」

「それじゃあ、彼が探しに来る前に早いところ逃げ出そう」ダーシーはわたしの肩を抱くと、船首のほうへと移動した。そのあたりの暗がりには、わたしたち以外だれもいない。舞踏会場の音楽がかすかに聞こえていた。

「素敵だわ」わたしはダーシーに微笑みかけた。

音楽がスローなワルツに変わった。「踊ろうか？」ダーシーがそう言って、わたしの手を取った。

暗がりのなかでわたしたちは踊った。いつもならステップのことが気にかかってしかたがないのに、いまは足が宙に浮いているようだ。薄いシルクの生地ごしに感じられる彼の体のぬくもりや、心臓の鼓動が感じられるくらいまでわたしを抱き寄せている彼の腕の感触が心地いい。彼の胸にうっとりと頭をもたせかけた。音楽が終わると悲しくなった。

「本当はこんなところにいてはいけないんだ」ダーシーはあたりを見まわしたが、前甲板にはわたしたち以外人気《ひとけ》はなかった。ダーシーは手すりに歩み寄り、周辺を確認した。わたしも同じように手すりに近づくと、彼は再びわたしを抱き寄せた。「だがいまは、そんなことなどどうでもいい。ぼくが追っていることを犯人がまだ気づいていないのなら、思っていたほど腕がいいわけではないということだ」

「プリンセス・プロミーラは今夜も食事に出てこなかったの。ひどく落ち込んでいるんだと思うわ」ふとある可能性に気づいた。「彼女は本当にプリンセス・プロミーラなのかしら？泥棒が本物のプリンセスを殺して、死体を海に捨てたということは考えられる？」

ダーシーの手に力がこもったのがわかった。「宝石泥棒は女性で、本物のプリンセス・プロミーラを殺したと言うのかい？」

「可能性はあるでしょう？」

ダーシーは眉間にしわを寄せた。「だが、プリンセスの忠実な使用人が気づくはずだ」

「その忠実な使用人も偽者だったら？」

「だがそうなると、乗客数が増えてしまう。待てよ」ダーシーは考えこんだ。「船室を確認したとき、密航者の存在は考えなかった。これくらいの大きさの船であれば、密航は不可能じゃない」ダーシーは宙を見つめ、その可能性を考えているようだった。それとも、プリンセスの船室の様子を思い浮かべていたのかもしれない。

「プリンセスが船を降りたあとで確認できる？　彼女を尾行して、本物かどうかを調べられる？」

「できるはずだ。アスター夫妻のところに滞在すると彼女は言っていたから、偽者ならわかる」ダーシーは海を見つめた。「それできみは、高価な宝石を持っているという話を広めたかい？」

「ええ。そうしたわ。午後はほとんどずっと船室にいたけれど、だれも尋ねてはこなかった。だから、もう少しわかりやすい餌をまいてみようと思ったの。母からちょっと目立つものを借りたのよ。本物みたいに見えるでしょう？」わたしは手を持ちあげた。「ないわ」

手首できらめいていたブレスレットがなくなっていた。

「最後に見たのはいつだい？」ダーシーが尋ねた。

「アルジーとダンスをする前よ。でも彼にひどく振り回されたから、手首からはずれて床に落ちているのかもしれない」

「そうかもしれないね。近くで踊っていた人間を覚えているかい？　だれかにぶつかった？」

「踊っていたというよりは、人にぶつかっていたようなものよ。アルジーの考えるジャイブは、とても危険なの」

「戻って確かめてくれないか。ぼくは顔を見せるわけにはいかないから、きみはもう一度舞踏会場に行ってブレスレットを捜すんだ。なくなったことをみんなに知らせて、動揺しているふりをして、反応を確かめてほしい」

「わかった」わたしは答えた。「あなたといっしょにいるときにかぎって、どうしていつもなにかが起きるのかしら？　ふたりきりの平穏な時間は二分以上続かない運命なの？」

ダーシーはわたしの顔に落ちてきた髪をかきあげると、その指でそっと鼻を撫で、唇に触れた。

「いまは我慢のときだ。なんとかして金を手に入れようとしているんだよ――父が失ったもののすべてを取り戻すために。いつかは、昔の家を買い戻したい。厩舎《きゅうしゃ》も。大きな夢だとはわかっているけれどね。だがきみを狭苦しいアパートに住まわせるわけにはいかないんだ」

「ダーシー、わたしは多くを望まないのよ」

「きみは公爵の妹で、女王の曾孫だ。惨めな思いはさせられない」ダーシーはわたしの額に軽くキスをした。「さあ、なかに戻って、言ったとおりにしてくれるかい？」

わたしは彼の腕をつかんだ。「今度はいつ会えるの？」

「わからない。下船のときに顔を見せるわけにはいかないんだ。万一……」

「ニューヨークに滞在する？　わたしたちは何日かいる予定なの」

ダーシーはため息をついた。「いまはなんとも言えないんだよ、ジョージー。このあとどこに行くことになるのか、ぼくにもわからない。すぐにイギリスに呼び戻されるのかもしれない。指示を待たなければならないんだ。きみは長くアメリカにいるわけじゃないだろう？」

「どうかしら。お母さまがハリウッドを気に入れば、ずっといることになるかもしれない」

「それじゃあきみは、ステラとゴールドマンといっしょにハリウッドに行くんだね？」ダーシーはなにか言いかけ、しばし口ごもったあとで言葉を継いだ。「少しでも危険なことはしてほしくないんだが、ステラ・ブライトウェルに注意していてくれないか？　彼女の部屋を捜すとかそういうことじゃなくて、もしまた盗難事件が起きたときは……」

「プリンセスのルビーを身に着けていないかとか？」わたしは笑いながら訊いた。

ダーシーは再び首を振った。「いや、忘れてくれ。まったくばかげた話だ。だれかほかの人間に決まっている。乗客が船を降りるときに、なにか見つかることを祈ろう。ニューヨーク市警が乗船してくることになっているんだ。彼らには怪しいと思った人間をだれであれ、徹底的に調べる権限がある。楽しい仕事ではないけれどね。それどころか、かなりの騒ぎになるだろうな」ダーシーはにやりとして、軽くわたしの腕に触れた。「さあ、もう行かないと舞踏会が終わってしまう」

舞踏会場では、バンドがクイックステップを演奏している。わたしはダーシーの顔を見あげ、すべてを記憶に刻みこもうとした。微笑んだときにできる目じりのしわ、額で揺れる癖のある黒い髪、顎の真ん中のかすかな割れ目。

「またすぐ会えるさ。約束するよ。愛しているよ、ジョージー。わかっているよね」

わたしは涙がこみあげるのを感じながらうなずいた。「わたしも愛している」

ダーシーはわたしを引き寄せると、激しくキスをしてから、その手を離した。わたしは仕方なく舞踏会場に戻り、母の隣に腰をおろした。「ごめんなさい、ブレスレットをなくしたみたいなの。アルジーと踊っていたときにはあったんだけれど、いま見たらなくなってい て」

「気にしなくていいのよ。ただの模造品ですもの。それに留め金が緩かったの」母はため息をついた。「そろそろ部屋に戻るわ。踊りたいような相手がひとりかふたりはいるだろうと思っていたのに、ホアンはステラが独り占めしているし、ほかにはだれもまともな人はいないんですもの。あんなにじろじろと人のことを見ないでくれればいいんだけれど。有名になるって疲れることなのよ。シンプソン夫人はこういうところには決して顔を出さないでしょう？」

母は立ちあがると、白い毛皮のストールをさりげなく肩にかけた。「あなたも来る？」

「わたしはもう少しここにいるわ。また踊りたくなるかもしれないし」

「あんなどうしようもない無骨者と踊ったあとでは、当分ダンスなんてしたくないだろうと思っていたのに」

わたしは笑顔で応じた。「それはわからないわ」

母は席を立ち、ステラとホアンがダンスフロアから戻ってきた。「お母さんは部屋に戻ったの？」ステラが訊いた。

うなずいた。「踊りたいような相手がいないと言っていました。でもわたしはブレスレットを探さなくてはいけないんです。高価なものなのになくしてしまって。踊っているときに、手首からはずれたみたいなんです」

「まあ、わたしたちも捜すのを手伝うわ。あなたも手伝ってくれるでしょう、ホアン？」

わたしは、舞踏会場を歩きまわるステラを眺めた。真剣に捜しているように見える。いっしょに座っていたときや、アルジーと踊ろうとしてわたしが立ちあがったときに、彼女がブレスレットをはずすチャンスはあったかしら？　考えるのもばかばかしい気がした。なにか緑色の液体がはいったグラスを前に、アルジーがひとりで座っているのが見えた。

「わたしのブレスレットを見なかった？　踊っているときに落としたらしいの」わたしは彼に言った。

「いいや、見なかったよ。そいつは困ったね。きみが言っていた高価なブレスレットかい？くるくる回っていたときに落ちたんだろうな。ぼくも捜すのを手伝おうか？」

そういうわけで、彼もステラといっしょに捜し始めた。まもなく噂が広まって、そこにいる半分の人たちが捜してくれたが、結局ブレスレットは見つからなかった。わたしはあきらめて部屋に戻ることにした。船室のドアを開けてまず聞こえてきたのは、野生動物のようなすさまじいいびきだった。明かりをつけると、クイーニーがわたしのベッドの上で大きく口を開けて眠っていた。次に目に入ったのが、ベッド脇のテーブルに置かれたブレスレットだった。

わたしはおおいに困惑した。最初からつけるのを忘れていたなどということがあるだろうか？　いや、ありえない。これは王妃さまから貸していただいたもので、値段がつけられないくらい貴重なのだと話しながら、乗客たちに見せていたのを覚えている。それならどうしていまここにあるの？

「クイーニー」そう呼びかけたものの、彼女のいびきがやみ、目が開くまでにはもう何度か名前を呼ぶ必要があった。「ああ、おかえりなさい、お嬢さん。ダンスは楽しかったですか？」

「クイーニー、わたしがいないあいだにだれかが部屋に入ってきた？」

「いいえ、だれも。夜遅くになって、ちょっとうとうとしたみたいですけど、ドアをノックした人はだれもいません」

複雑なパズルのようだ。クイーニーはわたしが服を脱ぐのを手伝ってから、自分の部屋へ戻っていった。ダーシーが訪ねてきてくれればいいのにと思ったが、残念ながらそういうことはおきなかった。

# 11

## 一九三四七月一六日　月曜日
## まもなくニューヨーク。初めてのアメリカを前にわくわくしている！

盗難に関する新たな知らせがもたらされることもなく船上で迎える最後の朝がやってきて、わたしたちは上陸の準備に余念がなかった。すべての乗客の持ち物を徹底的に調べるのは不可能であることをわたしは悟った。宝石であれば靴の先に押し込んだり、ストッキングやハンカチでくるんだりもできるし、本のページをくり貫いたなかに隠すことも可能だ。頭のいい泥棒なら、簡単に警察の目をごまかせるだろう。

窓の外では乗客たちがデッキに集まっている。のぞいてみると、遠くにニューヨークの街並みが見えた。わたしもクイーニーに荷造りを任せ、デッキに出て手すりの前に立った。

「ほら、あれだ」だれかが言った。はるか前方に、朝焼けがまだ残る空を背景にした自由の女神像が見える。トーチを高く掲げたその姿はどれほど心を奮い立たせることか。移民の人たちがあの像を見て涙を流す理由がよくわかった。その向こうにはニューヨークの摩天楼がそびえたっている。あれほど高い建物が存在することをわたしは初めて知った。船は港に近づいていき、やがて高いビルの影のなかに着岸した。桟橋を見おろすと、そこは警察官でいっぱいだった。わたしは驚いた。盗難のあとは、いつもこれほど入念に乗客の持ち物を調べるの？　それとも、何者かが本物のプリンセス・プロミーラを海に投げ捨てたのかもしれないというわたしの疑念に関係している？　わたしが聞いた水音や海面に広がっていた髪は、本当に人間だったんだろうか？　すでに殺されていたから、海に放りこまれたときも手足をばたつかせることはなかったの？　暗い海のなかでは、茶色い肌の人間を見分けるのは簡単ではなかったはずだと考えただけで、わたしは気分が悪くなった。

舷門が設置され、青い制服姿の警官たちが乗りこんできた。指示どおりに一等客室用ラウンジに行ってみると、長々と待たされることやおせっかいな税関吏に荷物を調べられることに文句を言う乗客たちの声が渦巻いていた。やがて母とわたしの順番がやってきたが、ごくおざなりに調べられただけで上陸を許された。呼び止められてなにかを訊かれるかもしれないと覚悟していたにもかかわらず、だれからも声をかけられないうちにわたしはベレンガリア号を降りた。抱いている疑念を伝え、プリンセスのことは入念に調べてほしいと言おうかとも思ったが、それは船長とダーシーの仕事だと考え直した。なにをするべきか、ふたりはよくわかっているはずだ。

桟橋で喧騒に巻きこまれながらも、わたしたちはタクシーに乗ってステラとサイとホアンも滞在するプラザホテルに向かった。クイーニーと母のメイドのクローデットとわたしたちの荷物は、別のタクシーでついてきた。そびえたつビルの合間の細い道路を走っていると、落ち着かない気持ちになった。これほど高い建物を造ることができるなんて、いままで想像すらしたことがない。蒸し暑かったし、タクシーの窓からは嫌なにおいが入ってくるし、どの街角にもみすぼらしい身なりの男たちが立っている。ロンドンが不況のただなかにあることはよくわかっていたが、この町のほうがもっと悲惨に思えた。やがて車はより清潔であか抜けた地域に出たかと思うと、プラザホテルの前に止まった。それはまるで、妖精が魔法の杖をひと振りして、わたしたちを別の世界に連れていったかのようだった。

「ああ、よかった」駆け寄ってきたドアマンの手を借りてタクシーを降りながら、母が言った。「こうでないと。ニューヨークは素通りして、まっすぐに駅に向かわなくてはならないかと思ったわ。でもここなら数日は気持ちよく過ごせそうね」

わたしたちの部屋はセントラルパークに面していて、とても居心地がよかった。まるでわたしたちのために塗り替えたかのようにホテル全体が真新しく感じられる。のみならず、涼しかった――町はひどく蒸し暑かったから、ありがたかった。夕方にはサイ・ゴールドマンが借りた馬車で、湖からの風のおかげで過ごしやすくなっているセントラルパークを走った。パンをもらうために行列をつくっている貧しい人たちや、絶望を顔に貼りつけて家の外階段に座りこんでいる人たちのことを考えずにはいられなかった。現実世界から切り離されたところで育ってきたわたしだが、実際の世界が多くの人々にとってどんなものなのかをようやく理解するようになっていた。もしもわたしがお金と地位を手にすることがあれば、絶対にそういう人たちをどうにかしようと思った。

わたしたちは、サイとステラとホアンといっしょに食事をした。三人は翌朝、飛行機でロサンゼルスに向かうことになっていたから、わたしが探偵の真似事をしてダーシーの手助けをできるのはこれが最後だ。若い女性らしい好奇心にかられたふりをして、なくなった宝石の話題をさりげなく持ちだした。

「なくなった宝石は出てくるのかしら？　船に宝石泥棒が乗っていたのかと思うと、なんだか少しわくわくしませんか？」

「盗まれたのがあなたの宝石だったら、そうは思わないでしょうね」母が言った。「本当に嫌な気分になるわよ」

「本当よ。保険会社と交渉するのは、まさに悪夢なんだから」ステラが言い添えた。「ところで、ゆうべあなたがなくしたブレスレットはどうなったの？　あれも盗まれたのかしら？　警察には伝えたの？」

わたしは小さく笑った。「いいえ。わたしの思い違いだったんです。ただ置き忘れただけで、部屋にありました」

ステラの顔に、警戒するような色はまったく見られない。けれど、突起を伝って窓から侵入してくるような人間は、鋼の神経を持っているはずだ。だが、肩に長い黒髪を垂らした完璧に整った顔を見ていると、そんなことを考えるのもばかげている気がしてきた。いくつもの偶然があったとはいえ、彼女が宝石泥棒であるはずがない。そうでしょう？　映画スターで、サイ・ゴールドマンの愛人でもある彼女が、どうして人の宝石を盗む必要があるだろう?

「朝の飛行機に乗るのなら、今夜は早めに休んだほうがよさそう」コーヒーを飲み終えたところでステラが言った。「それじゃあ、ハリウッドで会いましょうね、クレア」母の頬から数センチ離れたところにキスをする。「わたしたちみたいに、飛行機にすればいいのに。どうして列車にこだわるのか、理解に苦しむわ。退屈だし、ほこりっぽいし、ぞっとするような人たちがいっぱい乗っているのに」

「わたしは遠慮しておくわ」母が応じた。「列車は時間がかかるけれど、事故は飛行機のほうがはるかに多いんですもの」わたしたちにおやすみのキスをしたサイがステラを追って出て行くと、母は立ちあがって満足そうにあたりを見まわした。「よかったじゃない? これで何日かはふたりだけで買い物をしたりして楽しめるわ」

ダイニングルームを出たところで、サー・ディグビーとレディ・ポーターに会った。

「またお会いしましたね、ミス・ダニエルズ」サー・ディグビーが言った。「光栄ですよ」

「こちらにお泊まりだとは驚きましたわ、サー・ディグビー」母は熱意のかけらもない口調で応じた。

「ボストンに行く前に、何日かニューヨークを観光することにしたんです」レディ・ポーターが言った。「滞在するのならこのホテルだと言われたものですから。とんでもなく高いですけれど。それに、あまり長くこの町にはいないと思います。それほどいいところとは思えません。汚いし、うるさすぎます」

「レディ・ポーターは実は田舎のほうが好きなんですよ。大きな町は苦手でしてね。ボストンはかなり開けた町だと聞いていますが」

「あのハリウッドの方たちもこのホテルに泊まっていらっしゃるのかしら？」レディ・ポーターが尋ねた。

「明日の朝、飛行機で発つそうです」わたしは答えた。

「まあ。なんて大胆な」レディ・ポーターは鼻を鳴らした。「危険きわまりないわ、飛行機なんて。ところで、プリンセス・プロミーラはどうなさったのかしら？ ここに泊まっていらっしゃるはずなのに。きっとお部屋で食事をなさるのね。あまり社交的なほうではないみたいね」

プリンセス・プロミーラもこのホテルに？ 部屋に戻り、母があれこれと顔に塗り始めたところで、わたしはフロントに向かった。

「プリンセス・プロミーラですか？」フロント係が宿泊者名簿を調べてくれた。「予約はなさっていましたが、直前になってキャンセルされました」

それを聞いたわたしは当然ながら、船に乗っていたプリンセスは偽者で、下船時に逮捕されたのだろうかと考えた。知るすべがないのはひどく歯がゆい。ステラ・ブライトウェルも手の届かないところに行こうとしている。そんなことを考えていたまさにそのとき、エレベーターのドアが開いて、ステラが降りてきた。素早くあたりを見まわしたあと、ロビーを横切っていく。

一瞬ためらったものの、わたしはすぐに彼女のあとを追った。彼女は確たる足取りですたすたと歩いていく。通りにはまだ人が大勢いたので、彼女に気づかれないようにしながらも見失わないように気をつけた。ステラは大通りを渡ると、公園に沿って北に向かった。このあたりは、わたしが今日見たニューヨークとはまったく違う。大邸宅が立ち並び、路肩には流線形の自動車がずらりと止められていた。開いた窓からはジャズと笑い声が流れてくる。ステラは足早に歩き続け、脇道を曲がった。

わたしの心臓は興奮のあまり早鐘のように打っていた。今夜は早く休むと言っていたステラなのに、こうしてひとりでホテルを抜け出している。事件の真相をつかめるかもしれないと思った。ダーシーの居所がわかっていればよかったのに。並木のあるその通りはひっそりとしていて、ステラのハイヒールの音が高い建物に反響しているだけだった。わたしはできるだけひそやかに、木の陰から別の木の陰へと彼女に見られないように移動した。あることに気づいたのはそのときだった。わたしが足を止めると、背後で聞こえている軽やかな足音も止まる。だれかがわたしを尾行している。

振り返ってみたが、そこにはだれもいなかった。けれどわたしはこれまで何度も危ない目に遭ってきたから、首のうしろあたりがぴりぴりする感覚に覚えがあった。わたしが探りを入れていることに気づいたステラが、人気のない暗い街角におびきだそうとしているんだろうか？　あとを追ってきているのは、ステラの共犯者？　これ以上彼女を尾行するのはやめて安全なホテルに戻ろうかと考えていると、ステラがもう一度角を曲がって、豪華なマンションの前で足を止めた。彼女があたりを見まわしたので、あわてて木の陰に身を隠す。ステラは入り口の脇の郵便受けにずらりと記された名前を眺めてから、窓を見あげて顔をしかめた。

ここでなにかを盗もうと計画しているんだろうか？　下見をしているの？　そのとき、ドアマンが現われた。ステラは彼と言葉を交わすと、うなずき、向きを変えてわたしのほうへと歩きだした。わたしは木の幹に体を押しつけるようにして、足早に通り過ぎていく彼女をやりすごした。再びそのあとをついて歩きだしたところで、不意に現われた黒い人影に行く手を阻まれて、思わず小さな悲鳴をあげた。

「夜のニューヨークをひとりでうろうろするなんて、いったいどういうつもりだ？」わずかにアイルランドなまりのある聞き慣れた声がした。

街灯の明かりにダーシーの瞳が光るのが見えた。

「あなたはわたしを驚かすのを習慣にしているわけ？」わたしは訊き返した。「だれかにつけられていると思っていたのよ」

「ぼくはステラを尾行していたんだ。きみのほうが割りこんできたんだよ。ところできみは、尾行がとんでもなく下手だ」

「それはありがとう。自分ではなかなかのものだと思っていたのよ」

「きみがあとをつけていたのが犯罪者だったら、いまごろきみは死んでいるよ」

ダーシーは笑顔でわたしを見おろした。

「だれかにつけられているのはわかっていたの。だからあなたにも同じことが言えるわ。暗い通りにおびき出そうとするステラの共犯者かもしれないって思っていた。わたしが宝石泥棒の話をしたから」

「どうしてそんなことを?」

「ステラの反応を見たかったの」

「きみがいつかやりすぎてしまうんじゃないかと心配だよ。彼女をよく見てほしいとは頼んだが、それだけだ」

「そうしていたのよ。だから彼女のあとをつけたの。あの建物にどんな用があったのか、どうしてなかに入らなかったのかを突き止めなくてはいけないわ。あそこでだれかと会うことになっていたのか、それとも宝石を置いてこようとしたのかしら?」

ダーシーは首を振った。「残念ながら、事情はもっと単純だ。ステラはミスター・ゴールドマンのあとを追っていったのさ」

「彼があそこにいるの?　どうして?」

「彼の妻があそこに住んでいるからだよ。ステラは彼がこっそり部屋を抜け出したのを知って、妻のもとを訪れただけだということを確かめたかったんだろう。別の女性のところかもしれないと疑ったんだろうね」

「まあ、変な話」

ダーシーはわたしの肩に腕をまわした。「さあ、きみをホテルまで送っていこう」

「うれしい驚きだわ」わたしは彼と並んで歩きながら言った。「今度はいつ会えるんだろうって思っていたんですもの」

「きっと、嫌になるくらいきみの前に姿を現わすことになると思うよ」

「それじゃあ、船を降りる乗客から宝石は見つからなかったのね？　いまでもステラを疑っているの？」

「見つからなかった。ステラはいまも容疑者のひとりだよ。だから彼女を見張っているんだ」

「プリンセス・プロミーラはどうなの？　プラザホテルに滞在する予定だったのに、直前になってキャンセルしているの。これって変じゃない？」

「彼女はアスター夫妻を訪ねるために、ロードアイランドのニューポートに向かったよ。確かめるのは簡単だ」

「つまり、彼女は本物だっていうことね？」

「そうだ」

わたしたちは五番街を渡った。

「気持ちのいい夜だ」ダーシーはわたしの手を取ると、公園にいざなった。ベンチに座っていたり、腕を組んで歩いていたりするカップルがいる。空いているベンチがあったので、わたしたちも腰をおろした。ダーシーはわたしを抱き寄せてキスをした。キスは長くて甘く、わたしは息もできないほどだった。うっとりと彼の肩に頭をもたせかけ、この時間が永遠に続けばいいのにと思ったが、母になにも言わずに部屋を抜け出してきたことを思い出した。心配しているかもしれない。

「帰らないと」わたしは言った。「お母さまになにも言わずに出てきてしまったの」

「きみがいないことに、お母さんが本当に気づくと思っているのかい？」ダーシーが笑いながら尋ねた。

「きっと気づかないでしょうね。でもやっぱり戻らないと」わたしは立ちあがり、ダーシーの手を引っ張った。

町の明るいところへと向かうわたしたちの靴の下で、砂利が音をたてる。わたしの手を包むダーシーの手は温かかった。「ステラをカリフォルニアまで追っていくの？　明日の朝、飛行機で行くんですって」

「本当かどうかはわからないだろう？　泥棒の次の目的がなんなのか、ロンドンからの電報を待っているところなんだ。ルビーが現われそうな場所についても」

「あなたがいっしょに来てくれればいいと思っていたの」わたしは彼を見つめ、見慣れたその顔を脳裏に焼きつけようとした。

ダーシーは足を止めた。「ぼくはプラザホテルで姿を見られないほうがいいと思う。念のためだ。だから、ここでおやすみを言うよ、ジョージー。気をつけるんだよ。危ないことをするんじゃないよ、いいね？」

「あなたもよ。わたしはいつだって心配しているんだから」

「ぼくは大丈夫さ」ダーシーはわたしの頬にかかった髪をはらうと、両手で顔を支えながらもう一度キスをした。「またすぐに会えるさ、約束する。さあ、もうお行き」

母は枕にもたれて雑誌を読んでいた。わたしが入っていってもろくに顔をあげようともしない。「下に行っていたの？　なにか面白いことでもあった？」

「いいえ、なにも」わたしは答えた。「ニューヨークにはいつまでいるつもり？　サイとステラは明日発つけれど」

「まずは買い物をしなきゃいけないでしょう？　リノにはなにもないそうじゃないの。それにニューヨークに来たからには、見るべきものを見ておかないと」

そういうわけで翌朝食事を終えた母はニューヨークのデパート巡りに出かけ、わたしはセントラルパークに向かった。噴水の脇に座っていると、見たことのあるふたり連れがこちらに近づいてきた。アルジー・ブロックスリー＝フォジェットとタビー・ハリデイだ。

「おや、ジョージージーじゃないか」アルジーが言った。「またきみに会えるなんて、うれしいね」

「まだ西部に向かっていなかったのね？」

「金が尽きたら、行くことにしようと思ってね」アルジーが答えた。「タビーはニューヨークで仕事があって、彼の新聞社がホテル代を出してくれているんだ。部屋をいっしょに使わせてくれるという親切な申し出を受けることにしたんだよ。きみはどこに？」

「プラザホテルよ」

「なんとなんと。聞いたかい、タビー？　プラザホテルときたよ。これはぜひ訪ねなくてはいけないな」

「それはどうかと思うわ」わたしはあわてて言った。「すぐにでも発つかもしれないし、母といっしょなのよ」

「ずいぶん冷たいじゃないか」アルジーが言った。「一度プラザホテルに行ってみたいとずっと思っていたんだ」

「きみはハリウッドに向かうものだとばかり思っていた」タビーが言った。

どれくらいの人にその話をしただろうと記憶を探りながら、わたしは用心深く彼を見た。

「じきに向かうと思うわ」わたしは立ちあがった。「そろそろ帰るわね。母が心配するといけないから」

わたしはふたりの視線を感じながらその場をあとにした。どうしてアルジーはそんなにプラザホテルのなかが見たいんだろう？　それにタビーはニューヨークでなにをしているの？

# 12

## リノに向かう列車のなか
## 一九三四年七月二〇日　金曜日

わたしたちはニューヨークに四日滞在したあと――ブルーミングデールで買い物をした母が、どれもこれも去年のパリの流行の下手なコピーにすぎないと結論づけ、舞台をひとつ観たあとで、ウェストエンドほど洗練されていないと評価をくだすには充分だった――シカゴ行きの列車に乗りこんだ。最終目的地は西部だ。

列車がハドソン川沿いを走る旅の前半は、快適に過ごすことができた。可もなく不可もない料理を食べ、リズミカルな列車の揺れのなかで眠り、目覚めたときにはシカゴだった。その後、駅の女性用待合室で退屈な数時間を過ごしてから、シカゴとサンフランシスコを結ぶ列車で再び出発した。ミシシッピ川を渡るまでは単調でつまらない時間が続いたが、夕食を終えるころには、遮るものもない広い空が暗くなり始めた。だれのものでもない、なにもないただの土地が、見渡す限りどこまでも続いているのを見たのは初めてだ。そしてあの夕日

――イギリスにあんな夕焼けはない。まるでイギリスの倍くらいもある空に、巨大な刷毛で原色を塗りつけたような夕焼けだった。魔法のようだった。きっとこの国が好きになると思えた。デンバーで朝食をとったあとは、一日中ただ山となにもない風景があるだけだった。馬に乗った人を一度見かけたが、それっきり何時間も人の姿を見ることはなかった。どこでもない場所を走るなかで眠りにつき、目が覚めてみると列車はリノに到着していた。急いでメイドを呼び、荷物を集めてあわただしく列車をおりた。列車が出ていき、わたしたちはなにもない場所にある、がらんとしたホームに残された。

「町の中心部はどこなのかしら？」母があたりを見まわしながら訊いた。

「ここだと思う」わたしは点々と建つ下見板張りの小屋や、数棟の煉瓦造りの低いビルを眺めながら答えた。まさに、なにもない茶色い風景の真ん中にある本物の西部の町だ。ひどく暑くて、ほこりっぽくて、線路の上に蜃気楼が見える。母とわたしは、メイドと荷物を駅に残し、サイが探してくれた弁護士の事務所にタクシーで向かった。そんなものにはまったく縁のなさそうなコテージが、迅速な結婚や離婚――ときにはその両方――を電光掲示板で宣伝している。タクシーは目抜き通りとおぼしき道路に入った。リノは〝世界一の小さな町〟と記した大きな看板が立っている。

「ここが町なら、わたしは王女だわ」母が言った。「こんなわびしい場所は初めてよ。ここに六週間もいなくてすんで、本当によかった。頭がどうかなってしまうでしょうね」

担当の弁護士だという男は、まるで舞台から抜け出てきた抜け目のない悪役のようだった。

太鼓腹に細い口ひげ、太い葉巻をくわえた口の端で話をした。「そのかわいらしい小さな頭を悩ます必要はこれっぽっちもありませんよ」彼は母の肩に大きな手を乗せて言った。「あなたの面倒を見るようにってサイ・ゴールドマンに言われているんでね、任せてくださいよ。〝わたしの新しいスターの面倒を見てくれ〟っていうのがサイの言葉ですよ。サイはなんだって望みどおりのものを手にいれる。わかりますよね？」

彼はわたしたちをリバーサイドホテルに連れていくと、観光農場にあるバンガローを手配してあると話してくれた。そこではなにも尋ねられることはないし、母が出ていきたくなったときには代役がやってくるという。母がすぐにでも出ていきたがっているのは顔を見ればわかったが、わたしたちは言われたとおりにした。仰々しく必要書類に記入したあと、大勢の人がクレア・ダニエルズに気づくように夕方にはバージニア・ストリートを散策し、カジノを訪れた。

「モンテカルロとは別物ね」サイコロ博打のテーブルやスロットマシンのあいだを歩きながら、煙草の煙に咳きこみつつ母がつぶやいた。「彼のためにこんなに苦労しているっていうことをマックスにはわかってもらわないと。本当なら今ごろは、ルガーノ湖のヴィラか、ニースのわたしの家か、ロンドンのブラウンズ・ホテルにいたはずなのに。これほど家が恋しいのに、これほど遠く離れたところにいるなんて信じられないわ」

わたしも同じ気持ちだった。通り過ぎる貨物列車のわびしい警笛を聞きながら、いまダーシーはなにをしていて、今度はいつ会えるのだろうと考えた。もう貴族泥棒を捕まえただろうか？

「なんとまあお嬢さん、ここは本当にひどいところですね」クイーニーが言った。「これがアメリカなら、古きよきイギリスのほうがずっといいですよ」クイーニーはウォルサムストーのガス工場近くの裏通りで育っていたから、ここがどれほどひどいかがよくわかった。

暑さと近くを走る列車のせいでよく眠れなかったので、町と線路を離れ、ほこりっぽい砂漠の真ん中にある牧場に移ったときはほっとした。少なくともそこにはプールとハコヤナギの木陰があった。母は泳ごうとはせず、ずっと日差しを避けていた。

「メアリ一世は日焼けしていなかったでしょうからね。イギリス貴族は昔から、陶器のような白い肌をしていることで知られていたのよ。自分の肌を見てごらんなさいな、ジョージー。日に当たっても、そばかすができるだけじゃないの。いずれぶよぶよのオレンジみたいになってしまうわよ」

「それはありがとう」わたしは言った。「お母さまって本当に、わたしの自信を打ち砕くのが上手ね」

母はわたしの肩に手をまわした。「ジョージー、自然は不公平なものよ。美しく生まれる人もいれば、そうでない人もいる。たとえば、あなたのダーシー。彼はうっとりするほどハンサムな少年だったでしょうね。一方のあなたはただの平凡な子供だった」母はわたしから離れ、戸口で振り返って言い添えた。「彼はあなたのどこがいいのかしらって、時々思うのよ」

こんな母がいるのだから、シンプソン夫人の悪意ある言葉も聞き流せるはずだとわたしは思った。

母がハリウッドにいるあいだ身代わりを務めてくれるワンダを連れた弁護士がやってきて、いつでも出発してくれていいと言ったときには、心底うれしかった。それを聞いたクイーニーとクローデットは飛びあがらんばかりで、記録的な速さで荷造りをした。わたしたちは再び列車に乗りこみ、まずはシエラ・ネバダ山脈を越えてサンフランシスコに向かい、そこから海岸沿いにロサンゼルスを目指した。

「そもそも、来たこと自体が間違っていたのかもしれないと思い始めているところよ」珍しく母が内心を吐露した。「だってあのとんでもないところが、世界一の小さな町だとかなんだとかって言っているのよ。カリフォルニアはいったいどんなところだと思う？　ハリウッドは魅惑的な町だって聞いているけれど、実はほこりだらけで、みすぼらしい小屋と道路に唾を吐くような人たちばかりだったらどうする？」

「そうでないことを祈るわ」わたしは応じた。

山を越えて走る列車からの眺めは素晴らしかった。列車を乗り換え、サンフランシスコ湾が見えてきたところで、今度はロサンゼルス行きの列車に乗り換えた。初めは海岸から遠く離れていたため、見えるのはどこまでも続く金色の丘ばかりだったが、やがて眠りに落ち、つぎに目が覚めてみるとそこにはきらめく太平洋が広がっていた。朝食を終えると、列車は間もなくロサンゼルス駅に到着した。

わたしたちがホームに降り立つと、髪をうしろに撫でつけ、べっこう縁の眼鏡をかけた若い男性が不安そうな面持ちで足早に近づいてきた。

「ミス・ダニエルズとレディ・ジョージアナですか？　ぼくはロニーといいます。ミスター・ゴールドマンのアシスタントです。迎えに来るように言いつかりました。いま撮影の最中で、ミスター・ゴールドマンは現場を離れられないんです。ですがすべて準備は整っていますので、ぼくがビバリーヒルズ・ホテルにご案内します」

彼は素晴らしい手際のよさを見せた。魔法のようにポーターが現われたかと思うと、気がつけばわたしたちはありえないくらい長くて黒い自動車のなかにいて、メイドたちと荷物はロンドンのタクシーとはまったく違うタクシーに乗せられていた。車が動きだし、わたしは胸を高鳴らせながら窓の外を眺めた。樹木の茂った丘にパステルカラーのヴィラが点在している。丘の頂上にハリウッドの看板を見つけたときには、心臓が大きく跳ねた。本当に来たんだわ！　ハリウッドに来て興奮しない人がいるかしら？

車はまもなく、鮮やかな色合いの日よけがついたきれいな新しいビルが立ち並ぶ、サンセット・ブールバードにやってきた。中央には路面電車の線路が延び、いたるところに自動車が走っている。ニューヨークにはっきりと影を落としていた不況は、ここには影も形もなかった。母はみるみるうちに元気を取り戻し、車がビバリーヒルズ・ホテルの私道に入ると、うれしさのあまり小さく叫んだ。そこはヤシの木と熱帯植物に囲まれたピンクの宮殿で、まるでおとぎの世界のようだった。

「それなりに居心地よくすごしてもらえると思います」ロニーは控え目に言った。

パリッとした白い制服姿の若者たちが駆け寄ってきて、わたしたちを出迎えた。ホテルのメインの建物ではなく、きらめく大きなプールの脇を進み、熱帯植物が咲き乱れるなかに建つバンガローへと案内された。玄関まわりにはブーゲンビリアがこぼれんばかりに咲いていて、ストレリチアとハイビスカスが小道を彩っている。太陽の光と色彩がまばゆいほどで、あたりには濃密な香りが漂っていた。

「まずはサングラスが必要ね」母が言った。「目を細めたせいでしわができたりしたら困るわ」

「すぐに眼鏡屋にいくつか持ってこさせます」ロニーが言った。「こちらのお部屋でしたら、しばらく過ごせそうですか？」ロニーがドアを開けると、そこは金と白の籐の家具が置かれ、窓には薄手の白いカーテンがかかった豪華な部屋だった。寝室がふたつにバスルームがふたつ、裏手にはメイド用の小さな小屋もあった。

「そうね、まあこんなものでしょうね」母が答えた。訊かれたのがわたしでなくてよかったと思った。そうでなければ、子供っぽく〝わお〟と口走っていたかもしれない。フィグの倹約生活とラノク城のじっとりした寒さのなかで何年も過ごしたわたしにとって、ここはあまりに対照的だった。

「それはよかった。それではすぐに眼鏡屋を越させます。ほかになにか必要なものはありますか？　ないようでしたらゆっくりお休みください。明日六時に迎えの車が来ますので」ロニーはすでにドアへと歩きだしていた。

「六時？　夕食かしら？」母が訊いた。

ロニーは声をたてて笑った。「いえ、朝の六時ですよ。セットに来てもらうことになっています。すでに撮影が始まっていますから。修正部分を加えた明日の最終の台本は午後に届けさせます」ロニーは腕時計を見た。「もう行かなければ。長く留守にしているとサイに怒られてしまう。レストランでもバーでもなんでも好きなものを注文してください。ただサインしてくれればそれでいいですから」

「悪くないわね？」サイが部屋を出ていくと母が言った。「明日までに台詞を覚えなくてはならないことを除けばね。わたしは映画には向いていないわ。朝六時ですって？　ありえない。劇場は映画界より文明化されていて本当によかった」母は鮮やかな色合いの布張りのソファに座り、籐のテーブルに置かれた巨大なフルーツ籠から桃を手に取った。「正直に言うと、どうしてここに来たのか自分でもよくわからないのよ。お金が必要なわけでもないし、映画スターになりたいわけでもない。きっとステラのせいね」

「ステラ？」

母は桃をひと口かじってから、わたしに言った。「わたしがまだ女優であることをステラに証明したかったんだと思うの。最後にいっしょに仕事をしたとき、ステラはまったくの無名だった。わたしはパントマイムの大スターだったけれど、ステラと妹は一風変わった演《だ》し物にすぎなかったの――大きな目をした、捨て猫のような痩せた少女たち。ダンスやアクロバットがとても上手で、わたしを崇拝していた」そのころのことを思い出しているのか、母はため息をついた。

クイーニーが荷物といっしょにやってきた。満足げに部屋を見まわす。

「悪くないですね。あたしはカリフォルニアが好きになりそうです。アメリカではみんな平等だって、列車で聞いたんですよ。ここでは膝を曲げてお辞儀をしたり、だれのことも〝お嬢さま〟って呼んだりしなくていいんです」クイーニーはそう言って、非難がましい目つきでわたしを見た。

「イギリスに戻ったときにクビになっていたくなかったら、アメリカのやり方に影響されないことね」母が言った。「自分がどうしようもないメイドだということを自覚なさい、クイーニー。気立てのいいわたしの娘以外に、あなたを雇ってくれる人などいないのよ。さあ、さっさと荷物を片付けていらっしゃい。わたしが台本を読んでいるあいだ、娘は泳ぎたいでしょうからね」

クイーニーは足音も荒く部屋を出ていった。

「あの子はずいぶんと思いあがってきているわね。あなたがそうしたくなくても、やめさせなくてはいけないかもしれないわよ」

「わかっているのよ。でも、ひとりでは生きていけないとわかっている迷子の動物を引き取っているような気分なの。どうにもできないの」

「わたしならそんなことにはならないわ。あなたはもっと非情にならなくてはだめよ。どうしようもないことなんだから」母は窓に近づいて外を眺めた。「なにはともあれ、買い物に行かなくてはならないわね。わたしたちの服はカリフォルニアには堅苦しすぎるわ。女性たちはショートパンツ姿よ。形のいいお尻をしているわけでもないのに」

サングラスが届いた。わたしはプールに向かい、ホテルのショップでショートパンツとホルターネックのトップスを買った母は台本に目を通し始めた。プールのまわりに並べられたラウンジチェアは、ありえないくらいに日焼けした人たちでほぼ埋まっている。ようやく空いているラウンジチェアを見つけて腰をおろすと、美しい女性がやってきて隣に座った。ショートパンツ姿のほかの人たちとは違い、長いシルクのワンピースを着て、ひらひらしたスカーフを何枚もなびかせていた。そのうちの一枚を、一九二〇年代風のボブスタイルの頭に巻いている。入念にお化粧をして大きなサングラスをかけていたので、年はわからなかった。

「こんにちは」彼女が言った。「カリフォルニアで、あなたのような白い肌の人を見たのは初めてよ。陶器のように白いのね。きっと、太陽が顔を出すことがないと聞いているイギリスから来たのね」

「ええ、太陽はあまり出ません」わたしは認めた。

「思ったとおりだわ。あなたはイギリス人なのね」

「半分はスコットランド人ですけれど」メアリ王妃といるときにいつもそうなるように、言葉がすんなりと出てこないことに気づいた。彼女には圧倒的な存在感がある。「もっと言えば、四分の一スコットランド人で、四分の一ドイツ人です」

「まあ」彼女はそう言ってから、たくさんの指輪と赤い爪で飾られた指を振った。「あなたがだれだかわかったわ。王家の人がここに滞在する予定だという噂があったの。あなたがその人ね。そうでしょう？」

「王家の人間というわけじゃありません。ヴィクトリア女王が曾祖母にあたるので、国王陛下は確かに親戚ですけれど。またいとこになるのかしら？」

「そうだと思ったわ！」女性は甲高い声で笑った。「わたしたちにとっては、それだけで充分に王家の人間なのよ。あなたのことは〝殿下〟と呼ばなければいけないのかしら？」

「とんでもない」わたしは答えた。〝お嬢さま〟というのが正しい呼び方だと言いかけて、アメリカではだれもが平等なのだと言っていたクイーニーの言葉を思い出した。出だしからつまずきたくはない。「わたしの名前はジョージアナです。ジョージーと呼ばれています」

女性は手を差し出した。「アメリカにようこそ、ジョージー。わたしはバーバラ。バーバラ・キンデルよ。このホテルで暮らしているの。なにか必要なものがあったら、わたしに言ってちょうだいね」

「ありがとうございます」わたしは口ごもりながら応じた。イギリスでは初対面の人とこんなに親しげに言葉を交わすことはない。「あなたも映画関係の仕事をしているんですか？」

「ええ、ある意味ではね。さあ、わたしは電話をしてくるから、あなたは泳いでいてちょうだい」

プールに入ろうとすると、プールサイドに座って両足を水中でぶらぶらさせている黒髪の小柄な男性が、興味深そうなまなざしをわたしに向けていることに気づいた。見られているとわかると、泳ぎがあまりうまくないことをどうしても意識してしまう。堂々とした平泳ぎでプールを一往復したところで、その男性がプールに入るのが見えた。油断のない黒い目をした、人目を引く顔つきだった。ハンサムとは言えないが、彼にはなにかがある——自信だろうか。彼は軽やかな泳ぎでわたしに近づいてきた。

「バーバラと話をするときは気をつけたほうがいい」彼は言った。「ハリウッドのすべての新聞の一面を飾りたくなかったらね」驚いているわたしに彼は笑いかけた。「彼女は有名なゴシップ欄のコラムニストだよ。獲物を求めて、このあたりを鮫《さめ》のようにうろついているんだ」

「わお」わたしはつぶやいた。

彼はおかしそうに笑った。「その言葉は長いあいだ聞いていなかったな」

いかにもアメリカ人らしいその口調に、わずかにイギリスなまりがあることに気づいた。「もっときちんとした言葉遣いをしなくてはいけないことはわかっているんだけれど、緊張すると、つい口から出てしまうの」

「ぼくの前で緊張する必要はないよ。ぼくは本当に気さくな男だからね」彼が言った。「きみはとてもきれいな長い脚をしているね。ぼくは長い脚の女性が好きなんだ」驚いたことに彼はわたしの左の太腿をそっと指でなぞった。

「もう行かないと。母の様子を見てこなくてはいけないの」わたしは歩きだそうとした。

「また会おうね、可愛い子ちゃん。きみのような純真無垢な子は、ハリウッドでは貴重だ。楽しみだよ」

プールから出たわたしの顔は、赤くなっていたと思う。電話をかけ終えたバーバラ・キンデルが戻ってきてわたしを手招きした。

「あの男には気をつけるのよ。あなたのような若い子を朝食に食べてしまうんだから」

「あの人はだれですか？」わたしは尋ねた。

バーバラは顔をのけぞらせて笑った。

「わからなかったの？　チャーリー・チャップリンよ」

振り返ると、その小柄な男性はまたプールサイドに腰かけて、面白そうなまなざしでわたしを見つめていた。映画で見た滑稽な姿とはまったく違っている。

バンガローに戻ろうとしたちょうどそのとき、目に入った光景にその場で動きが止まった。赤と白のフリルをふんだんに使った水着姿の大柄な女性がこちらに歩いてくる。頭には赤い花のついたスイミングキャップ。まるで波間に浮かぶブイのようで、それがだれなのかに気づくまでしばしの間が必要だった。

「クイーニー！　いったいなにをしているの？」

「泳ぎにいくんですよ、お嬢さん。プールは気持ちよさそうですよね」

「クイーニー、あなたはレディズ・メイドなのよ。雇い主と同じプールで泳ぐわけにはいかないの」

「どうしていけないんです？」クイーニーは挑むようにわたしをにらんだ。「ここはアメリカなんです。みんな平等です。自分の仕事はしますけど、それ以外のときはなんだって好きなことをしていいんです。列車でそう言われたんです」

思わず息を呑んだ。「クイーニー、バッキンガム宮殿で自分のメイドがローラースケートをしていたら、王妃陛下はどう思われるかしら？」

「ここはバッキンガム宮殿じゃないですよね？　あたしたちがいるのは違うルールがある違う国なんです。空いている時間にプールに入っちゃいけない理由がわかりません」

ふさわしい答えが見つからなかった。アメリカのメイドは本当に、チャーリー・チャップリンといっしょにプールで泳いでいるのかもしれない。

「悪いけれど、クイーニー、これは話し合う必要があるわ」わたしは言った。「とにかくいまはやめてちょうだい。お願いだからバンガローに戻って」

「お嬢さんもあたしの楽しみを邪魔するんですね」

クイーニーはそう言うと、足音も荒くバンガローへと戻っていった。

# 13

## ビバリーヒルズ・ホテル
## 一九三四年七月三〇日　月曜日

　贅沢ってまさにこのこと！　まるで自分が映画スターになったような気分。チャーリー・チャップリンがわたしを口説こうとしたことを知ったら、ベリンダはなんて言うだろう？　ダーシーは……。


　わたしは茫然としていた。子供のころ、馬小屋にいたかわいい子猫を引き取ったら、数日後にひっかかれたことを思い出した。もちろん、クイーニーがかわいいというわけではないけれど。クイーニーのあとを追うようにしてバンガローに入ると、傲慢そうな声が聞こえた。

「妹？　あの子はわたくしの妹などではないわ。ただの売春婦の子供よ。だれでもないの」

　わたしたちが入っていくと、母はいらだたしげに顔をあげた。

「もう帰ってきたの？　ようやくこの役の感覚がわかってきたところなのよ。ここまで嫌な女を魅力的に見せるのは、本当に難しいわ。だいたい……」わたしたちの姿を見て取ると、それでなくても大きな母の目がますます大きくなった。「まあ。それはいったいなに？」

「それって？」わたしは訊いた。

母はクイーニーを指差した。「それよ。あなたのメイド」

「これはあたしの水着です」クイーニーが答えた。「泳ごうとしたら、お嬢さんに止められたんです」

「クイーニー、そもそもメイドはビバリーヒルズ・ホテルのプールで泳いだりしないものよ。それにそんなに趣味の悪いものを見たのは初めてだわ。いったいどこで手に入れたの？」

「少し前に買ったんです。泳ぎに行く機会があるかもしれないと思って」クイーニーはふてくされて答えた。

「本当にひどいこと。まるで海岸に打ち上げられたクジラに理髪店の看板が巻きついたみたい。さっさと脱いでいらっしゃい」母はそう言って笑った。「まったくひどいったらないわね。あれほど無様なものは見たことがないわ。夢に見そうよ」

クイーニーはなにか言いかけたものの、母をにらみつけたかと思うと、わたしを押しのけるようにして自分の部屋に戻っていった。わたしはそのあとを追った。

「わかったでしょう、クイーニー？　プールにはゴシップ欄のコラムニストがいるの。新聞は喜んであなたの写真を載せるわ。王妃陛下がご覧になったら、さぞ恥ずかしい思いをされるでしょうね」

クイーニーは途端にしぼんだ風船のようになり、わたしはいつものように彼女を気の毒に思った。

「近いうちに、あなたが海で泳げるようにしましょうね。海で泳ぐのなら、だれも気にしないはずよ」

「制服も着たくないです。こんな天気じゃ暑くって仕方ないし、あたしはひどく汗をかくんです」

「もっともね。こんな暑いところに長くいることになるなんて思ってもいなかったもの。もっと薄手の制服がいるわね。きっとロニーが魔法のように用意してくれるわ」

「ずっとバンガローの自分の部屋にいなくてもいいですよね？　あそこはものすごく狭いんですよ」

「ええ、いいわ。用事のないときには、このあたりを散歩していてもいいわよ」

メアリ王妃陛下なら、必要なときにすぐに応じられるように女主人のそばにいるのがメイドの務めだと言うだろうと思いながら答えた。わたしはちゃんとしたお屋敷の女主人にはなれそうもない。

部屋に戻って着替え、居間に向かおうとしたとき、玄関をノックする音がした。クローデットの姿が見当たらなかったので、わたしがドアを開けた。そこにいたのは幾重にも塗りたくった厚化粧と、見たこともないほど鮮やかな金色の髪をした女性だった。あふれんばかりに豊かな胸を、深い青緑色《ピーコック・ブルー》のストラップレスのトップスで包んでいる。

「あなたが若き王家のレディなのね」彼女が言った。「バーバラから聞いて、ぜひお友だちになりたいと思ったの。それであなたを歓迎するために、こうして訪ねてきたのよ」彼女が不意に膝をついてひどく不格好なお辞儀をしたので、わたしは恥ずかしさに身をすくませると同時に、ストラップレスのトップスから残りの乳房がはみだしはしないかと心配になった。

「まあ、やめてください。そんなことをする必要はありません。わたしはただのレディでプリンセスでもなんでもないんですもの。それに、アメリカではだれもが平等だって聞いています」

彼女は声をあげて笑った。「いったいだれがそんなことを？　わたしたちにはわたしたちなりの王と女王がいるのよ。ただしここではそれが、一番お金を持っている人だというだけのこと」彼女はぽっちゃりした手を差し出した。「わたしはドロレス。ドロレス・ハンフォード」

「ジョージアナ・ラノクです。ミセス・ハンフォード、あなたもご旅行でこちらに？」

「いいえ。夫とわたしはこの美しい町に住んでいるの。サンセット・ブールバードの上の丘をあがったところに自宅があるのよ。夫は不動産開発業をしていて、使いきれないくらいのお金を稼いでいるの。わたしはほとんど毎日このホテルに来て、友だちとランチをしているわ。ここはみんなが集まる場所だから。名のある人はみんなっていう意味よ。わたしたちといっしょにランチはいかが？」

わたしは、身振りを交えながら部屋のなかをもったいぶって歩いている母を見てから言った。「ええ、喜んで」

レストランのテーブルにはすでに何人かの女性がいて、ドロレスはまるで貴重な珍しいペットを自慢するようにわたしを紹介した。

「彼女が、バーバラが話していた王家のレディよ。国王の親戚なんですって。考えてもみてよ。それに彼女のアクセントを聞いてちょうだい。さあ、ジョージアナ、なにか言ってみて」

「お会いできて光栄です」わたしはぼそぼそと言った。「ジョージアナといいます」

あたかもわたしがアリアを朗々と歌いあげたかのように、一同はため息をついた。「なんて素晴らしいのかしら。すごく洗練されていて、すごく貴族的」ひとりの女性が言い、自分の隣の椅子を叩いた。「さあここに座って、こんな古ぼけたビバリーヒルズでなにをしているのか聞かせてちょうだい。宮殿はどんなふうなの?」

わたしは腰をおろした。彼女たちは質問を浴びせてきた——母のこと、デイヴィッド王子のこと、耳にした噂のこと。わたしはできるかぎり言葉を選びながら、曖昧に答えたものの、まるで取り調べを受けているような気分だった。彼女たちは驚くほどの量のアルコールを飲み、全員が煙草を吸った。山ほど注文した料理は申し訳程度につつくだけだ。そのうちのひとりがビーフをはさんだロールパンを両手でつかんで食べ始めたので、ぎょっとした。口に押しこもうとした拍子に、パンのあいだからレタスとソースが飛び出した。いい眺めとは言えない。わたしはチキンサンドイッチを注文した。イギリスでは薄く切った白いパンに薄いチキンのスライスをはさんだものが出てくるのに、ロールパンの上にチキンの身が半分のったものが運ばれてきたのを見て、わたしはおののいた。ひとしきり尋問を終えると、ドロレスと友人たちはわたしに興味をなくし、いつもの噂話を始めた。彼女たちはにぎやかで、機知に富んでいて、そのうえ恐ろしく意地が悪かった。まぶたひとつ動かすことなく、有名人たちの寝室での振る舞いを語り合っている。わたしのような人間にとっては衝撃だった。

「三人なのよ。ええ、もちろん全員が男性。彼は女性が嫌いなんだもの」

ラノク城とバッキンガム宮殿の外の世界は、なんて奔放で途方もないところなんだろう。その場を離れ、バンガローに戻ったときにはほっとした。母が台詞の練習を中断されるのを嫌がったので、夕食は部屋に運んでもらった。明日セットに赴くまでに台詞は完璧にしておくと決めたらしい。わたしたちの様子を確かめにロニーがやってきて、車をよこすからわたしもあとから撮影現場に来ればいいと言った。ドロレスと意地の悪い友人たちの餌食にされたり、またチャーリー・チャップリンとどこかで会ったりしたくはなかったから、ほっとした。

翌朝五時、母が悪態をつきながらどたばたとにぎやかに身支度する音で目を覚ました。六時前に母は出発していったが、朝の光が射しこむ部屋ではこれ以上眠れないことがわかったので、朝食を注文した。それから祖父とベリンダ宛てに葉書を書いた。ベリンダがまだハロッズで働いているのなら、なにか元気づけるものが必要だ。その後、クイーニーの涼しい制服を探しに出かけたが、メイドにふさわしい服を置いているような店はなかった。

迎えの車が一時にやってきて、わたしはスタジオに向かった。なんだかえらくなった気がして、胸が高鳴る。〈ゴールデン・ピクチャーズ〉と書かれた大きな看板の下を車が通ったときには、門番が敬礼をした。妙な衣装をつけた人々がわたしたちの前を横断していく。車は古めかしい広場のようなところを通り、やがてヨーロッパ風の村に着いた。撮影はレーダーホーゼン（ドイツ・バイエルン地方の伝統的な革の半ズボン）をはいた若者たちと、たっぷりしたギャザースカート姿の娘たちがいるヨーロッパ風の村で行われていた。車はビルとビルのあいだの細い路地に入って止まり、クリップボードを手にしたロニーが出迎えてくれた。

「やあ。よく来たね。さあ、入って。ちょうど撮影が始まるところだ」

ロニーは大きな暗い箱のなかにわたしを案内した。その一方の奥が宮殿のセットになっていて、ブラディ・メアリが着たどんなものよりセクシーで露出の多い衣装をつけた母がテーブルの向こう側に立っていた。タイツとダブレット姿のホアンがその前にいる。まず感じたのが、母がどれほど若く、美しく見えるかということだった。わたしは少しもその美しさを受け継いでいないと、改めて思い知らされた気分だ。ロニーが唇を指で押さえた。「アクション」暗がりから声がした。

「よくもそんなことを。フェリペ、あなたはご自分の国では国王かもしれませんが、ここではわたくしが女王です。それを金輪際お忘れにならないで」母が言った。

フェリペは母に近づいて手首をつかむと、自分のほうへ引き寄せた。「だがわたしの妻でもある。妻というのは夫の言いなりになるものだ。そのことも忘れないようにするのだな」そう言って母にキスをした——情熱的なキスを。

「カット！」さっきと同じ声が叫んだ。「よかったよ、クレア。ホアン、きみのアクセントは強すぎる。もう少し控え目にしてくれ。舌を巻かないように」

「無理だよ」ホアンが言った。「これがぼくのしゃべり方なんだ。スペインの男のしゃべり方さ。ぼくにスペインのフェリペ国王を演じてほしいんだろう？」

「もちろんスペイン人のようなしゃべり方をしてもらわなくてはいけないが、アメリカの人間に理解できないようでは困る。もう一度だ」

メーキャップ係の女性が飛び出してきて、母の化粧を直した。母はテーブルの向こう側に戻り、再び同じ場面が繰り返された。そしてもう一度。やがて昼食のために中断すると、母がわたしのところにやってきた。

「どうしてわたしが舞台を選んだのか、よくわかったわ。あのちょっとしたシーンを三四回もやったのよ。ホアンのアクセントがひと晩で直るはずもないのに。スピーチのレッスンを何週間か受ける必要があるわね。サイは気に入らないみたい」

当のサイ・ゴールドマンがこちらに近づいてきた。「わたし専用の食堂で食事をしよう。きみは素晴らしいよ、クレア。迫真の演技だ。ジョージー、きみのお母さんは本物の女優だ。わたしは彼女を大スターにするつもりだよ」わたしたちを従えたサイは、本物の城にしか見えない建物を建設中の敷地をすさまじい速さで横断し、こぢんまりした食堂に入った。「だがホアンが問題だ。考え直すべきかもしれないと思っているところだ。あのアクセントがね。まだこんな大役には早いのかもしれない。あの容姿とセックスアピールはなかなかのものだが、まずは台詞を観客に理解してもらわなきゃならないからね。あれはたくましい男の声じゃない。そういうわけで配役を変更する。ランチに彼を招待したんだよ」

それが合図だったかのようにドアが開き、ひとりの男性が入ってきた。ひと目で、だれなのかがわかった。たとえ生まれてこのかた一本も映画を観たことがなくても、クレイグ・ハートだとわかっただろう。文明世界の人間で、クレイグ・ハートを知らない者はいない。女性たちは我先にと彼の足元に身を投げ出すだろう。現実世界のクレイグは銀幕のなかと同じくらい、背が高くて、日に焼けていて、ハンサムで、とんでもなくたくましかった。

「クレイグ、来てくれてよかった」サイが大きく手を振った。「さあ入って、新たなスターに会ってくれ。クレア・ダニエルズだ」

クレイグは動物のような優雅な身のこなしで部屋に入ってくると、大きな手を母に差しだした。「初めまして。お会いできて光栄ですよ」何百万人という女性を骨抜きにした、あの深くてよく響く声で言った。

「こちらこそ、初めまして」母の瞳がうれしそうにきらめいている。「あなたの相手役をするのは楽しみだわ」

大変、わたしは心のなかでつぶやいた。ひょっとしたら、わたしたちはマックスのところに帰らないことになるかもしれない。そのとき、驚いたことにクレイグがこちらに視線を向けた。

「それで、こちらの魅惑的な若い女性はどなたかな？　新しいスターの卵かい、サイ？」

クレイグはわたしの両手を取った。その黒い目で見つめられて、心臓の鼓動が速くなるのがわかった。

「クレアの娘さんだよ、クレイグ」サイが答えた。「きみにも話しただろう？」

「そうだったね。かわいらしい人だ」サイはわたしに微笑みかけた。「名前はなんていうんだい、美しい人？」

「ジョージーよ」わたしはかろうじて声を絞り出した。

「きみに会えてうれしいよ、ジョージー。本当にうれしい」彼はわたしの手をつかんだまま、うしろにいるサイ・ゴールドマンに視線を向けた。「サイ、この仕事はなにもかも最高にうまくいくと思うね」

わたしは、彼の言葉の意味を理解できずにいた。クレイグ・ハートが母ではなくわたしに興味を示した驚きから、抜けきれていなかったのだ。ろくに食べられなかった昼食を終えて、わたしたちはセットに戻った。母が面白そうな目でわたしを見ている。きっとまだ赤い顔をしているに違いない。

「クレイグが優しくしてくれたわね。自分は特別だってあなたに思わせてくれるなんて、なんて親切なのかしら」母が言った。

母はメイクを直してもらってから、セットに戻った。わたしもあとを追おうとしたが、ロニーに止められた。「いまは入らないほうがいい。フェリペの役をおりてもらうと、サイがホアンに告げたところだ。ホアンは落ちこんでいるし、ステラは激怒しているよ」

　彼がそう言ったちょうどそのとき、ドアが勢いよく開いたかと思うと、エリザベスの衣装のままのステラが長く赤い髪をなびかせながら飛び出してきた。サイがそのすぐあとを追ってくる。

「信じられない」ステラは虎のようにわめいた。「彼を大喜びさせておいて、いまになってこんな目に遭わせるなんて」

「彼は実力不足だ、ステラ。わかるだろう」サイはステラの腕をつかむと、自分のほうに向かせた。「まだまだだ。ただのスペインの田舎者だよ。ここに連れてきてやっただけでも、喜んでもらいたいね」

「彼は田舎者なんかじゃない。古くから続く家の出よ。お城だって持っていて、わたしの記憶が正しければ、あなたはそのうちの一部を買おうとしたはずだけれど。あなたはスペインから欲しいものすべてを持ってきたじゃないの。違う？　偉大なるサイ・ゴールドマン。あなたはお金があるから、なんだって買えると思っている。言っておくけれど、わたしは買えないわよ」

　サイは自分の顔からほんの数センチのところまでステラを引き寄せた。

「忘れるんじゃないぞ、ステラ。わたしがいなければ、きみは終わっていた。過去の人だったんだからな。きみの声は実はトーキー映画には向いていない。そうだろう？　わたし以外のだれが、きみに主役の座をくれるというんだ?」サイはステラの腕を離した。「きみは、あのスペインの田舎者に肩入れしすぎなんじゃないか。もっと自分のことを考えるんだな、ステラ。さあ、セットに戻って、もう少し真剣にやってくれ。わからないか? クレア・ダニエルズはどのシーンでもきみを凌《しの》いでいる」

ステラは赤い髪を揺らしながら、つかつかとスタジオに戻っていった。あとを追うサイの口元に薄笑いが浮かんでいることにわたしは気づいた。その日の午後のセットは、あまり居心地のいい場所ではなかった。ステラをなだめようというのか、サイは試しにホアンに威勢のいいスペイン人の顧問ドン・アロンソの役を演じさせた。ステラと母のシーンになると、サイの言葉の意味がよくわかった。いつも舞台の上ではそうであるように、母は光り輝いている。一方のステラの声はきんきんして耳障りだったし、あれだけのメイキャップをしていても役柄の一八歳にはとても見えない。場面が進んでいくにつれ、この脚本はばかげているという思いが大きくなっていった。歴史とかけ離れているというだけでなく、交わされる会話に古英語の単語や言い回しがところどころにちりばめられているのが、かえって滑稽だった。

ようやくその日の撮影が終わってホテルに戻ってみると、クイーニーがずいぶんとおとなしい。わたしが叱ったことで、ふさわしくない振る舞いをしていたことに気づいたのだろうと思った。それともクローデットに言い聞かされたのかもしれない。どちらにしろクイーニーは夕食用のドレスを準備し、昼間着ていた服を片付けるあいだ、ひとことも口をきかなかった。

七時に部屋のドアがノックされた。ドロレスや彼女の友人たちだったらどうしようと思いながら恐る恐るドアを開けると、そこにはサイ・ゴールドマンとクレイグ・ハートが立っていた。サイは両腕に花を抱えている。「美しいご婦人がたを夕食に迎えに来たんだ」サイが言った。「ほら、ダンス・シューズを履いて」

母は満足げだった。待っている車に向かって歩いていたとき、クレイグがサイに囁《ささや》いているのが聞こえた。「そうだね、彼女はふさわしいと思うよ」

わたしのことを話しているのだと思った。ひょっとしたらわたしはスカウトされて、映画スターになるのかしら？　そう考えたところで、おかしくなった。考えるだけでもばかばかしい。クレイグが運転する巨大な白いオープンカーにわたしたちは乗りこんだ。ウィルシャー・ブールバードを猛スピードで走り、アンバサダーという別のホテルに到着した。ヤシの木のあいだを抜けてココナッツ・グローブというクラブに入ると、黒人のジャズバンドが演奏していて、店内は人であふれていた。

「今夜はみんなここに集まっている」サイが言った。「やあ、ノーマ」サイが女性の頰にキスをした。「ノーマ・シアラーだ」彼女をわたしたちに紹介する。「エロール、きみか」男性に声をかけてから、わたしたちに向き直った。「エロール・フリンとはまだ会っていなかっただろう？」

色黒の美しい男性が値踏みするようにわたしたちを眺めた。

「音楽が始まったら、ぜひ踊っていただかなくては」母に向かって言う。

クレイグがわたしの肩に手を回した。

「この男には気をつけたほうがいい。純真無垢な女性が好きなんだ」

「どうしてわたしが純真無垢だってわかるのかしら?」わたしは、そう言っている自分に気づいて驚いた。

クレイグは笑って言った。「ぼくのように長くこの世界にいれば、わかるものさ。それがきみの魅力なんだよ」

〝わたしには恋人がいるの〟と言わなければならないことはわかっていたけれど、この雰囲気を壊したくはなかった。

わたしたちは食事をした。ビング・クロスビーという男性が立ちあがって歌い、母はエロール・フリンとダンスをした。クレイグはわたしをダンスに誘うと、強く抱き寄せた。めまいがしそうだ。すぐにでもベリンダに手紙が書きたくなった。翌朝も早くから撮影を始めるし、クレイグは台詞を覚えなくてはならないから、一〇時には引きあげるとサイが言ったので、その後、起きていたかもしれないことは想像するほかない。それは母も同じだ。母とミスター・フリンはとてもいい雰囲気だった。ハリウッドにいる母は水を得た魚のようだ。いまもまだフラウ・フォン・ストローハイムになる気はあるのだろうかと、わたしはいぶかった。そして、もしクレイグが言い寄ってきたら、わたしはいったいどうするだろう?

翌日、わたしはまた迎えに来た車で撮影現場に向かった。

「ぴりぴりしているよ」セットのなかへとわたしをいざないながら、ロニーが言った。「ステラとサイだ。ステラはまだ怒っている。ホアンはあいかわらずで、台詞もうまく言えない有様だ。このままじゃクビだな」

「まあ。映画を作るのって、いつもこんなふうなの？」

「もっと大変なときもある。いまのところまだ表立った喧嘩にはなっていないが、きみのお母さんを映画に引っ張り出したのは失敗だったと、ステラが思い始めているのは間違いない。彼女は自分が若く見えるように、年上の女性を使いたかったんだよ。だがきみのお母さんは本当に美しいよ。演技もできる。大スターになってもぼくは驚かないね」

「この映画が終わったら、母はヨーロッパに帰るつもりだと思うわ」

「サイがそうさせないだろうな。なにがなんでも、彼女と契約を結ぼうとするだろう」

長く、疲れる一日だった。その日は夕食に出かける話はなく、ホテルに戻る車のなかはひどく蒸し暑かったので、わたしは泳ぎたくてたまらなくなった。

「クイーニー、脱ぐのを手伝ってちょうだい」自分の部屋に入るなり、わたしはクイーニーを呼んだ。返事はない。また眠っているのだろうと思った。少なくとも今回はわたしのベッドでないことだけは確かだ。「クイーニー？」彼女の部屋のドアを開けた。ベッドは整っている。部屋も片付いている。わたしは居間に戻った。

「クローデット、クイーニーがいないの。まさかまた泳ぎに行ったわけじゃないでしょうね」

クローデットは首を振った。「彼女は出ていきました。説得しようとしたんですけど、耳を貸そうともしないんです。彼女は狂ってます。ばかです」

「出ていったってどういう意味？」

クローデットはコーヒーテーブルを指差した。「手紙があります」

わたしはその手紙を手に取った。子供のような字だった。

お嬢さん

残念ですが、やめることにしました。ミセス・ハンフォードから自分のところで働かないかと誘われていました。前からイギリス人のメイドが欲しかったらしくて、たくさんお給料をくれるそうです。ここのところお嬢さんとあたしはあまりうまくいっていなかったし、お嬢さんはしょっちゅうあたしをクビにするようなことを言っていたから、いい機会だと思ってそちらに行くことにしました。見捨てるようですみませんが、お嬢さんならひとりでも大丈夫だと思います。

クイーニー・アップルホワイト（かつてのメイド）

わたしはその場に茫然と立ち尽くした。信じられない。クイーニー――あのどうしようもないクイーニーに、いい仕事の誘いがあるだなんて。自分が喪失感を覚えていることも信じられなかった。彼女がいなくなってほっとするべきなのに。これでちゃんとしたメイドを雇えるのだ――わたしのベッドで眠ったり、イブニングドレスをアイロンで焦がしてしまったりしないメイドを。けれど実際は、こぼれそうになる涙をこらえなければならなかった。

「クイーニーが出ていったの」わたしは、膝に台本を乗せてソファに寝そべっている母に告げた。「もっといい仕事を見つけて、そっちに行ったわ」

「だれのところに行ったのか知らないけれど、同情するわ」母は顔もあげずに言った。「心配いらないわよ、ジョージー。クローデットがわたしたちふたりの面倒を見てくれるから。ここではあまりすることがないもの。彼女なら気にしないわ――そうよね、クローデット」

「はい、マダム」クローデットは答えたが、そんなことはないと顔に書いてある。

「もう静かにしてちょうだい。わたしはこれを読まなきゃいけないんだから」母が言った。とても眠る気にはなれなかったので、わたしはあたりを散歩することにした。

「ようやく見つけたぞ」

不意に男性の声がしたかと思うと、茂みから出てきた手がわたしをつかんだ。

# 14

## ビバリーヒルズ・ホテル
## 一九三四年八月一日　水曜日

悲鳴をあげようとしたところで、その男性が言った。

「ジョージー、ぼくだ。落ち着いて、アルジーだよ」

プールを照らす松明《たいまつ》の明かりのなかに、彼の顔が焦点を結んだ。

「アルジー？　いったいここでなにをしているの？　牧場で働いているはずじゃなかったの？」

「うん、実はなにか秘密の仕事のためにタビーの新聞社がハリウッドに彼をよこしたんで、ぼくもいっしょに来ることにしたんだよ。だれかがそばにいるほうがいいだろう？　外国でひとりでいるのは淋しいからね。ぼくたちはなかなかうまが合うんだ。それにきみがここにいて、きみのお母さんが映画を撮っているのはわかっていたから、なにか映画関連の仕事につけるように口添えしてもらえるんじゃないかと思ったのさ」

「映画関連の仕事？　あなたに映画のなにがわかるの？」

「さあね。でもぼくは融通の利く男だからね。卑しい仕事だって平気さ。アシスタント・ディレクターみたいな。どんな仕事だって牧場で牛を追いかけるよりはましだ」

「それじゃあ、明日の朝、わたしといっしょに来るといいわ」わたしは半信半疑で言った。

「そう言ってくれると思ったよ。何時に？」

「連絡したら車が来るの。九時でどうかしら？」

「一〇時前にしてもらえないかな？　ぼくは朝が苦手なんだ。学生時代は毎朝、ベッドから引きずり出してもらわなきゃいけなかった」

わたしは笑って言った。「それなら、映画界はあなたに向いていないわ、アルジー。母は六時にはセットに行かなきゃいけないのよ」

「六時？」悲鳴に近い声だった。「朝の六時？　ぼくが朝の六時に起きているのは、パーティーから帰ってきたときくらいだ」

「映画監督はその時間にあなたに来てもらいたいって言うでしょうね。それに牧場主は日がのぼるまえに仕事を始めるはずよ」

アルジーは音を立ててつばを飲んだ。喉仏が上下している。

「そうしなきゃならないのなら、できると思うよ。わかった。頑張って、明日の朝九時に来るようにする。本当にありがとう、ジョージー。恩に着るよ」

彼が向きを変えて歩きだそうとしたところで、ふと疑問が湧いた。

「ちょっと待って。わたしがここにいることがどうしてわかったの？」

「タビーのおかげさ。彼はきみのお母さんを追ってきたんだ」

顔から血の気が引くのがわかった。タビーが母のあとをつけていたのなら、離婚のこともリノでのことも代役のことも、いずれ気づくだろう。そうなれば万事休すだ。ホーマー・クレッグは決して母と離婚しないだろうし、その原因を作ったわたしを母は決して許さないだろう。

「タビーがわたしたちを尾行していたの？　ニューヨークからずっと？　なんて卑劣な」

「落ち着いて、ジョージー。そうじゃないんだ。クレア・ダニエルズが映画を撮るという噂を聞いたタビーの新聞社の編集者が、ハリウッドに行って独占インタビューを取ってこいという電報をニューヨークに送ってきたんだ。〝スターへの復活〟ってやつさ。そういうわけでぼくたちは次の列車に飛び乗って、ここまで来たというわけだ。きみのお母さんの噂は知らない人がいないみたいだったし、泊まっているホテルだってすぐにわかった」

「そうだったの。とにかく、スタジオにタビーは絶対に連れてこないで。インタビューがしたいのなら、彼が自分で母に頼むのね。言っておくけれど、母は新聞記者が大嫌いなの」

そして、アルジーは帰っていき、わたしはバンガローに戻った。母が声に出して台詞を読んでいる。「あなたの娘は売女よ。わたしの前から消えなさい！」

わたしは足音を忍ばせるようにしてその脇を通り、ひとりで服を脱いで吊るし、重たい胸を抱えてベッドに入った。

　翌朝アルジーは九時ちょっと過ぎにやってきた。誇らしげではあったものの、髪はぼさぼさで目は腫《は》れている。かろうじてベッドから這い出て着替えをするのがせいいっぱいだったのだろう。

「わかっていると思うけれど、ここでなにが起きているのかをタビーにはひとことも言わないでちょうだいね。母が知ったらどれほど怒ることか。あなたが彼のスパイでないことを願うわ」

　わたしはじっと彼の目を見つめた。顔を赤らめることもなく、ただ気まずそうな表情をしただけだったたところを見ると、スパイではなさそうだ。

「もちろん違うさ。ぼくはただ、牛小屋の掃除以外の仕事がしたいだけなんだ」

〈ゴールデン・ピクチャーズ〉と書かれた看板の下を車がくぐると、門番が敬礼をした。ロニーが出迎えてくれた。

「様子はどう？」わたしは尋ねた。

「かんばしくない。昨日からみんなひどくぴりぴりしているよ」ロニーがアルジーに気づいた。「彼はだれだい？　セットに観客は入れない。ミスター・ゴールドマンの指示だ」

　わたしが紹介する間もなく、アルジーが前に出て手を差し出した。

「アルジー・ブロックスリー＝フォジェットといいます。初めまして。ジョージーの幼馴染で、チューダー家の血を引く古い家柄です。ひと旗あげるためにカリフォルニアにやってきました。ミスター・ゴールドマンの映画でなにかお手伝いできることがあるといいんですが」

わたしは目を見張った。不器用でへまばかりしているドジな男は、その気になればずる賢くもなれるらしい。アルジーはわたしの幼馴染などではもちろんないし、チューダー家の血も引いていないはずだ。

「ふむ、そういうことならいいだろう」ロニーは自信なさげにつぶやき、わたしを見た。思わず本当のことを言いかけたが、いまは大目に見ることにした。アルジーにはかなうかぎりの手助けが必要だろう。

わたしたちは赤いライトが消えるのを待って、ロニーに連れられて暗いスタジオに入った。スタジオの奥では宮殿内部のセットに照明が当たっていて、いまは中央に四柱式ベッドが置かれている。

「アクション」その声と同時に、カチンコが鳴らされた。

「売女の娘はわたくしの視界から消えてちょうだい」母の悪意に満ちた声が聞こえた。

「カット」暗闇から声がした。「サイ、Aのレーティングをつけられたくないなら、〝売女〟という言葉は使えないわ」

「そうだな、クレア、〝売春婦〟と言ってもらえるかい」

「サイ、〝売春婦〟もだめよ。検閲に引っかかるかもしれない」

「それならいったいなんて言わせればいいんだ？　〝ふしだらな女の娘〟とか？」

「サイ」母が口をはさんだ。「〝みだらな女《トラロップ》〟はどう？」

「いい考えだ、クレア。だれもトラロップなんて知らないだろうからな。それでいこう。それからステラ、きみは純真な若い娘の役で、これはトーキー映画なんだぞ。そんな声じゃ、だれもきみをイギリスの王女だとは思わない。クレアの話し方をよく聞いて……いや、彼女の娘が来るのを待って、話し方を聞くといい。彼女にレッスンしてもらってもいいかもしれない」

「わたしは三五本も映画に出ているのよ、サイ。レッスンなんて必要ない」ステラは冷ややかに答えた。

「だがほとんどはサイレントだったじゃないか。無声の映画でならきみの表情は素晴らしい。それは認めよう……だが、わたしなら三五本の映画の話には触れないね。年がばれてしまう」

「わたしの脚本が気に入らないなら、ほかのスタジオに持っていってもいいのよ」ステラは怒りのこもった口調で言った。

「わたしと契約を結んでいるあいだは無理だね、ハニー」サイは笑った。「きみはどこにも行かない。なにが一番自分の得になるのか、きみはよくわかっているはずだ。さあ、続きだ」

母はトラロップのくだりの台詞を言った。ステラをやりこめたことに満足しているのがよくわかった。女優のあいだに友情などというものは存在しないらしい。

わたしたちはドアから離れ、座ろうとした。「ジョージー、これは違うよね？」アルジーが小声で言った。「メアリとエリザベスはひとりの男を愛したりしなかった。メアリはだれのことも愛さなかったはずだ」わたしが唇に指を当てたのと、暗闇のなかでつまずいたアルジーが椅子を蹴とばしたのが同時だった。

「カット！」サイが叫び、くるりと椅子の向きを変えてアルジーをにらみつけた。「この男はここでなにをしているんだ？」

わたしたちが答えるより早く、ロニーが歩み出た。「彼はレディ・ジョージアナの幼馴染で、チューダー家とつながりのある由緒ある家の出身なんです。この映画でなにか役に立てることがあるかもしれないと言うもので」

「撮影中はだれであれ喋ったり動いたりしてはいけないということを、彼にはまず学んでもらおう」サイは険しいまなざしをアルジーに向けた。「きみはなにができるんだね？」

「なにが？　いまのところたいしてなにも。オックスフォードを出たところなので……。ああ、そういう意味ですか――この映画にどう役に立てるかっていうことですね。そうですね……俳優が向いているような気がします」アルジーが言った。「タイツとダブレットと剣を身に着けるのは面白そうだ」

「経験はあるのかね？」

「ええ、まあ。ぼくの〈レディ・マクベス〉は大絶賛されましたよ」

「〈レディ・マクベス〉？」

「小学校でやったんです。両手を血だらけにして、ふらふらと歩いているシーンをお見せしたかったなあ。〝消えておしまい、呪われた染み。消えなさい〟」アルジーが芝居がかった仕草で腕を振り回すと、一台の照明にぶつかった。ふたりのスタッフがあわててつかまなかったら、倒れていただろう。

　セットからうめき声とも悲鳴ともつかない声があがった。

「わたしたちが決して口にしない戯曲の台詞よ」母だった。「スコットランドの戯曲。わたしたちはたったいま呪われたわ。きっとなにか恐ろしいことが起きる」

「大丈夫だよ、クレア」サイがなだめるように言った。「この青年はなにもわかっていないんだ。だがこれ以上、わたしのスターたちを動揺させてもらっては困る。きみはチューダー家と血のつながりがあると言ったね？」

「はい、もちろんです。家系図にはチューダー家の人間がたくさんいます」アルジーは何食わぬ顔でざらざらした石の壁にもたれたが、実はそれはただの薄っぺらい木の板だったのでぐらりと傾き、またもやスタッフに支えてもらう羽目になった。

「ふむ、個人的にチューダー家を知っているというのなら、脚本の検証をしてもらおうか」サイは疑り深そうなまなざしをアルジーに向けた。「ジョージーの幼馴染だということだし」

「さっさと始めてもらえる？」ステラが険しい口調で言った。「こんなに中断ばかりしていたんじゃ、役になりきれないじゃないの。クレアだって大変なはずよ。自分よりずっと若い女性を演じているんだから」

　ほんの数日前まで、母とは仲のいい友人だったはずなのに。どうして急に敵意を向けるようになったのだろうとわたしはいぶかった。ホアンが母に興味を示したのかもしれない。母にこの役を演じてもらおうとしたのは、年上であり、もう過去の人間だから脅威にはならないと思ったからかもしれない。けれど実際には母のほうが優れた女優で、美しさでもかなわないことに気づいたのだろう。撮影が再開されたが、その場の空気は触れそうなくらい張りつめていた。だれもが、母が言った『マクベス』の呪いのことを考えているのかもしれない。演劇に関わる人間はひどく迷信深いものだ。

昼食はカフェテリアでとった。衣装をつけたままの人たちがアメリカの料理を食べている光景は、なんとも滑稽だ。昼食を終えてスタジオに戻ったときも、緊張感はほぐれていなかった。重苦しい空気のなかで午後は過ぎていき、わたしはプールサイドに戻りたくてたまらなくなった。車を呼んでもらおうかと考えていると、セットにひと筋の光が射しこんだ。サイが毒づき、「カット！」と叫んで振り返った。「今度はなんだ？」

普段よりいっそう不安そうな顔のロニーが近づいてきた。「邪魔をして本当にすみません、ミスター・ゴールドマン。たったいま奥さまから電話がありまして」

「妻から？　いったいなんの用だ？」

「ヨーロッパであれこれ買い物したことがお耳に入ったようです――城のための家具を」ロニーは顔をしかめて言葉を継いだ。

「それで？　なんだというんだ？」

「奥さまは、あなたの気がおかしくなって、城を中世の悪夢にするつもりなんだと思っていますーーわたしじゃありませんよ、奥さまがそう言ったんです。この週末は飛行機でこっちに来て、自分の目でご覧になるそうです」

サイ・ゴールドマンはひとしきり悪態をついたが、そのなかにはわたしが一度も聞いたことのない言葉もあった。やがて彼は言った。

「ふむ、それほど悪い考えではないかもしれないな。いまはどうも雰囲気がよくない。これではうまくいかない。気分転換が必要かもしれない。よし、みんな聞いてくれ。決めたぞ。きみたち全員を城に連れていく」

「全員？」ステラが訊き返した。「あなたの奥さんも？」

「もちろんだ。どうしてだめなんだ？　あそこは広い。寝室も山ほどある。ステラ、きみもリラックスして、気持ちを落ち着けられるさ。それに時間の無駄にはならない。クレイグと読み合わせや振りつけをすればいい。彼はまだトレーラーに？」

「そうだと思います、ミスター・ゴールドマン」

「それなら、ジョージーに話をしてきてもらおう。彼はきみのことを気にしていたよ、ジョージー」

「クレイグ？　ミスター・ハートのことですか？　わたしを気にしていた？　どういうことでしょう？」

「きみに会いたがっているんだと思うね」サイはそう言ってウィンクをした。

「わお」わたしはつぶやいた。

「金曜日の午前中はここで撮影をして、午後には車で城に向かうと伝えてくれるかい？」

「トレーラーまで案内しよう」ロニーがドアへとわたしを連れ出した。わたしはことの成り行きと、クレイグ・ハート――国際的な人気スター――がわたしに会いたがっているらしいという事実に唖然としていた。もちろん、母には断られると思ったからに違いない。一五歳から五〇歳までのすべての女性を誘えるというのは、どんな気分だろう？　わたしはくすりと笑ったものの、改めて考えてみた。映画スターはみな、女たらしだと言われている。クレイグ・ハートはわたしを次の獲物にするつもりだろうか？　今度はイギリス人の処女をものにしようと考えている？

「いっしょにトレーラーまで来てもらえる？」わたしはロニーに頼んだ。「わたしの国の慣習からすると、男性のトレーラーにひとりで入るわけにはいかないの」

ロニーは笑って言った。「なんとも古風な慣習だ。レディ・ジョージアナ、話しておいたほうがいいと思うが……」クレイグその人がこちらに近づいてくるのを見て、ロニーは口をつぐんだ。

「やあ、可愛いひと」クレイグが百万人の女性の心をとろけさせてきた、よく響く深い声で言った。「ちょうどきみを探しに来たところだ。夕食に誘おうと思ってね。早めに部屋に戻って、おめかししておいで。わかったかい？」

ロニーの顔に面白そうな表情が浮かんだ。クレイグが新しい獲物を狙っているのを見て、楽しんでいるの？　それでもわたしはノーとは言いたくなかった。そんな女性がどこにいるだろう？　とはいえ、いまのわたしは昔ほど純真無垢ではない。銅版画を見せたいと言って男性が自分の部屋に女性を誘うとき、芸術論を戦わせたがっているわけではないことくらい、わかっている。彼とレストランには行くけれど、でもそれだけ。必ずダーシーのことを話そう。もちろん、話すに決まっている……。

ホテルへと戻る車のなかで、アルジーひとりを残してきてしまったことに気づいた。今ごろは舞台装置を母たちの頭の上に倒してしまっているかもしれない。けれどそれも、あんなでたらめを言った当然の報いだ。わたしの幼馴染ですって？　彼の家族にチューダー家の人間がひとりもいないことに賭けてもいい。路面電車に乗って自分で帰ってくればいいんだわ。

がらんとした寝室に入るのは妙なものだった。やはりクイーニーはいない。いまごろは新しいアメリカ人の雇い主にクビにされて、すごすごと戻ってきているのではないかと半分期待していたのだけれど、そうはならなかったようだ。わたしは服を脱ぎ、少しだけ泳ぎ、お風呂に入ってから、背中が大きく開いた紺のイブニングドレスを着た――セクシーと言ってもいいようなドレス。本当にいいの？　クレイグ・ハートのような人をその気にさせたいの？　けれど流行遅れの格好を見られたくはない。

「ただの食事よ」わたしは自分に言い聞かせた。「これも経験。今度の手紙でベリンダに書くことができるだけよ」

クレイグと食事に行くことを話すと、母の目が輝いた。「また食事に連れていってくれるなんて、彼って素敵な人ね」

「お母さまじゃないのよ。わたし。彼はわたしを誘ったの」

「いったいなにが目的かしら。処女が好きなのかもしれないわね。気をつけなさいね。アメリカの自動車の後部座席は、罪深いことができるくらい広いのよ」

「気をつけるわ。約束する」

「昔、舞台ではこんなことを言っていたものよ。おとなしくできないなら、気をつけろ。気をつけられないのなら、膝のあいだに硬貨をはさんでおけってね」母はそう言って笑った。

クレイグは八時に迎えに来てくれて、わたしたちはまた〈ココナッツ・グローブ〉に向かった。注目を浴びるのは気分が高揚するものだとわかった。フラッシュがたかれ、ゴシップ欄のコラムニストのバーバラ・キンデルが声をかけてきた。

「まあ、まさかあなたたちふたりがいっしょにいるところを見るとは思わなかったわ」戸惑っているわたしを見て、彼女はにんまりとした。「第二のアルハンブラ宮殿に行くんですって？　詮索《せんさく》好きな人たちから逃れて」

サイ・ゴールドマンの城がそんな名で呼ばれていたことを思い出した。

「わたしたちみんなです、ミス・キンデル」わたしは言った。

「わたしも招待してもらうようにしないと。ミセス・ゴールドマンも来るというし、さぞ楽しくなるでしょうね」彼女はそう言い残して、離れていった。明日の新聞にわたしたちのことを書くつもりだろう。

クレイグは一〇時にはわたしをホテルまで送ってくれた。彼はタクシーのなかでも完璧な紳士だった。「バンガローまで送ろう」

頭のなかで警戒警報が鳴った。「素敵なところなのよ。母と使用人といっしょに泊まっているの」

クレイグは笑みを浮かべ、わたしの肩を抱いた。さあ、言うのよ、頭のなかで声がした。ダーシーのことを話すの。プールの脇を通り過ぎた。

「楽しかったよ」クレイグはわたしを抱き寄せてキスをした。抗うべきだとわかっていたけれど、場馴れした優しいキスだったし、クレイグ・ハートとキスするチャンスを逃す女性がどこにいるだろう？

「失礼します、お嬢さま」暗がりから男性の声がした。「お邪魔して申し訳ありませんが、フロントに若い男性が訪ねてきています。夜のこんな時間ですし、バンガローにご案内したくはないのですが」

いまいましいアルジーに違いないと思った。おそらくタビーが帰ってしまい、どこか泊まる場所を探しているのだろう。それとも母にインタビューをしようとしているタビー本人かもしれない。

「明日の朝にしてと伝えてもらえるかしら。いまは手が離せないの」

「そうらしいね」べつの男の声がした。聞き覚えのある声だ。

松明の明かりのなかに姿を現わしたのはダーシーだった。

# 15

## ビバリーヒルズ・ホテル
## 一九三四年八月二日

わたしはあんぐりと口を開けたまま、クレイグ・ハートから離れた。

「ダーシー。いったいここでなにをしているの？」わたしはしどろもどろになりながら尋ねた。

「それよりも、きみがここでなにをしていたのかを聞きたいね」ダーシーは冷たいまなざしをわたしに向けた。「いや、答えなくていい。見ればわかるさ。〝邪魔をしないで、わたしは忙しいの。猫がいない隙に、ネズミは遊ぶのよ〟というわけか。まったくきみは意外性のかたまりだよ、ジョージアナ・ラノク」

クレイグがわたしに歩み寄った。「彼とは知り合いかい？　それとも迷惑している？」

「彼はわたしの――」婚約者だと言おうとして、そのことは秘密にしておかなければならないのだと思い出した。「――恋人よ」

「そういうことか」クレイグはよく響く深い声で言った。「ただの親しみをこめた軽いキスだよ。どうということはない。それに恋と戦争にはなんでもありだと言うしね」

「そうだろうか」ダーシーが応じた。「あんたのような男は、うぶな女性を食い物にすると聞いている。その形のいい鼻に一発食らわしてやったほうがよさそうだ」

「ダーシー、やめて」わたしはふたりのあいだに割って入った。「なんでもないのよ。彼はクレイグ・ハートと言って――」

「この男がだれなのかくらい知っているさ」ダーシーは苦々しげに笑った。「金持ちの有名人。そしてきみは世間知らず。誘惑されるのも当然だ」

怒りがこみあげたが、同時に少しくすぐったくなった。ダーシーは嫉妬している。そう思って気分がよくなったところで、言葉を継いだ。

「ミスター・ハートは、母が撮影しているあいだ、親切にわたしの相手をしてくれたって言おうとしたのよ。食事に連れていってくれて、いまは玄関まで送ってくれるところ。ハリウッドでは、みんなどこでもハグしたりキスしたりしているわ。べつになんの意味もないことなの」わたしはクレイグに向き直った。「ごめんなさい、ミスター・ハート。今夜は素敵な夕食をありがとう。明日またお会いしましょう」

クレイグは笑顔を浮かべ、指でわたしの頬に触れた。「おやすみ、可愛い人。いい夢を。彼に振り回されるんじゃないよ。きみは自分のしたいことをすればいいんだ」

クレイグは、まだわたしをにらみつけているダーシーをその場に残し、のんびりした様子で歩き去った。

「ごめんなさい」わたしは言った。「でも本当に心配するようなことはなにもないの。彼に興味はないってはっきり言ったわ」

ダーシーは首を振った。「いま気持ちを整理しようとしているところだよ。恥ずかしがり屋で男の前ではぎくしゃくしてしまう、可愛らしい純情な恋人とぼくは数週間会えなかった。戻ってみたら彼女は、世界一の人気スターと落ち着いた様子でデートをしていて、彼には興味がないと言っている。だれかぼくの知らない人間がジョージーの体を乗っ取ったんだろうか？」

わたしは声をあげて笑った。「自分でもよくわからないのよ。母とわたしを紹介されると、彼は母じゃなくてまっすぐにわたしのところに来たの。だから、食事の誘いを断るわけにはいかなかった。だって、いつもわたしのことを地味で不格好だって言う母に自慢する絶好のチャンスだもの」

「お母さんがそんなことを？」

「しょっちゅうよ。〝かわいそうに。わたしの容姿を受け継がなくて本当にかわいそう〟って。〝ダーシーはあなたのどこがいいのかしらね〟とまで言われたわ」

「それがわからないのなら、お母さんは目が悪いんだな」ダーシーは言った。「自己中心的なのはわかっていたが、意地まで悪いとは知らなかったよ」

「母は女優だもの。あの世界ではそれが当たり前なんでしょうね」

「きみのお母さんとぼくの父。いい組み合わせだ」ダーシーは顔をしかめた。

「最近会ったの？」

「いいや。だが船に乗る前に手紙が来たよ。〝そろそろひとかどの人間になってもいいころじゃないのか？　称号以外のものをわたしから相続できるとは思わないことだ。なによりわたしはおおいに長生きするつもりだから、称号が手に入るのもずっと先のことだ〟」

わたしは彼の手に自分の手を重ねた。「お互いにひどい親を持ったものね。それで、ここでなにをしているの？　わたしに会うためにわざわざここまで来たわけじゃないわよね？」

「父が若かったころに持っていただけの金がぼくにもあれば、そうだと答えるところだが、残念ながらまだ宝石泥棒を追っている最中だ」

「わお」その言葉を使ってはいけないことを思い出す前に、口走っていた。「それじゃあ、下船のときの捜索で、プリンセスの宝石とあの女性のダイヤモンドを見つけたのね？」

ダーシーは首を振った。「なにも見つからなかった。見つからないと思っていたよ」

「プリンセスは本物だったの？」

「ああ。それは間違いない」

「海に放りだされたものがなんだったのか、手がかりは見つかった？　死体じゃなかったの？」

「その点についてもまだなにもわかっていない。行方がわからなくなっている人間はだれもいないんだ。殺された密航者がいたなら話は別だが」

「それとも、密航者が乗客のだれかを殺して入れ替わったとか？」わたしはわかったような顔で彼を見た。「前にもそういう話はしたでしょう？」

ダーシーは顔をしかめた。「プリンセスのことを言っているのなら、彼女は自分で言っているとおりの人間だよ。それは確かだ」

「彼女と話をしたの？　わたしがアスター夫妻を訪ねてもよかったのだけれど、ロードアイランドのニューポートにいるんですもの」

ダーシーはいらだったように答えた。「夫妻には連絡を取った。プリンセスは無事に到着していると言っていたよ。偽者であれば気づいているはずだ。だがもしもだれかが殺されて海に投げ捨てられたのだとしたら……それを突き止める方法があるとは思えない。今ごろ死体は魚の餌になっているだろうからね」

「やめて」わたしは身震いした「海面に浮かんでいたあの長い髪が頭から消えないのよ」

ダーシーはわたしの肩に手を乗せると、そっと力を込めた。「きみの見間違いだったのかもしれない。きみが立っていたところからは、かなりの距離があったんだろう？」

わたしはうなずき、しばしの間を置いてから尋ねた。

「どうして泥棒がここにいると思ったの？」

ダーシーはすっかり暗くなった庭を見まわしてから、声を潜めて答えた。

「わからないというのが答えだ。だが手がかりはいくつかある。プリンセス・プロミーラの部屋のドアノブに指紋が残っていた。にじんではいたが、ステラ・ブライトウェルのものだという可能性があるんだ」

「まだ彼女が犯人だと考えているの？　それって筋が通らないわ」

「ぼくもそう思う。だがきみのお祖父さんなら、偶然などというものはないと言うだろうね。それに犯行があったすべての現場にステラ・ブライトウェルがいたという事実は無視できない。その条件を満たす人間は彼女だけなんだ」

「プリンセス・プロミーラのドアノブに残っていたのが彼女の指紋だったとしても、それはなんの証明にもならないわよね？　同じ一等船室の乗客だったんですもの。食事のテーブルだって同じだった。ステラがプリンセスの部屋を訪れて、お喋りしたりお茶を飲んだりしてはいけない理由がある？」

「ないね。ただしステラは一度も部屋を訪ねてはこなかったとプリンセスは言っている。ほかのだれも訪ねてきていないそうだ。彼女はひとりでいるのが好きらしい」

「興味深い話ね。あなたがここに来たそれ以外の手がかりというのは？」

「盗品を扱うことで有名なアメリカの大物ギャングと連絡を取ろうとした人間がいる。彼はいまネバダ州のラスベガスにいるんだが、彼宛てにロサンゼルスから手紙が届いた。ルビーを売りたいと言ってね」

「まあ。その手紙を見たの？　なにか手がかりは？」

ダーシーは首を振った。「まだ見ていないが、ありふれたタイプライターで書かれたもので、指紋も残っていないそうだ」

「それで、このあとはどうするつもり？　あなたが盗品を扱う人間になりすまして、罠をしかけたらどうかしら？」

「やってみたよ。だめだった。犯人はばかじゃない。男だか女だかはわからないが、罠だと感づいて姿を見せなかった」

「じゃあ、どうするの？」

「犯人がどうしてカリフォルニアに来たのかが知りたい。サイ・ゴールドマンがスペインで高価な品物をいくつか買ってきたそうだね」

「ええ、そうよ。宝石がちりばめられた燭台とエル・グレコの絵」

「船でもその話を大勢の人にしていた」

「犯人が本当にステラ・ブライトウェルなら、サイ・ゴールドマンから盗むことは絶対にないわ。彼の愛人なんですもの」

「確かに。だがステラ・ブライトウェルとつながりのある人間が犯人だとしたら？　彼女は共犯者なのかもしれない。ゴールドマンは今度城に行くときに、そのスペインの品物を持っていくつもりなんだと思う」

「この週末に行くのよ」わたしは言った。

「そうなのかい？　間違いない？」

「金曜日に全員をお城に連れていくって、ミスター・ゴールドマンが今日宣言したの。彼がスペインでなにを手に入れたのか、ミセス・ゴールドマンが確かめに来るんですって。彼はハウスパーティーを開くつもりらしいわ。奥さんとふたりきりでいたくないんでしょうね、きっと」

ダーシーはにやりとした。「どうにかしてぼくを招待するように仕向けられないだろうか？　ステラ・ブライトウェルに話されると困るから、ゴールドマンに本当の目的を知られたくないんだ」

「明日の朝、いっしょにスタジオに行きましょう。車が迎えに来るの」

ダーシーは首を振った。「当たり前のように言うところがいいね。だがぼくには、きみが慣れてきたそんな生活スタイルを続けさせてあげることができない」

わたしは手を伸ばして、彼の頬に触れた。ここしばらくひげを剃っていないらしく、ざらざらしている。「わたしはこんな暮らしを望んだことはないわ。本当よ」

ダーシーがわたしの手に指をからめた。

「ジョージー、どうしてなにもかもがこんなに大変なんだろう？」

「きっとよくなるわよ」わたしは彼の首に抱きついた。「クレイグ・ハートとこのままおつきあいを続けて、ダイヤモンドをたくさんプレゼントしてもらってもいいのよ」

「きみって子は」ダーシーはわたしを抱き寄せた。「あれは本当に〝夕食をありがとう〟のキスだったのかい？　そうは見えなかったぞ」

「わたしに言わせれば、〝こうすれば騒ぎを起こすことなくこの場を逃れられる〟キスよ。実際、形ばかりのキスだったの。まるで舞台の上でするみたいな。それにひきかえ、あなたのキスは……」

「こうかい？」ダーシーはそう言うと、実演してみせた。楽しそうに語らいながら通り過ぎていくカップルがいなかったら、キスだけでは終わらなかったかもしれない。わたしたちは顔を離した。

「どこに泊まっているの？」わたしは訊いた。

「駅の近くの安っぽい小さな宿屋だよ。ついさっき着いたところなんだ。ここでの経費は払ってもらえないだろうからね」

「わたしのバンガローに招待したいんだけれど、母といっしょなのよ」

「寝室を？　お母さんと？　ありえないね」

「違うわよ、ばかね。それぞれの寝室があるの。でも予備のベッドがなくて」

「ぼくはきみのベッドでもかまわないよ」松明の明かりにダーシーの瞳がきらりと光った。わたしをからかっている。

「わたしもかまわないけれど、船にも乗っていたいやらしい新聞記者とハリウッドのゴシップ・コラムニストが嗅ぎまわっているわよ」

「心配いらないよ。ぼくはどこでも生き延びられるからね――きみが城に連れていってくれるというのなら、なおさらだ」

「できるだけやってみる。それじゃあ、明日の朝に」

ダーシーはうなずいた。「ここに来るよ」

ふと思いついた。「クイーニーのベッドが使えるわ」

ダーシーは声をあげて笑った。「クイーニーとベッドを共にしろって？　遠慮しておくよ。そこまで切羽詰まってはいない」

「違うの。クイーニーは出ていったのよ。もっといい仕事を見つけたの。以前からイギリス人のメイドを探していたという人が、いいお給料をくれるらしくて」

ダーシーはまだ笑っている。

「自分がなにをしているか、彼女はわかっているんだろうか？」

「だれのこと？　クイーニー？　それとも彼女を雇った人？」

「両方さ。親切な申し出をありがとう。だが遠慮しておいたほうがよさそうだ」

ダーシーはそっとわたしの頬を唇でなぞると、髪をくしゃくしゃにしてから帰っていった。

# 16

## 一九三四年八月三日　金曜日

ミスター・ゴールドマンのお城に向かう。楽しくなりそうだ。

朝、ドアをノックする音がした。てっきりダーシーだと思ったわたしはいそいそとドアを開けたが、そこにいたのはアルジーだった。

「また車に乗せてもらえるかい？」彼が言った。

「あなたはほかの人たちと同じように、六時にはセットにいなきゃいけなかったんじゃないの？」やっぱり彼のことは好きになれないと思いながらわたしは訊いた。

「おいおい、ジョージー。ぼくは炭鉱におりていったり、牛の乳搾りをしたりするようには育てられていないんだ。夜明けと共に撮影現場に行ったりするようにもね。そもそも、そんなとんでもない時間に、脚本のなにを検証しろっていうんだい？」

「アルジー」わたしは首を振った。「もしも本当に脚本についてなにかアドバイスを求められたら、あなたはチューダー家のことを少しでも知っているの？　本当に血がつながっているの？」

アルジーには顔を赤らめるだけの慎みがあった。「いや、まあ、そのたいていの古い家柄はどこかにそういうつながりがあるものさ。それにヘンリー八世に八人の妻がいたことは知っている」

「六人よ」わたしは訂正した。

「そうだったっけ？　八人だと思っていた」

アルジーがこの仕事についていられるのも長くないだろうと思った。けれどちょうどそのときこちらに近づいてくるダーシーの姿が見えたので、そんなことはどうでもよくなった。アルジーが顔をしかめた。「オマーラがここでなにをしているんだ？」

「わたしたちといっしょにスタジオに行くのよ。彼はわたしの恋人で、はるばるこんなところまでわたしに会いにきてくれたの。ロマンチックでしょう？」

アルジーの眉間のしわはそのままだ。「セットに観客は入れないんじゃなかったのかい？」

「ダーシーはべつにセットに入らなくてもいいの。でもわたしといっしょにお城に行ってもらいたいのよ」

「驚いたね」近づいてきたダーシーはアルジーに気づいて険しい顔をした。「ブロックスリー＝フォジェットだったね？　初めてオックスフォードに来たとき、中庭のあちらこちらで吐いていたんじゃなかったかな？　たしか校長の前でも？」

アルジーは苦い思い出を持ち出されて嫌そうな顔をした。

「ここでなにをしているんだ?」ダーシーが問いかけた。ふたりはまるで喧嘩っぱやい二匹の犬のようににらみあった。

「アルジーはチューダー家にくわしいらしくて、脚本の相談役になったのよ」わたしは答えた。

「チューダー家? いったいどうして?」

「その、なんというか、家系とかそういうことさ」

「チューダー家にくわしい人間がいるとしたら、それはぼくだろうな。曾々祖母のそのまたずっと前の祖母が、ヘンリー八世の妹だ」

「そのことはぜひミスター・ゴールドマンに話さないと」わたしはダーシーの腕に手をからめながら言った。「おおいに自慢できるわ」

「ちょっと待ってくれ。そんなことをされたら、ぼくがクビになるかもしれないじゃないか」アルジーが文句を言った。

「そうかもしれないわね。あなたのひぃひぃひぃひぃお祖父さんのそのまたずっと前のお祖父さんがヘンリー八世その人でないかぎりはね」わたしはダーシーに笑いかけた。「車を呼ぶわ」

気まずい沈黙のなか、わたしたちはスタジオに向かった。ダーシーの登場にアルジーは明らかに気分を害していて、ひょっとしてわたしに下心を抱いていたのだろうかといぶかった。船の上でされた不愉快なキスを思い出した。スタジオに着くと音を立てないようにしてなかに入り、ステラとホアンと母のひどく緊迫したシーンを暗いドアの脇に立って眺めた。ステラが一八歳の乙女というのはどう見ても無理があったし、ホアンは台詞を言い間違えてばかりで、サイ・ゴールドマンは爆発寸前だった。

「休憩だ」やがて彼が告げた。「コーヒーでもコカインでもやってくれ。このいまいましいシーンを撮り終えることができるなら、なんでもいいぞ」

彼はつかつかとこちらに近づいてきたが、ダーシーに気づいて立ち止まった。また怒鳴られるのだろうと身構えたところで、彼が訊いた。「この男はだれだ？」

「ジ・オナラブル・ダーシー・オマーラと言って、キレニー卿の息子でわたしの恋人です。そのうえヘンリー八世の妹の直系の子孫なんです」

「本当に？」サイは見事なアンティークを見つけたかのように、四方からダーシーを観察している。「興味深い。その顔立ち――本物の貴族だ。まさにわたしがいま探していた人間かもしれないぞ。演技はできるかね？」

「演技？　したことがありません」ダーシーは面白そうに答えた。「退屈なディナーパーティーを楽しんでいるふりをするくらいですかね」

サイは頭をのけぞらせ、大きな声で笑った。「この声を聞いたか？　そしてこの容姿。彼こそいまのわたしたちに必要な男だ。きみ、わたしがきみをスターにしてあげよう。さあ、こっちへ」

サイは驚いているダーシーを、ステラがお化粧を直していて、母がコーヒーを飲んでいて、ホアンがふてくされているセットに連れていった。

「さあ、いいものを見せよう」サイが声をあげた。「ドン・アロンソにぴったりの男だ。本物の生粋の貴族だぞ。やっぱり血は争えないな」

「ホアンはどうなるのよ？」ステラが反論した。「わざわざここまで連れてきておいて、放り出すなんてありえない」

「放り出したりはしないよ。彼はいずれ大スターになるだろう。だがもっと磨く必要がある。それにひきかえ彼は、まさにこの役にぴったりだ」

「よくもそんなことを――」そう言いかけたところで、ステラはダーシーに視線を向けた。彼女は目を丸くしたかと思うと、その顔に笑みを浮かべた。「あなたの言いたいことがわかったわ、サイ。彼こそあなたの探していた人かもしれないわね」そう言って手を差し出す。「こんにちは。ステラよ」

「もちろんわかっていましたよ。あなたを知らないのは、アマゾンのジャングルの真ん中にいる人間くらいですよ。ぼくはダーシー・オマーラといいます」

「お上手ね。お会いできてうれしいわ」ステラは彼に身を投げ出さんばかりだった。ホアンのことなどすっかり頭から消えている。わたしは心がざわつくのを感じたが、いまダーシーはステラに気に入られなければならないのだと自分に言い聞かせた。

「ぼくはどうなるんだ？　もうこの映画には出ないということか？」ホアンが黒い目を怒りにぎらつかせながら、サイにつめよった。「もうぼくは必要ないと？」

「問題はそのアクセントだ。不明瞭な発音。女っぽい摩擦音」サイが言った。

ホアンの目はさらに危険な光を帯びた。「ぼくの母国語を、祖国をばかにするのか？　女っぽいだって？　ぼくは闘牛の国から来ているんだぞ。男のなかの男の国から」

「だがそのアクセントは、劇場にくる女性たちには受け入れられない」

「それならぼくは国に帰る」

「だめだ、きみはどこにもいかない」サイ・ゴールドマンが言った。

「止められると思うのか？」

「もちろん止められるさ。きみは契約書にサインしたんだ。ステラやクレイグ同様、ゴールデン・ピクチャーズに所属している。わたしが飛べと言ったら、みんな飛ぶのさ」サイはホアンの肩を叩いた。「心配ない。きみの役も作るから。きみの出番は作るし、スピーチのレッスンも手配する。だがきみには」サイはダーシーに向き直った。「ぜひドン・アロンソをやってもらいたい。今週末、いっしょにわたしの城に来るといい。そこで台本の読み合わせをしよう」

「ご親切にありがとうございます」お礼を言ったダーシーをわたしは驚いて眺めた。彼は本当に演技ができるらしい。アイルランドなまりはすっかり消えて、いかにもヘンリー八世の直系の子孫のイギリス貴族らしい口調で話している。

ダーシーは本当にサイ・ゴールドマンの映画に出たいんだろうか？　ゴールデン・ピクチャーズと契約を交わして、ハリウッドに留まるつもりだろうか？　それともお城に招待してもらえることになって喜んでいるだけ？　ステラとサイがダーシーを連れていってしまい、わたしはひとりで暗いなかに取り残されたので、彼に尋ねることはできなかった。

次にダーシーと会うことができたのは、サイ・ゴールドマンのお城アルハンブラ宮殿に向かう車のなかだった。サイは、週末のあいだなにもしない彼らに賃金を払いたくはないし、運転できる人間がいるのだからと言って、運転手は頼まないと宣言した。そういうわけでサイ・ゴールドマンとステラはロニーの運転で、アルジーとホアンはクレイグの車に、母と母のメイドとわたしはダーシーの運転する車にそれぞれ分乗した。母はだれも自分の使用人を連れていかないこと、そしてメイドと同じ車に乗らなければならないことにおおいに驚いていた。

「行きすぎた平等はどうかと思うわ」母が言った。「考えてみてちょうだい。もしわたしがホーマー・クレッグとずっといっしょにいたなら、全部自分でやらなくてはいけなかったのよ――馬小屋の掃除や牛を集めたりすることまで」母は身震いした。「もちろんステラもサイも、下流階級の育ちですもの。劇場で初めて会ったとき、あの幼い姉妹はものすごく貧しかったのよ。父親はスペイン人のウェイターで、家族を捨てて出ていったの」

わたしは心のなかで苦笑しながら、ダーシーの隣に乗りこんだ。母もまた下流階級の育ちだ。ロンドンの警察官の娘で、一階と二階にそれぞれ二間ずつしかない長屋で生まれたのだ。けれど母の頭のなかで、その過去は都合よく消えている。

車が走りだしたところで、わたしは訊きたくてたまらなかった質問をダーシーにぶつけた。

「本当にミスター・ゴールドマンの映画に出るつもりなの？」

ダーシーはまっすぐ前を見つめ、慣れない道を、それもいつもとは反対側で車を走らせることに集中していた。「もちろんさ。ぼくには映画スターの素質はないとでも言いたいのかい？」

「そんなことないわ。ただ……」わたしになにが言えるだろう？　彼が大成功を収めてハリウッドにとどまり、ほかの女性たちが彼に群がることになるのが怖いと認めるの？　心のうちをどうにかして言葉にしようとしてみたが、子供っぽく聞こえるだけだとわかったので、わたしは首を振った。「そうじゃないの。本当にその気になれば、あなたは素晴らしい俳優になれるわ。大スターに」

ダーシーはにやりとした。太平洋沿いを走るドライブは気持ちがよかった。右側は切り立つ金色の砂岩の崖で、左側には青い海と白い波が見える。どの色もまばゆいほどに鮮やかだった。この数日、いろいろと神経を張りつめることがあったにもかかわらず、わたしはこの先に待っているものが楽しみになってきた。そのうえ、ダーシーが隣にいるのだ。数キロ走ったところで車は舗装された道路をはずれ、丘をのぼり始めた。曲がりくねった細い土の道をのぼっていくと、やがて有刺鉄線を張った高い柵が見えてきた。やはり有刺鉄線のついたゲートが車の行く手をふさいでいる。

「まるで刑務所ね」母が囁くように言った。「お行儀よくしていたら、また出してもらえるのかしら？」

「お母さまが行儀よくなんてしていたことがあったかしら？」わたしはからかうように言った。

「まあ、いやな子ね。ダーシー、お仕置きしたほうがいいと思うわ」

「いい考えですね」ダーシーが短く応じた。

スペイン風の小さな門番小屋があった。男性がそこから現われ、ゲートが開いた。サイ・ゴールドマンの車が通ると門番は敬礼をし、わたしたち全員が通り過ぎるまでその姿勢をくずさなかった。枯れた金色の草地にオークと低木が点在する丘の急斜面をくねくねとさらにのぼっていくと、明らかに人の手が加わっていると思われる景色が不意に現われた。日よけのための木々が植えられ、さらにはセイヨウキョウチクトウにブーゲンビリア、薔薇の木まである。木々のあいだに小さなコテージがいくつか見えたので、城の話はサイ・ゴールドマン流の冗談だったのかもしれないと思った。

やがて車は砂利敷きの前庭に入った。イギリスの郊外の屋敷のような噴水があって、その背後には――今回ばかりは〝わお〟という言葉がふさわしかった。母はあまり上品とは言えない言葉を口走った。目の前にそびえたっていたのは、ムーア風の城とゴシック様式の建物を混ぜ合わせたような巨大な建築物だ。中世の小塔、鮮やかな青いタイルのドーム、バルコニー。正面のファサードは輝くばかりの白い大理石だが、ほかの部分は中世のお城のようなざらざらした石で造られている。傾きかけた太陽の光を浴びて、白い大理石がピンクに輝いていた。

お城の左手には大きなプールがあって、透き通った水が淡い光を受けてきらきらと光っている。ギリシャ風の柱がそこを縁どり、柱の合間には古典的な彫像が立っていた。前庭にもそこここに像が飾られている。

「金に糸目をつけなかったようだ」ダーシーがつぶやいた。「まるで、ここを建てるためにアクロポリスを略奪したみたいだ」

ダーシーは広々としたガレージの前に、ほかの車と並べて車を止めた。車を降りたわたしを、この世のものとは思えないようなかぐわしい香りが出迎えた。植物の香りに、千本もの薔薇の木の甘いにおいと、はるか眼下できらめく海の爽やかな潮風が混じった香り。ここはまさに楽園だった。その非現実感にさらに拍車をかけるように、木々の合間の草原になにか動くものが見えた。一瞬、目の錯覚かと思った。鹿でも牛でもなく、縞模様《しま》のある動物。本物のシマウマだった。わたしはまばたきをし、もう一度目を凝らした。あのオークの木立ちのなかにいるのは、本当にキリン？　船の上で野生動物の話題が出たことをいまになって思い出した。あのときは真剣に聞いていなかったのだ。

「なんてことかしら。動物園じゃないの」車を降りた母が声をあげた。「ライオンはいないでしょうね？　わたしは家から出ないようにするわ」

「いたとしても驚きませんね」ダーシーが応じた。「彼はきっと、長居をした客をライオンの餌にしているんですよ」

サイ・ゴールドマンは階段の上でわたしたちを待っていた。

「わたしのささやかな棲家《すみか》へようこそ」例によって大きな声だった。「ぜひ楽しんでください。ここにあるものはなんでも好きに使ってくださってけっこう――プール、ジム、馬――ご自由にどうぞ。さて、部屋の鍵をお渡ししましょう。お客さまにはメインハウスとは違うところに泊まってもらうことにしているんですよ。ある程度距離を置きたいのでね。そのために、敷地内に客用のコテージを建てたんです。そうだな、クレア、娘さんと同じコテージでもかまわないかい？〈ハニーサックル・ホール〉がいいだろう。イギリス式のコテージだから、くつろげるはずだ」サイは母に鍵を渡した。「それから男性陣――ホアン、ダーシー、ロニー、あときみはなんて言ったかな？」サイがアルジーを示して訊いたので、彼が来るとは思っていなかったことがよくわかった。「〈ハシエンダ〉には充分な数の部屋がある。メインハウスのすぐ裏にある、背の低いスペイン風の建物だ。ロニーが案内する」サイはそう言ってロニーに鍵を渡した。

「クレイグ、きみを普通の人たちといっしょにするような失礼なことはしないよ。プールサイドのコテージのひとつを使ってくれ。ステラ、きみがもうひとつのほうだ。妻がもうすぐ来るから、そのほうがいい」

「どうしてメインハウスのいつものわたしの部屋を使ってはいけないの、サイ？」ステラはふてくされたようにサイをにらみつけた。「わたしのほうが奥さんよりずっと多くここに来ているんだし、着替えだって置いてあるのに。心配しなくても、あなたのベッドに潜りこんだりしないわよ」

サイは肩をすくめた。「好きにすればいい。彼女は気に入らないだろうが」

「だからなに？〈ハシエンダ〉で男の人たちといっしょに寝てもいいのよ。きっとわたしを楽しませてくれるでしょうからね」ステラはそう言い残すと、挑むようなまなざしをサイに向けてから彼の脇を通り過ぎ、メインハウスに入っていった。

サイ・ゴールドマンは咳払いをした。「アルフレッドがカートできみをコテージまで案内するよ、クレア。荷物を片付けたら、メインハウスにおいで。なかを案内しよう。プールサイドに飲み物を用意してある。泳ぎたければ水着を持ってくるといい。寒さは気にしなくて大丈夫だ。温水だから」

少しいかついけれどハンサムな若者がわたしたちの荷物を小さな電動式カートにのせ始めた。彼もまたホアンのようにサイ・ゴールドマンに見いだされ、挙句に使い物にならないとして見捨てられたスターの卵のひとりなんだろうかと、わたしはふと考えた。

わたしたちを乗せたカートは砂利敷きの前庭を抜け、石畳の小道を通って、古いイギリスの村から煉瓦のひとつひとつに至るまで運んできたかのようなコテージの前で止まった。忍冬《ハニーサックル》がポーチの上まで伸びている。家のなかはいかにも古いイギリスの家らしく設えられていた。青と白の陶器が並ぶ背の高い食器戸棚、銅の鍋、低い天井、木の梁。なかに足を踏み入れると、空気さえ古いにおいがした。家具は間違いなくアンティークだ――テーブル、サイドボード、書き物机、背もたれの高い肘掛け椅子、どこのイギリスの田舎の屋敷にもあるようなものばかりだった。母はずっと笑い続けている。

「家を丸ごと買ってイギリスから船で運んできたのかしら。本当に変わった人ね。わたしは男の人たちが泊まっているスペイン式のバンガローのほうがいいわ。あそこのほうがメインハウスに近いし。でも彼はわたしたちに古きよきイギリスを真似した家で、くつろいでもらいたいんでしょうね」

「少なくとも、この裏にあるコテージよりはずっとましよ」わたしは窓の外を示して言った。背の高いオークの木立ちのなかに建つそのコテージは、枠で分割された小さな窓とどんでもなくとがった屋根と風雨にさらされた鎧戸《よろいど》があって、まるで『ヘンゼルとグレーテル』の魔女の小屋のようだった。

「人の好みはそれぞれね」母は身震いした。

クローデットが母の荷物をほどいているあいだに、わたしは自分で片付けをした。ここを見たらクイーニーはなんと言っただろうと考えずにはいられない。もちろんいらいらさせられただろうけれど、同時にきっと笑わせてもくれただろう。わたしはいつかまた、べつのメイドを雇うことができるだろうか？　喉にこみあげてきたものを押し戻した。母が裾の広がったカジュアルなスラックスとブラウスに着替え、赤いスカーフで髪を結わえ、お化粧を直し終えたところで、わたしたちは再び小道をのぼってメインハウスに向かった。もちろんわたしたちが最後だ。母は着替えに時間をかける。

「この道を歩くのかと思うとうんざりするわ」母が言った。「さっきカートで連れてきてくれた若い男性はどこなの？　コテージに電話はあったかしら？」

「そんなに遠くないし、気持ちのいい夕方よ」わたしは言った。

母はあたりを見まわした。「夜にひとりでここを歩くのはごめんよ。野生動物が出てきたらどうするの？　ライオンや虎がついてきているような気がして仕方がないわ」母はわたしの腕をしっかりとつかんだ。「シマウマとだって顔を合わせたくはないわね。癇癪を起こすっていうじゃないの」

「野生動物は臆病で、人間には近づかないものよ」わたしは夕日のなかできらめいている、前方にそびえたつお城を見あげた。「ここは本当に途方もないところね？　こんなものは初めて見たわ」

「やりすぎだし、まったく趣味が悪いわね」母が言った。「お金があり余っているのね。マックスもお金持ちだけれど、少なくとも彼には分別があるわ。彼に手紙を書いて、そう言ってあげなくちゃ」

「お母さまのドイツ語も進歩したのね」

母はわたしをにらみつけた。「彼には翻訳してくれる秘書がいるのよ」そう言って再びあたりを見まわす。「プールサイドに飲み物を用意しているって言っていたわよね？　水着を持ってこなかったわ。あなたは？」

「わたしもよ」クレイグやステラもいるところで、自分の体をさらすつもりは毛頭なかった。

「泳ぐには少し寒いわね。鳥肌が立ったりしたら見栄えが悪いわ」

プールに近づいていくと、サイ・ゴールドマンとほかの人たちがすでにヤシの木の下に集まっているのが見えた。体にぴったりした明るい緑色の水着を着たステラは、マティーニを手にして、澄んだ水に足をつけて座っている。だれかを見あげて笑っていた。その相手がホアンなのかダーシーなのかそれともその両方なのか、ここからではわからない。サイ・ゴールドマンがわたしたちを手招きし、バーテンダーにカクテルを注文するようにと言った。

「妻が来るまで楽しんでくれ」そう言ったところで顔をあげ、小声で毒づいた。新たな車が近づいてくる。「手遅れか」

車が止まった。運転手が後部座席のドアを開けると、黒い服に身を包んだ大柄な女性が降り立った。カリフォルニアではなくニューヨークにこそふさわしいツーピースのスーツで、襟にはダイヤモンドのブローチが光っている。マーセルウェーブで強いカールをつけた髪に派手な厚化粧。彼女は非難がましくあたりをねめつけてから、こちらに近づいてきた。

「ここにいたのね、サイラス。わたしが着くまで待っているだけの礼儀くらい心得ているかと思っていたけれど。まあ、期待するだけ無駄ね。久しく会っていない妻を出迎えようともしないんですものね。あなたがニューヨークに来たとき、ほんの数秒顔を見ただけだっていうのに」

「会えてうれしいよ、ヘレン」サイが冷ややかに応じた。「わたしがマンションに行ったとき、きみが博物館の援助者と会っていたのはわたしのせいじゃない。ともあれ、ここに来たんだからいいじゃないか。さあ、一杯やりながらみんなと語り合ってくれ」

彼女は冷ややかなまなざしをわたしたちに向けた。

「こんなに大勢連れてきたの？　本当に軽率なんだから。たまにはわたしがあなたとふたりきりで過ごしたがっているんだとは思わなかったわけ？」

「そんなことは一度もなかったじゃないか」サイが言った。「どっちにしろ、いま撮影中の映画で続けなきゃならない作業がある。ここにいるのは出演者と友人たちだ」

「わたしもお友だちを連れてきたのよ」彼女が言った。「ビバリーヒルズ・ホテルでバーバラとばったり会ったら、喜んでいっしょに来てくれると言うものだから。チャーリーもよ。彼を招待していたんでしょう？　あとから車で来るつもりだったみたいだけれど、わたしたちといっしょに来ることにしたのよ」

バーバラ・キンデルとチャーリー・チャップリンが車から降りてきた。

「チャーリーはいいが、いったいどうして彼女を連れてきたりした？」サイがいらだたしげに言った。「ここで起きたことはなにもかも明日のニューヨークの新聞に載ることになるぞ」

「そんな堅苦しいことを言わないの。バーバラは昔からの友だちなんだから。それもいい友だち。忠実な友だちよ。言葉では表せないくらいに」

彼女は手を伸ばしてバーバラ・キンデルと腕をからめた。バーバラが勝ち誇ったような笑みをこちらに向ける。チャーリー・チャップリンはまっすぐにバーに歩み寄ると、カクテルを手に取ってグラスを口に運びながら母とわたしを振り返った。

「おや、イギリスの花がここに」彼が言った。

こちらに近づいてこようとしたところで、彼はクレイグとダーシーに気づいた。

「競争相手がいるなんて言わないでほしいな。クレイグは心配ないが、ほかの若者たちはだれなんだ？」

「わたしの新しいスターたちだよ、チャーリー」サイ・ゴールドマンがやってきて、チャーリーの肩に手をまわした。「ホアンはスペインのマタドール、そしてこっちのオマーラは本物のイギリス貴族だ。わたしは彼をつぎのフェアバンクスにするつもりだよ。そしてホアンはつぎのヴァレンティノだ」

「幸運を祈るよ」チャーリーは愉快そうに言った。「喜劇に手を出さないでいてくれるならね。だがふたりともあまり喜劇的には見えないな」

サイはチャーリーの背後に目を向けて、顔をしかめた。

「ほかにもだれか連れてきたのかい、ヘレン？　新しいメイドか？」

ミセス・ゴールドマンが振り返った。「いいえ、違うわ。列車で会ったかわいらしい若い女性よ。棚からバッグをおろせずに困っていたときに、助けてくれたの。新進気鋭の衣装デザイナーで、あなたに会いに行くところだって聞いたから、ぜひいっしょに来るように誘ったのよ。そのうえ、チューダー家の血を引く正真正銘の貴族だっていうじゃないの。あなたがチューダー家の映画を撮っていると聞いたから、彼女に衣装をデザインしてもらったらいいんじゃないかと思ったの」

わたしは茫然としていた。とても本当とは思えないことばかりの一日だったけれど、いま目にしているものが一番信じられなかった。

「ベリンダ」わたしはつぶやいた。

# 17

## ロサンゼルスに近いどこかの海岸にあるミスター・ゴールドマンの城

**八月三日**

ベリンダは旅行バッグを取り落とし、両手を広げてわたしに駆け寄ってきた。

「ジョージー、あなたなのね。なんてうれしい驚きかしら。ここでよりによってあなたに会えるなんて」

ベリンダはわたしの頬にキスをしながら、ミセス・ゴールドマンを振り返った。

「彼女は一番古くからの、一番の友だちなんです。レディ・ジョージアナと言って、国王の親戚にあたります。あなたがロサンゼルスにいるっていうのは聞いていたけれど、まさかここに……」ベリンダはあたりを見まわして、微笑んだ。「お母さまもいるのね――そのうえダーシーまで。まるで家族が再会したみたい」

ミスター・ゴールドマンは当惑した様子で、さすがに言葉を失っているらしかった。

「ちょっと話を整理させてくれ。こちらの女性もチューダー家の親戚だというのか？　彼らはそんなに子供が大勢いたのか？」

「イギリスの貴族の家はみんなどこかでつながっているものなんです」ベリンダがチューダー家の血を引いていないことに確信があったが、わたしはとりあえずそう言った。彼女の演技力は本当にたいしたものだ。わたしたちがミスター・ゴールドマンといっしょにいることも、彼の新しい映画がチューダー家にまつわるものであることも、ベリンダはもちろん知っていたのだ。「彼女はミス・ベリンダ・ウォーバートン＝ストーク。女学校時代の友人です」

ベリンダはありったけの魅力をサイ・ゴールドマンに振りまいた。

「初めまして。こんなに素敵な場所に呼んでいただいて、本当にありがとうございます」

そう言われては、サイももちろん断るわけにはいかない。

「彼女たちはどこに泊まってもらおうか、ロニー？」

「ミス・ブライトウェルが使わないということですから、ミスター・チャップリンは、プールサイドのもうひとつのほうのコテージに泊まっていただきましょう」ロニーが答えた。「マリアに〈トリアノン〉を準備させて、ミス・キンデルとイギリスのレディにはそこを使っていただいてはどうでしょう。メインハウスに泊まっていただきたいというのなら、話は別ですが」

「バーバラはメインハウスに泊まってもらうわ」ミセス・ゴールドマンがきっぱりと告げた。「なにかあったときのために、近くにいてもらいたいの」

「わたしの部屋に予備のベッドがありますから、ベリンダはそれを使えばいいんじゃないかしら」わたしはにこやかに彼女に微笑みかけた。「学生時代に戻ったみたいね」ベリンダは断りたかったようだが、思い直して言った。「ありがとう、ジョージー」

「さて、これでよしと」サイが言った。「さあ、みんな飲んでくれ。ヘレン、きみはなにをしに来たんだ？」

「自分の家に来るのに許可が必要なのかしら？」ミセス・ゴールドマンは挑むようなまなざしを彼に向けた。

「もちろんいらないさ。だがもう何年も来ていなかったから、興味がないのだと思っていた」

「スペインの修道院のチャペルを丸ごと船で運ばせたと聞いたわ。それが見たいの」

「まだ着いていないよ」

「いったいどこに置くつもり？」

「プールの更衣室にしようと思っている。ステンドグラスの窓の聖人に見おろされながらシャワーを浴びるんだ。いいだろう？」

チャーリー・チャップリンと目が合うと、彼はウィンクをした。いろいろと噂はあるが、わたしは彼のことが好きになり始めていた。ベリンダはカクテルを取って戻ってくると、あたりを見まわした。まずホアンを値踏みしたその視線が、次にクレイグを捕らえた。

「嘘でしょう。クレイグ・ハートのはずがないわよね？」ベリンダは息をはずませながらつぶやくと、まっすぐに彼のもとへと向かった。「ミスター・ハート、ひと目であなただってわかりました。大ファンなんです。一番新しい映画の海賊役、本当に素敵でした」

「それはどうもありがとう、お嬢さん」クレイグが言った。「名前はなんと言ったかな？」

「ベリンダです」うっとりと彼を見あげながらベリンダが答えている。わたしはクレイグ・ハートの次の獲物になるつもりはなかったから、ダーシーに歩み寄った。

「意外な展開だね。彼女はなにをしに来たんだ？」ダーシーが小声で尋ねた。「きみが呼んだの？」

「まさか。ニューヨークから手紙を出したんだけれど、ミスター・ゴールドマンと彼の映画のことを書いたのよ。次の船に飛び乗ったんでしょうね。ベリンダのことはよくわかっているでしょう？　絶対にチャンスは逃さないの。映画の衣装デザイナーになろうと思っているんじゃないかしら。きっとうまくやるでしょうね」

「それよりは、金持ちの映画スターをつかまえるほうに興味がありそうだ」ダーシーはカクテルグラスを口に運びながら言った。「愛嬌を振りまいている」

海からの霧があがってきて、冷たい風が吹き始めた。ステラは身震いしてプールから出た。

「寒いわ、サイ。なかに入りましょう」タオル地のローブを羽織り、スリッパを履いた。

ミセス・ゴールドマンが怒りのこもった目で彼女をにらみつけたのを、わたしは見逃さなかった。ステラ・ブライトウェルがどういう立場にいるのかを、重々承知しているというわけだ。夫がこれほどおおっぴらに愛人を連れまわしていることを、どういうふうに受け止めているのだろう？

「そうだな」サイが言った。「家を案内するとみんなに約束したことだし。若きイギリス貴族たちに、自分の屋敷よりも立派かどうかを見てもらうことにしよう。あれだけの金を使ったんだから、もちろん立派に決まっている」サイはパチンと両手を叩いた。「さあ、こっちだ。邸内のツアーを始めるぞ」

サイはわたしたちを連れて大理石の長い階段をのぼり、鋲《びょう》を打ってある巨大なオーク材の玄関ドアを開けた。吹き抜けのエントランスホールはひんやりとしていて暗い。壁には武器が飾られ、アーチ型の天井からは何枚もの古い紋章旗が吊るされている。いやでもラノク城を思い出した。

「こっちだ」サイが言った。エントランスホールを歩くわたしたちの足音が高い天井に反響する。両側にアルコーブがあって、似つかわしくない武器を帯びた古代の彫像が飾られていた。サイがドアを開けるとその先は、中央に巨大な大理石の暖炉があるキングスダウン・プレイスとよく似た居間だった。

「わかるかい?」サイが誇らしげに笑った。「これはイギリスの家から運んできたものだ。なんとか卿と言ったな。丘を運びあげるところを見せたかったよ。何頭もの牛に引かせたんだ」

どの部屋も見事だった。オークの羽目板の壁に飾られた絵画、そこここに並ぶ彫像、甲冑、アーチ形の通路、梁の見える天井……面白いのは、なにひとつまとまりがないことだった。まるでオークションのために並べた品物のようだ。サイは得意げな子供のように満面の笑みを浮かべた。「わたしが自分で全部設計したんだ。一文無しでアメリカに来た若者にしては上出来だろう？　新聞配達の仕事につけたことを喜んでいたくらいなのに」

「サイラス」ミセス・ゴールドマンが甲高い声で言った。「スペインで見つけたと言っていた品物はどこなの？　燭台を買ったと言っていなかった？　エル・グレコも？」

「急にアンティークに興味を持ち始めたのか？　それともどれほどの価値があるものかをだれかから聞いたのかい？」サイは満足そうにヘレンを見つめ返した。「いくら払ったのかを気にしているのなら、ただも同然だったよ。あの修道院は、あれがなんなのかをわかっていなかった。エル・グレコの絵は礼拝所の横側の祭壇の裏にかけられていたんだ。天井は雨漏りがするし、配管は壊れているしで、彼らは修理できることを喜んでいたよ。だがとにかく自分の目で見るまで待ってくれ、ヘレン。素晴らしいから」

　サイは足取りを速めて、狭い廊下へとわたしたちをいざなった。だれかが斧を振りあげて迫ってくるのを見てわたしは思わず息を呑んだが、すぐにそれが甲冑であることに気づいた。

「その男には気をつけたほうがいいぞ」サイは陽気な声をあげた。「わたしの護衛だ。わたしが気に入らない人間を処刑するんだ」サイはずんずん進み、つきあたりのドアを開けた。

「とっておきの場所だ。書斎だよ」

「とっておき？　面白いこと。あなたはろくに本も読まないのに」ミセス・ゴールドマンが言った。

「本は好きだよ。古い本のにおいとか見た目とかがね。この書斎の以前の持ち主がだれだかわかるかい？　イギリスの貴族さ。きみたちの親戚かもしれない」（彼はまずわたしを、それからダーシーを見た）。「経済的に行きづまっていたんで、わたしが全部買い取ったんだ。丸ごとね。棚をここに運ばせて、元通りに組み立てた。窓も、イギリス郊外の古い屋敷のものだ」

アルコーブに窓が取りつけられていることに始めて気づいた。お城の厚い壁のような印象を与えるためなのか、どのアルコーブにもどっしりした赤いカーテンがかけられている。窓は見るからに古いもので――本当にチューダー朝時代のものかもしれない――太いオーク材の枠にはめられた小さなガラスは歪んでいた。

「さあ、あれがエル・グレコだ」窓とその向こうに広がる美しい景色を眺めていたわたしたちは、サイに視線を戻した。彼は棚のひとつに立てかけてある小さな絵に歩み寄った。この画家の特徴である長い顔と長い手をした聖母と子供の絵だった。落ち着いた色調の赤と青で描かれていて、聖母はとても悲しそうだったけれど、独特の魅力がある。

「なんだか暗い絵ね」ミセス・ゴールドマンが言った。「もっと明るいものはなかったの？」

「これの価値を知ったらそんなことは言わなくなるぞ。急に素晴らしい絵に見えて、慈善事業仲間に見せびらかすためにニューヨークの家の居間に飾りたいと言うだろうな」

「聖母と子供の絵は歓迎されないと思うわ。たとえそれがエル・グレコの作品であってもね」

サイは絵を元の位置に戻すと、磨きあげたテーブルに近づいた。「燭台はここに置こうと思っていたんだ。そうすれば仕事をしながら眺められるからね」

テーブルにはシンプルな木のケースが置かれていた。サイはそのケースを開いて、燭台を取り出した。全員が息を呑む。見事だった――わたしの趣味からするとやや華美ではあるけれど、素晴らしいことに変わりはない。高さは約五〇センチ、台のまわりは金で象《かたど》った田舎の風景で、木々の合間で少女たちが踊っている。ねじれながら上に伸びる金の花綱が両脇を飾っていた。宝石だらけだ――花の中心がルビーとエメラルドで、ダイヤモンド、サファイア、トパーズ、ラピスラズリが少女や木々を彩り、天井から吊るされたシャンデリアの光にきらきらときらめいていた。

「きれいだろう？」サイが燭台を掲げた。

「ちゃんと保険をかけてあるんでしょうね」ミセス・ゴールドマンが言った。「大変な値打ちがあるはずよ」

「これが二本あるんだよ、ヘレン。だが心配ない。保険はかけるから。だがいったいだれがここに忍びこめる？　心配なら、柵に電流を流すことにするよ」サイは燭台をケースに戻して蓋を閉めた。「さあ次は、エル・グレコを飾る場所を見に行こう。ゴヤの隣だと影が薄くなってしまう。ちゃんとした照明が必要だ」

わたしたちは彼のあとについて書斎を出た。「あなたって小さな子供みたいね」ヘレンがサイと並んで歩きだした。「玩具はもう充分じゃないの？　あなたがこうやって無駄遣いしているお金はわたしのものでもあることを忘れないでちょうだい」

「あのころよりはるかに増えているさ」サイは言った。「わたしのやり方が気に入らないなら、いつだって離婚してくれてかまわないんだぞ」

「離婚しないほうが賢明じゃないかしらね。扶養手当をたっぷり払うことになるわよ。裁判所であなたと愛人たちの下劣な話を洗いざらい話すつもりだから。脅しじゃないわ」

「そうだろうな。おまえは昔から人を傷つけるのが好きだった」

「新聞はあなたと愛しいステラの話を聞きたがるでしょうね――それとも、そろそろもっと若い人に乗り換えようとしているのかしら？　あなたはあまり上手に年を取れていないわね、ステラ。映画スターとしてはもう終わりね」

「あなたって本当にいやな女ね、ヘレン。だれかにそう言われたことはある？」ステラが言った。

「よく言われるわ。大歓迎よ。夫に捨てられてからというもの、それが数少ないわたしの楽しみなんですもの」

「わたしがおまえを捨てた？　よくもそんなことが言えるな。結婚初夜に自分ひとりの寝室に閉じこもる人間がどこにいる？　それも鍵をかけて？」

「あなたはいつだって早急なのよ。もっと時間をくれるべきだったのに。あなたなんて、ただの大きな猿よ」

　わたしたちは身の置き所もなく、廊下で固まっていた。イギリスではこういうことは絶対に起こらない。わたしたちのような身分の人間は、決して人前で喧嘩はしない。その場を救ったのはチャーリー・チャップリンだった。

「ぼくは夕食の着替えをしてくる。あとはきみに任せるよ、サイ。ボクシングの試合は好きだが、貴重なアンティークが壊されるのを見たくはないからね。さあ、みんな行こう」

わたしたちは彼について廊下を進み、城の外に出ると、そこは太平洋からの霧にすっぽりと覆われていた。木々はぼんやりとその輪郭を浮かびあがらせているだけだ。

「いったいどこに行くの？」ベリンダが尋ねた。

「客用コテージのひとつよ」わたしは答えた。「ほら、あの木立ちの先よ」

「暗くなってから、ここを歩いて戻るの？」

「気が進まないわね」母が言った。「野生動物までいるというのに」

「野生動物？　面白い冗談ね」ベリンダが笑った。

「ここに来るとき、見かけなかったの？　あの森のなかにはキリンやシマウマやなんだか知らないほかの動物がいるのよ」

ベリンダはわたしたちにからかわれているのではないかと半信半疑の様子で、木立ちをのぞきこんだ。

「ライオンもいるかもしれないわ。まだ見かけてはいないけれど」まだ彼女に対する腹立ちが収まっていなかったわたしは言い添えた。「どういうつもりなの、ベリンダ？　あなたって本当に図太い人ね」

「ジョージー、いけすかないフランス人女性がわたしは本当はフランス人じゃないって上司に言ったものだから、ハロッズをクビになったのよ。そうしたらまさにその日、あなたからの葉書が届いたの。これは運命だって思って、なけなしのお金をはたいて切符を買ったというわけ。そうしたらもうひとつの幸運が待っていた――列車でミセス・ゴールドマンと会ったの。バッグをおろす手助けをしたのよ。言われるまで、彼女がミセス・ゴールドマンだなんて知らなかった。だからやっぱりこれは運命だと思うの。そうじゃない？」

「そうね、でもここでなにをするつもり？」

「衣装デザイナーだってミセス・ゴールドマンには言ったわ。わたしならなれるわよ。わたしに才能があることはあなただって認めるでしょう？」

「ええ、そうね」

ベリンダはあたりを見まわし、わたしに顔を寄せた。「でもパトロンを見つけたかもしれないと思っているの。クレイグ・ハートって素晴らしく素敵じゃない？　わたしを気づかってくれたのを見た？　結婚しているのかしら？」

「いまはしていないと思うわ。でも気まぐれな人よ」

「あなたが来る前はジョージーを追いかけていたのよ」母が言った。「どうしてだかわからないけれど」

「ゆうべはキスされたわ」わたしは意味ありげに笑った。「ダーシーがそれを見て、怒っていたけれど」

「ダーシーと言えば、彼はどうしてここにいるの？　それにあれはアルジー・ブロックスリー＝フォジェットよね？　昔から気味の悪い人だったけれど――狩猟舞踏会で体をまさぐってきたのよ」

「あの人たちはあなたと同じことをしているのよ、ベリンダ」母が言った。「わたしの名前を利用して映画の仕事にありつこうとしているの」

「なんて愉快な話」ベリンダは声をたてて笑った。そのとき茂みのなかでなにかが動いたかと思うと、レイヨウらしき動物が飛び出してきた。「まあ」ベリンダがつぶやいた。「野生動物の話は冗談じゃなかったのね」

夕食のための着替えをしながら、わたしはベリンダにクイーニーの話をした。

「追い払えてよかったじゃないの。悩みの種だったんだから」ベリンダは言った。「もしもダーシーがうまく立ち回って映画スターになったら、彼と結婚してちゃんとしたメイドが雇えるようになるわ」

その言葉を聞いて急に恐ろしくなったので、自分でも驚いた。わたしは未来の夫に映画スターになってもらいたいんだろうか？　そうなれば大金が手に入るだろうけれど、わたしが思い描いていたのとはまったく違う人生が待っていることになる。女性たちが彼に群がってくるだろう。ダーシーとて人間だし、ステラが彼に色目を使うところをわたしはすでに見ていた。

「ねえ、ジョージー。わたしはクレイグ・ハートとうまくいくと思う？」

「ひと晩ならね。映画スターってそういうものでしょう？　彼は昨日、わたしにキスしたんだから」

「でも、わたしが素晴らしいセックスを経験させてあげたら、イギリス貴族を妻にしようという気にはならないかしら？」

「でもベリンダ、あなたは彼のことをなにも知らないじゃないの。あの見せかけの下は、ひどい男かもしれない。癇癪持ちで、甘やかされた子供みたいに振る舞うかもしれないのよ」

ベリンダは肩をすくめた。「かまわないわ。わたしを幸せにできるだけのお金を持っているんだもの」

わたしはベッドに腰をおろし、彼女を見つめた。すでにわたしより老けて見える。

「それが本当にあなたの望みなの、ベリンダ？　お金があればいいの？　どんな方法であっても？」

「お金とセックスね。それだけで充分」

「愛は？」

ベリンダは窓のほうに目を向けた。「わたしは愛するようには生まれついていないと思うの」そう言ってから、改めて窓の外に視線をこらした。「ステラ・ブライトウェルは木立ちのなかでなにをしているのかしら？　動物に餌でもやっているの？」

わたしはベリンダの隣に移動した。暗くなりかかっているうえ霧がかかっていたからはっきりとは見えなかったが、たしかにステラ・ブライトウェルだ。黒っぽいマントのようなものを羽織り、木立ちのなかを足早に歩いている。ホアンとどこかで会うのかもしれないと思った。それとも廊下で言い争いをしたあと、逃げ出してきたのだろうか。そうだとしても、サイ・ゴールドマンは彼女のあとを追ってきてはいなかった。

# 18

## ミスター・ゴールドマンの城
### 八月三日の夜

まだいくらか腹は立っているものの、ベリンダがここにいることをどこかで喜んでいる。ベリンダは他人のパーティーに押しかけるのが本当に上手だ。わたしは彼女に嫉妬しているのだと思う。わたしにも彼女くらい図太い神経があればよかったのに。

母が着替えを終え、髪を整えてお化粧を直すのを待ってメインハウスに戻ったときには、ほかの人たちはすでにベルサイユ宮殿を映し取ったかのような長広間に集まっていた。一方の壁にはずらりと鏡が並んでいる。家具は錦織と金ばかりで、もう一方の壁の中央には大きな大理石の暖炉があった。部屋の奥の隅にはスペインのガリオン船を模した印象的なカクテルキャビネットが置かれていて、その前にチャーリー・チャップリンとクレイグとダーシーが立っている。彼らの会話に加わりたくて、アルジーがそのまわりをうろうろしていた。ステラ・ブライトウェルはひとりで窓のそばにたたずみ、外を眺めていた。落ち着かない様子で、自分の髪をもてあそんでいる。バーバラ・キンデルは座って雑誌を読むふりをしながら、まわりの人々を観察していた。ホアンとロニーとゴールドマン夫妻の姿はない。

ベリンダは一目散に、カクテルキャビネットの前にいる男性たちに向かっていった。母はステラに歩み寄った。母のあとを追ったわたしは、ステラがなにを見ていたのかを悟った。そこにはホアンがひとりでいて、煙草をふかしながらあたりをうろついている。時折ちらちらとお城を見あげていた。

「こんなの間違っている」ステラは母に目を向けた。「サイはスペインの小さな村で彼を見つけたの。大スターにしてやるって約束して、家から遠く離れたこんなところまで連れてきた。そのあげくにやっぱりだめだなんて。ホアンはいまどうしていいかわからないでいる。家に帰りたいんだと思うけれど、サイが契約で縛りつけている。わたしたちみんなそうよ――わたしもクレイグも……わたしたちはみんな彼の人形なの」

「サイの気が変わったのは、ホアンのアクセントのせいだけじゃなくて、あなたが彼に興味を示したからだっていうことはない？」母が尋ねた。「サイって、自分のものはずっとひとり占めしておきたいタイプだと思うわ」

ステラは母と見つめ合った。「その気があったことは認めるわ」ステラが応じた。「サイにはどれほど感謝してても足りないくらいだっていうことはわかっているの。でもね、彼はもう年よ。そしてホアンは――あの体だもの。ベッドではものすごく猛々しいに違いないわ」

ふたりは振り返り、わたしがそこにいることに気づいた。わたしは雑誌を探していたふりをしてソファに腰をおろしたものの、ふたりの会話は筒抜けだった。

「いましがたの口論で、サイにそのことも責められたわ」ステラが言った。「あなたたちがいなくなってくれてよかった。ひどかったのよ。まさに〝猫の喧嘩〟。本当にあのヘレンっていう人は悪意の塊よ。騒ぎを起こすために来たんだと思うわ――ほかの理由が見つからないもの。あの人、西海岸が大嫌いなのに」ステラは言葉を切って煙草に火をつけると、深々と吸いこんだ。「彼といっしょに暮らす気はないのよ。ベッドを共にしようとはしないくせに、手放そうとはしない。だれかがあの女を崖から突き落としてくれればいいのに」

「それともライオンの餌にするとか？」母が言った。

母とステラはいたずらっぽく目と目を見交わした。

ちょうどそのとき、いかにも幸せそうな夫婦のようにゴールドマン夫妻が登場した。

「ディナーの用意はいいかね？」サイがいつものよく通る声で訊いた。「今夜はたっぷり食べておくことだ。明日はひたすら働いてもらう日になるからね。撮影はスケジュールどおりに進めたい。約束の期限までに終えるとクレアに約束したし、そうするつもりだからだ。さあ、こっちだ」

サイはベルサイユの部屋の突き当たりにある両開きのドアにわたしたちをいざなった。濃い色の長い木のテーブルが部屋の端から端まで延びている。何本もの背の高い燭台が置かれ、蠟燭《ろうそく》の火が揺れていた。木枠の天井からは二灯のシャンデリアが吊るされ、小さなガラス窓からは丘の斜面が見える。まるでここだけ中世に戻ったみたいだ。壁には紋章旗と交差させた武器が飾られ、部屋の隅にはまた別の甲冑が置かれていた。

「座ってくれたまえ」サイが言った。「このテーブルはどうだい？　このあいだヨーロッパに行ったときに、修道院で手に入れたんだ。その燭台も。チャペルで使われていたものだが、ここに置いたほうが見栄えがすると思うね」

サイはテーブルの一方の端に腰をおろし、ミセス・ゴールドマンが反対の端に座った。ほかの人たちの席には名札が置かれている。ステラとクレイグは向かい合うようにして中央に座った。わたしとベリンダがクレイグをはさむ形だ。チャーリー・チャップリンと母がサイ・ゴールドマンの両脇で、ロニーがわたしの向かい側だった。ロニーに連れてこられたホアンは、黙りこくったまま不機嫌そうにミセス・ゴールドマンの横に腰をおろした。

「よし、いいぞ。マリア、始めてくれ」サイ・ゴールドマンが呼びかけると、気立てのよさそうなメキシコ人女性が、牡蠣《かき》を乗せたトレイを運んできた。サイの皿に牡蠣を置こうとしたとき、ミセス・ゴールドマンが不意に叫んだ。「いったいどういうつもり、サイラス？　一三人いるじゃないの。不吉な数字だって知らないの？」

「わたしはそういう迷信は信じない。それに、わたしが数に入れていなかった客もいるのでね。きみが連れてきたんだぞ、ヘレン。悪運を連れてきたのはきみだ、わたしではなく」

ミセス・ゴールドマンは夫をねめつけ、黙りこんだ。食事自体はイギリスの基準からするとシンプルだったが、とてもおいしかった。牡蠣のあとは野菜とクルトンを入れたスパイシーなスープ、ウズラと続き、メインはレアに焼いた大きなプライムリブステーキ、締めくくりがフルーツを添えたアイスクリームだった。不穏な空気が漂っていなければ、もっと食事を楽しめただろう。ゴールドマン夫妻はテーブルの端と端で辛辣な言葉を投げ合っていたし、チャーリーはテーブル越しに母を口説いている。母もまんざらではなさそうだ。ベリンダはクレイグを独占していた。わたしはロニーに尋ねた。「ここはいつもこんなふうなの？」

ロニーは微笑んだ。「きみももう気づいていると思うが、ミスター・ゴールドマンにはドラマが必要なんだ。緊迫感がなくてはだめなんだよ。ミセス・ゴールドマンのほうは――めったにここには来ない。こんなふうにミスター・ゴールドマンの客がいるときはなおさらだ。それでなくても彼女は客をもてなすタイプではないからね」

ロニーはクレイグの一言一句に熱心に耳を傾けているベリンダに目を向けた。

「わたしはもういらないみたいね」わたしはロニーに囁いた。

「きみの友人は必死に彼の気を引こうとしているね」ロニーはにやにや笑った。「あのことを知っていたら、あれほど熱心にはなれないだろうな」

「あのことって？」

ロニーはわたしに顔を寄せた。「きみが誤解して恥をかくまえに昨日話そうとしたんだが」ロニーは一度言葉を切った。「クレイグ・ハートは……その、あれだ。あまり女性に興味がないんだよ。わかるだろう？」

「なんてこと。世界的大スターは同性愛者なの？」

ロニーはうなずいた。「極秘事項だけれどね。ミスター・ゴールドマンが彼をきみに紹介したのは、そのためなんじゃないかと思う。結婚しろ、それも早急にとクレイグに命じていたからね。王家とつながりのある若い女性との結婚はいいニュースになる。そう思わないかい？」

「ひどい話。わたしにはダーシーがいてよかったわ。そうでなければ彼に心を奪われて、イエスと言っていたかもしれない」

「それとなくきみの友だちにも言ってあげたほうがいい」

「そうね」わたしはふたりを見ながら言った。どういうことになるのか、少し楽しみだった。

食事が終わり、サイ・ゴールドマンが立ちあがった。

「葉巻が吸いたい。だれかいっしょにどうだい？」

「それなら書斎で吸ってちょうだい」ミセス・ゴールドマンが言った。「わたしは葉巻のにおいが我慢できないの。頭痛がするのよ」

「いいだろう。書斎でブランデーと葉巻だ。だれか来るかい？」

「いいですね」ダーシーが立ちあがり、アルジー、クレイグ、ロニーと共にサイのあとを追った。チャーリー・チャップリンもついていきかけたが、きびすを返した。「ぼくは長い脚の若い女性ともっと知り合いになることにしよう」一直線にわたしのほうに向かってくる。

「きみのことをもっと聞かせてくれないか」

「話すことなんてそれほどないわ」ほかの人たちの視線を受けて顔を赤らめながら、わたしはチャーリーに付き添われて部屋を出た。

「円形の広間《ロタンダ》にマリアがコーヒーを用意しているはずよ」ミセス・ゴールドマンが両開きのドアを開け、メインホールのすぐ脇にある円形の広間にわたしたちを案内した。革のソファと椅子、どっしりした黒い木のテーブルが置かれたその部屋はスペイン風に設えられていた。中央の低いテーブルにコーヒーポットとカップが用意されている。

「さあ、隣にお座り、可愛い子ちゃん。ぼくにきみを誘惑させてくれないか」チャーリー・チャップリンが言った。

「あなたには気をつけろって言われているわ、ミスター・チャップリン」まわりに人がいるし近くにはダーシーもいることがわかっていたから、不安はなかった。そもそもほんの二分前には母を口説いていた人なのだから。母はと言えば、いささかむっとしているようだ。

「バーバラだね、もちろん」チャーリーはいたずらっぽくバーバラに笑いかけた。「全部嘘だ」

「あら、わたしは本当のことしか言わないって知っているくせに」バーバラが応じた。「まだ名誉棄損で訴えられたことはないのよ。もちろんあなたにだってね」彼女はそう言うと、ミセス・ゴールドマンの隣に座った。

「コーヒーをお配りしますね」わたしはチャーリーの脇をするりと抜けて、カップをほかの人たちに手渡しているベリンダに近づいた。ベリンダはずいぶんとうれしそうだ。

「食事のあいだずっと彼がわたしを見ていたことに気づいた？　彼がそうなんだと思うわ、

ジョージー。ようやく金鉱を掘り当てたのよ」

彼女に話そうかどうしようか迷ったが、わたしが口を出すことではないと思い直した。全員にコーヒーを渡し終えたところで、母といっしょにソファに座った。チャーリーが即座に近づいてきて、わたしの隣に無理やり体をねじこんだ。

「なかなかに座り心地がいい」そう言って、さりげなくわたしの膝に手を置く。「王家の人たちのことを聞かせてくれないか？　デイヴィッド王子の興味深いスキャンダルの話とか」

彼の二本の指が腿をのぼってきた。その手を引っぱたいていいものかどうか迷ったが、気にしていないふりをすることにした。なんといっても、世界中に名を知られている有名人がわたしを誘惑しようとしているのだから。それも二日のあいだにふたりもだ。フィグに見せたいと思った。

わたしたちがコーヒーを飲んでいるあいだに、ロニーが戻ってきた。

「夜はなにをして過ごすの？」母が尋ねた。「ブリッジテーブルも、蓄音機もないみたいだけれど」

「ミスター・ゴールドマンは室内ゲームとかそういうものに興味がないんですよ」ロニーが答えた。「地下にちゃんとした試写室があるので、最新の作品を喜んでお見せすると思いますよ」

「この時間に映画を観る気にはなれないわね」母が応じた。

「あなたが指示してくれるなら、もちろんゲームをしてもいいですよ」ロニーが言った。

「ジェスチャー・ゲームですか？　それとも二〇の質問？」

「そういうものをする気分でもないわ」母は退屈そうにため息をついた。「なにかわくわくするようなことがないかしら。ここに来てからというもの、なにも面白いことがないんですもの。そう言えば、ホーマー・クレッグも本当に退屈な人だったわ。アメリカって、みんなこんなに退屈なの？」

「お望みなら、あなたの気分をあげられるようなものがバッグに入っているわよ」ステラが母に近づいて耳元で囁いたが、わたしにははっきり聞こえていた。「キッチンまで来てくれれば、分けてあげるけれど」

「ステラ、娘の前でクスリをやるわけにはいかないわ。わたしも気分をあげたいわ。ひどい一日だったもの」母が言った。

ぎこちない沈黙が広がる。バーバラ・キンデルが興味津々といった顔でステラと母を見ていた。彼女にも聞こえていたのかもしれない。ステラがコカインを使っているという記事が明日のゴシップ欄に載るだろうか。

「サイはお客さまをもてなすのが本当に下手なの」ミセス・ゴールドマンが言った。「そういうものに縁のないところで育っているから、無理もないんだけれど。わたしがいろいろと教えようとしたのに、サイはブリッジを覚えようともしなかった。でも……ほかに楽しみを見つけたようだから」彼女はあてつけがましくステラを見た。

　午後の気まずい場面が再現されないことを願いながら、わたしたちはまたコーヒーを口に運んだ。ダーシーとクレイグが戻ってきたときには、全員が安堵したと思う。ふたりはコーヒートレイに近づいたが、ステラが遮った。「もう冷めているわよ。マリアに新しいコーヒーをいれさせるわ」

わたしが座るソファの肘掛けにダーシーが腰をおろし、元気づけるように肩に手を乗せた。

クレイグは窓に歩み寄った。「今夜は泳ぐには寒いね。残念だが。霧が出ている」

「あら、そんなことはないわ」ベリンダが言った。「わたしは夜に泳ぐのも好きよ」

「水着を持ってきている？」

「持ってきていないけれど、だからなに？」ベリンダは素晴らしくあだっぽかった。わたしはいつも感心すると同時に、その技をひそかにうらやんでもいた。

「わかった。じゃあ、行こうか。いますぐに」クレイグはベリンダに手を差し出した。「だれかいっしょに泳ぐ人は？」

「わたしは遠慮しておくわ」母が言った。「寒さで乳首が紫色になるのを見ても楽しいとは思えないもの」

そういうわけで、クレイグとベリンダは部屋を出ていった。

「サイはなにをしているの？」ミセス・ゴールドマンが尋ねた。

「さあ。てっきりぼくたちのあとから来ているものだとばかり」ダーシーが答えた。

「きっとまた新しい玩具で遊んでいるのね」ミセス・ゴールドマンはばかにしたように言った。「二歳児みたいなんだから。情けないったら。失礼して、わたしはもう休むことにするわ。長い一日だったのよ」そう言って立ちあがり、階段に向かって歩きだした。

「大丈夫?」

「いっしょに行きましょうか、ヘレン?」バーバラ・キンデルが声をかけた。「大丈夫?」

「大丈夫よ」ミセス・ゴールドマンが応じた。「こんなところに来るんじゃなかったわ。わたしもばかよね。本当に大ばか」荒々しい足取りでタイル敷きのホールを歩いていく。

ぎこちない沈黙が広がり、ロニーとダーシーは部屋の隅に行って話を始めた。ダーシーは、わたしの膝に手を置いて耳元でなにやら淫《みだ》らな言葉を囁いているチャーリーを心配そうに見ていたが、わたしは大丈夫だと言う代わりに微笑んだ。マリアが新しいコーヒーを運んできて、カップを配った。

「ホアンはどこ?」突然、ステラが尋ねた。

「食事が終わってすぐ、部屋に戻ったよ」ロニーが答えた。「無理もないよ。なかなかに大変な一日だったからね」

「ちょっと様子を見てくるわ。心の支えが必要だと思うの」ステラは玄関に向かって歩きだした。

「近頃はそういう言い方をするのね」母はいたずらっぽく目をきらめかせた。

すさまじい物音がしたのはそのときだった。全員があわててコーヒーカップを置いて、立ちあがる。「いったいなにごと?」ステラが言った。「書斎のほうから聞こえたわ」

わたしたちは玄関ホールを抜け、横手の廊下を進んだ。タイル敷きの床に甲冑が倒れている。不意に兜と面頬をつけた大きな人影がよろめく足取りで現われ、先頭にいたステラが悲鳴をあげた。その人影をつかんだダーシーが、怒りのこもった口調で言った。

「ブロックスリー＝フォジェット、どういうつもりだ？」

「とにかくこいつをはずしてくれないか？」こもった声が応じた。

ふたりがかりでようやくアルジーの頭から兜をはずすと、当然ながらばつの悪そうな顔が現われた。

「申し訳なかった。本当にばかなことをしたよ。端役でいいからどうしても映画に出たくて、この甲冑を着たらどう見えるだろうってふと思ったんだ。そうしたらミスター・ゴールドマンはぼくもスターにしようと考えてくれるかもしれないってね。それで兜と面頬をつけたんだが、そうしたら前が全然見えなくなって。甲冑を倒してしまったみたいだな」

「よくミスター・ゴールドマンがきみを怒鳴りつけなかったものだ」ロニーが言った。「彼はどこに？」

「ぼくが書斎を出たときには、まだそこにいた」アルジーが答えた。「用を足したかったんだが、トイレを見つけるのにすごく手間取ってね。もう少しで間に合わないところだったよ。ちょっとばかり走らなきゃならなかった。トイレにも紋章旗が飾ってあるって知っていたかい？」

ロニーは甲冑をまたぎ、書斎のドアを開けた。葉巻のにおいがまだ残っている。

「ミスター・ゴールドマン？」呼びかけたが返事はない。「いないみたいだ。おかしいな。出てきたら、見逃すはずがないのに」そして、気づいて言った。「燭台がなくなっている」

「なんだって？」ダーシーが彼を押しのけるようにして部屋に入り、わたしもそのあとを追った。ダーシーが「なんてこった」とつぶやいたのとほぼ同時に、片方の足が目に入った。

# 19

サイ・ゴールドマンは、大きな書斎のテーブルと、窓のあるアルコーブにかけられた厚手のカーテンのあいだに倒れていた。傍らには、髪と血がこびりついた燭台が転がっている。見たくはなかったけれど、恐ろしいものを見ずにはいられない病的な好奇心がわたしにもあった。後頭部が陥没していた。

「みんなさがって」ダーシーが言った。「すぐに部屋から出て、なにも触らないように。だれか警察に連絡を」

「警察？　それは難しいかもしれない」ロニーが言った。「ここはベンチュラ郡の管轄なんだが、どこの市にも属していないんだ。だから呼ぶとしたら保安官ということになるが、この近くに駐在しているとは思えないし、いたとしても殺人事件を捜査するような能力はないだろう。ロサンゼルスに応援を要請することになると思う――それともベンチュラかもしれない。どういうシステムになっているのかぼくにはわからない。いままで、こんなことは一度もなかったんだ」普段から不安そうな彼の顔にはいっそう深いしわが刻まれ、いつ気を失ってもおかしくないくらい血の気を失っている。

「その必要がある？」母が訊いた。「警察を呼ぶっていうことよ。これはただの事故で、彼は転んで頭を打ったということにできないの？　本当に事故だったのかもしれないじゃないの。ディナーの席でずいぶん飲んでいたから、そのせいで転んだのかもしれない。それとも心臓発作を起こしたとか。警察を呼んだりしたら、どんなスキャンダルになることか」

「これは事故じゃありませんよ」ダーシーが母を見つめて言った。「殺人だと断言できます」

「殺人？　わたしの大事なサイが？」ステラの声は震えていた。「だれが彼にこんなことを？　わたしたちはみんな彼の友人で、みんな彼が大好きだった。彼のそばに行かせて」ダーシーはステラをサイに近寄らせまいとした。

「本当に死んでいるのかい？」アルジーはふざけた口調で言おうとしたが、その声は震えていた。「ただ気絶しているだけじゃなくて？」

「あんなふうに頭が陥没して生きていられる人間がいるとは思わないね」ダーシーは苦々しげに答えた。「相当な力で殴られている」

「さあ、みなさん」ロニーが声をあげた。「ロタンダに戻りましょう。どうにかして警察に連絡をとるようにしてみます。どうすればいいのか、まったくわかりませんが」

ロニーはステラの腕をつかんでいっしょに連れていこうとしたが、ステラは抗った。

「きっと泥棒に抵抗したのよ」感情が高ぶっているのか、声が裏返っている。「もう一本の燭台がなくなっているもの。でも理解できない。だってわたしたちはみんなここにいたのよ。

彼からほんの数メートル離れたところに。どうやって気づかれずに入ってこられたの？　地所の入り口はあのゲート一カ所だけなのに。門番のジミーは絶対に知らない人間を入れたりしないわ」

「門番が無事かどうかを確かめないと」ダーシーが言った。「侵入者が彼の頭も殴りつけていないといいが」

「門番小屋には万一のときのための警報ボタンがついているわ」ステラが言った。「メインハウスに電話だってできる。それに地所の管理人たちは武器を持っているのよ」

「本気で侵入する気なら、鉄条網を切断すればいい」チャーリーが言った。「それに、柵を乗り越えられるくらい木が伸びている場所もどこかにあるはずだ」

ロニーはごくりと唾を飲んだ。「ジミーに電話をして無事がどうかを確かめよう。警察が来るまで、だれも出入りさせないように言っておく。鉄条網が切断されているところがないかどうか、管理人たちに調べさせる必要がありそうだ。それから、ミセス・ゴールドマンに話をしなければ」

「わたしがするわ」バーバラが彼の腕を叩いた。「彼女が信頼している人間のほうがいいでしょうからね」

「ありがたい」ロニーの顔に安堵の色が広がった。「警察が来るようなら、彼女も身支度を整えてここに来ておいてもらわないと」

ひとり、またひとりと甲冑をまたいで部屋を出ていった。

ステラは戸口で足を止めて振り返った。「悪い夢を見ているみたい。彼が死んだなんて信じられない」

ダーシーは死体の向こう側に立ったままだ。わたしは湧きあがる嫌悪感を抑えつけながら、彼に近づいた。ダーシーはぞっとしながらも魅入られたようにミスター・ゴールドマンを見つめている。「ほんの三〇分前にはここで彼といっしょにいたんだ。とても信じられないよ」

わたしは彼の腕に手を乗せた。「なんて恐ろしい」

「これがほかの若い女性だったら、卒倒して証拠を台無しにする前にここから連れ出すところだが、きみはこの手のことにぼくよりも慣れているようだからね」

「わたしはなにも死体を探し回っているわけじゃないのよ。なぜかわたしのまわりでそういうことが起きるだけ。でも、警察が来る前にどういうことなのか考えてみたほうがよさそうね」

「これがなにを意味しているのか、きみはわかっているよね？」ダーシーはだれかに聞かれることのないように声を潜めた。「犯人はこのなかにいる」

「そうだわ、そのとおりね。恐ろしいことだわ。ただ……」ダーシーが顔をあげた。「あなたがロンドンから追ってきた、宝石泥棒の仕業かもしれない。泥棒はここにいるような気がしていたんでしょう？　ここに侵入できる人間がいるとしたら、それは彼よ」

ダーシーはうなずいた。「男とは限らないけれどね。だが宝石泥棒だとすると、どうも辻褄が合わない。泥棒が危険を顧みないことはわかっている。突起を伝って歩いたり、屋根から忍びこんだりしていたわけだから、城に侵入することもできただろう。玄関には鍵がかかっていなかっただろうから、ぼくたちが食事に集まるのを待ってこっそりと忍びこみ、チャンスを待てばよかったわけだ。だが殺人の方法が気にかかるんだ。ロンドン警察は犯人のことを泥棒紳士と呼んでいる。貴族の一員だろうと考えているんだ。少なくともそれに近い人間だろうと」

「あなたは、貴族は人を殺さないと思っているの?」

ダーシーは微笑んだ。「そういうわけじゃないが、頭を殴りつけるとは思わない。短剣で心臓をひと突き――ぼくならそうするね。ぼくたちが追っている泥棒は手際がいい。この殺人は野蛮で暴力的だが、泥棒のほうは暴力的な人間だとは思えない。これまでも犯行の最中に邪魔が入ることはあったが、彼はその場から逃げ出しただけだった。殺すこともできたのに、犯行を放棄するほうを選んだんだ」

「邪魔が入った? だれかに目撃されたっていうこと?」

「いや、だれかが近づいてくる気配を感じると、彼は窓から逃げ出すか、廊下を歩き去ってしまうんだ。わかっているのは、痩せていておそらく日焼けしているということだけで、影しか目撃されていない」

「犯人は、盗むのが目的で来たに決まっているわ」わたしは言った。「だって、もうひとつの燭台がなくなっているもの。燭台をふたつとも盗もうとしたけれど、ミスター・ゴールドマンに見つかって、彼が人を呼ぶ前に頭を殴ったのよ」

ダーシーは首を振った。「そして、血で汚れたからといってその燭台を置いていったのかい？　ずいぶんと繊細な泥棒だ。どうして両方とも持っていかない？　それが凶器ならなおさらだ。それにエル・グレコの絵はそのまま残されている。そっちのほうがずっと価値があるはずなのに」

その絵は棚に立てかけたままになっていた。ぼんやりした明かりのなかで絵具が光って見える。

「ステラ・ブライトウェルに対するあなたの疑念は、今回ははずれたようね。気がつかなかった？　サイの死に打ちのめされていたわ。それに彼女ならいつだって好きなときに燭台を盗むことができたんだもの。愛人を殺す必要なんてない」

ダーシーはため息と共にうなずいた。「そのようだね」そう言って部屋を見まわす。「ここを出たほうがよさそうだ。警察が来るまでに、うっかりなにかに触ったりしたら困る」

わたしは慎重な手つきでカーテンを開けた。「窓は閉まっていたのかしら？　犯人はここから逃げたとか？」

ダーシーはハンカチを取り出した。「掛け金はかかっていないようだ」ダーシーがそっと押すと、窓が開いた。

わたしはそろそろと窓に近づき、下を見おろした。大理石の壁とその下の切り立つ岩らしきものが部屋の明かりに浮かびあがっている。

「ここをおりられる人がいるとは思えないわ。すごく高いし、わたしだったらあの岩に落ちる危険を冒したくはないわ」どこからかエンジン音が聞こえ、小さなカートが通り過ぎていった。運転している人間の背中にライフルが見えたような気がした。

窓から離れたわたしはあることに気づいた。「これを見て、ダーシー」窓枠に血の指紋が残っている。「これがあれば、警察は犯人をすぐに突き止められるはずよ」

「確かに、簡単には逃げられそうもないな」

「犯人がわたしたちのなかにいるのなら、ここに留まってどうにかして警察の目をごまかそうとするだろうし、あなたが追っている腕のいい泥棒なら、もうとっくに逃げているわね」

「気づいているかい、ジョージー」ダーシーはわたしを部屋から連れ出しながら言った。「恐ろしいことに、ぼくはあまり驚いてはいないんだ。きみは？　ここの空気は張りつめていた。ミセス・ゴールドマンが突然やってきて、ディナーの前には不愉快な言い争いがあって……あのスペイン人との騒ぎも——ところで、彼はどこだ？　ディナーのあいだ、ほとんど黙りこくっていたし、そのあとは見かけていない」

「すぐに部屋に引き取ったみたいよ。一日中、落ちこんでいたもの」

「つまり、サイ・ゴールドマンが殺されたとき、どこにいたのかはわからないわけだ」

「それはそうだけれど……でも彼はコテージに泊まっているのよ。もし玄関から入ってきたのなら、書斎のある廊下に行くためには玄関ホールを通らなくてはならないし、そうしたらわたしたちが気づいていたはず」

「だれかに彼を起こしてきてもらおう。警察が来たときに、ちゃんと話ができるようにしておかなくてはいけないからね」ダーシーは書斎のドアを閉め、わたしたちは暗い廊下に立ち尽くした。「なんだか嫌な予感がするよ、ジョージー。アメリカでは、警察もまずは実力行使をするなんていう話を何度も聞いているんだ。地方の保安官にこんな事件を解決できる能力があるとは思えない。ぼくたちがやらなきゃいけないんじゃないだろうか」

「わたしたちが？　どうやって？　ここに滞在している人たちに、わたしたちが尋問するわけにはいかないでしょう？」

「あらかじめ考えておくことはできる――だれがどこにいたのか、動機があるのはだれか、機会があったのはだれか」

「実際、だれに犯行が可能だったかしら？　ホアン以外の男の人たちはみんなミスター・ゴールドマンといっしょに葉巻を吸っていた。あなたたち全員が共謀して彼を殺したって保安官はきっと言い出すわね」

「その冗談は笑えないな、ジョージー。保安官がそう考える可能性はおおいにある」

「まあ。本気で言ったわけじゃないのよ、ごめんなさい。クレイグ・ハートがミスター・ゴールドマンを殺したとは、さすがの保安官も信じないでしょうね。クレイグは大スターで、そうなったのはミスター・ゴールドマンのおかげだもの。ふたりはお互いを必要としていたし、わたしが知るかぎり、言い争ってもいなかった」

「どちらにしろ、クレイグではありえない。彼とぼくはいっしょに書斎を出たんだ。その前にロニーが出ていった」

「アルジーは？」

「ぼくたちといっしょに出たはずだ。ああ、そうだ、ぼくたちのあとをついてきていたよ。彼のことはわかっているだろう？　会話には加われないでいるのに、どうにかして仲間に入りたくていつだってまわりをうろうろしているんだ」

「わたしよりもトラブルを起こしやすい人間がいると思うと、ほっとするのよ」わたしは言った。「でも考えてみて、ダーシー。もしもアルジーが甲冑を倒したりしなければ、ミスター・ゴールドマンの死体を見つけるのは何時間もあとになっていたはず。そうなれば彼がいつ死んだのかを判断するのは難しくなっていただろうし、犯人は楽々逃げることができたわ」

「確かにそうだ。彼が犯人と遭遇しなかったのは幸いだよ。殺されていたかもしれない」

「ダーシー」わたしは戸口で足を止め、床に倒れたままの甲冑を見つめた。「アルジーは本当に見た目どおりに不器用で鈍いのかしら？　疑われることのないように、そういうふりをしているっていうのはありえること？」

ダーシーは眉間にしわを寄せて、首を振った。「彼のことは昔から知っているが、ずっとああだったよ。子供のころいっしょにハウスパーティーに行ったことがあるが、塀に沿って歩こうとして湖に落ちたんだ。ぼくが飛びこんで、引っ張りあげなきゃならなかった。もちろん、彼は泳げなかったからね」

「大人になったときには不器用じゃなくなっていたけれど、人にそう思わせておくとなにかと便利だと考えたのかもしれない」

　指が食いこむくらい強く、ダーシーがわたしの腕をつかんだ。「ジョージー――アルジーが泥棒紳士かもしれないと考えているのかい？」

「可能性はあるでしょう？　アルジーは背が高くて痩せているし、貴族だし、パーティーやほかの集まりに招待されているふりをしてまんまと潜りこんだりしている。人が話をしているときはいつだって近くにいるから、なにか興味深い情報を耳にしたのかもしれない。これまでなにかが盗まれたとき、彼はその場にいたのかしら？」

「ぼくが自分で招待客リストを調べたわけじゃないが、彼がいたとしてもイギリスの警察が注目することはなかっただろうね。ロンドン警察に電報を打って、リストのいずれかに彼の名前がないかどうかを調べてもらうよ。明日、ここを出ることが許されれば、だけれどね」ダーシーは甲冑に近づいた。「これにも触らないほうがよさそうだ。犯行に及ぶチャンスが一番あったのはアルジーだという証拠になる。彼がどれくらいひとりでここにいて、甲冑と遊んでいたのかはわからないが、ひとつだけはっきりしていることがある。アルジーがここにいたあいだは、だれも書斎に入ることも出ることもできなかった。つまり、ほかの人間はゴールドマンを殺すチャンスはほとんどなかったことになる」ダーシーは首を振った。

「だがアルジーがだれかの頭を殴るところを想像できないよ。彼のことだから殴りそこねて、代わりになにかほかの高価な品物を壊してしまいそうだ」

「彼が本当に見た目どおりの人ならね」わたしは言った。「でも死体を見たとき、真っ青になっていたわよね。それにもし彼がミスター・ゴールドマンを殺したのなら、どうして兜をかぶったり甲冑を倒したりして、みんなの注意を引いたりしたの？　そっと抜け出してわたしたちのところに戻っていたら、きっとだれも気づかなかったのに」

「さっききみが言ったように、実はすごく頭がよければ話は別だ。頭に兜をかぶってふらふらしていたんだから、彼が犯人ではありえないとぼくたちに言わせたかったのかもしれない」

わたしたちは顔を見合わせた。

「ダーシー、こんな調子じゃ、だれが犯人なのか突き止められそうにないわ」

「もしアルジーなら、燭台に彼の指紋が残っているはずだ。ぼくたちのだれであってもそうだけれどね。だれも手袋はしていなかったから……」

「でもハンカチを持っていたら？　手袋の代わりになるんじゃない？」

ダーシーはわたしを抱き寄せた。「きみは血も涙もないのかい？　冷静に殺人の方法を話題にできるんだから」

「いつも冷静っていうわけじゃないのよ」わたしはダーシーに微笑みかけた。「チャンスがあれば、証明してみせるけれど」

ダーシーはわたしの鼻の頭にキスをした。「待ちきれないよ」そう言って、わたしの肩に腕をまわす。「みんなのところに戻ったほうがよさそうだ」

# 20

ロタンダにはもっと大勢の人が集まっているだろうと思っていたのに、そこにいたのはソファに座って手を握り合っている母とステラ、スコッチらしきものが入ったグラスを手に、バーカウンターの近くに立つチャーリー・チャップリンとアルジーだけだった。肖像画のモデルになったかのように、だれもが体を固くして黙りこくっている。ロニーの張りつめたような大声が聞こえていた。玄関ホールのアルコーブにある電話をかけているのだ。

「だからミスター・ゴールドマンに間違いないって言っているじゃないか。自分の雇い主の顔くらいわかる。え？　どれくらいかかるって？　仕方がないだろうな。もちろん、理解しているさ。だがこの事件が注目を浴びることはわかっているだろうね？　きみの部下たちはスポットライトを浴びるんだ。覚悟しておくんだな」

受話器を叩きつける音がして、玄関ホールをこちらに歩いてくるロニーの足音が陶器のタイルの床に反響した。

「まったく。シミ・ヴァレーの上の丘で不審火があったらしくて、そっちに人手が必要なんだそうだ。ここから数キロ離れたところだ。保安官がじきじきにここに来るようだが、それまでなにも触るなと言われたよ。書斎のものにはなにも触るなという意味かい？　それとも家にあるもの全部？　だとしたらぼくたちにどうしろっていうんだ？　動かずにじっとしていろとでも？」

「管理人たちに話をしたんだね」ダーシーが言った。「カートが走る音が聞こえた」

「話した。敷地全部を見まわると言っていた。それから門番のジミーによれば、ぼくたち以外にゲートから入ってきた人間はいないそうだ。彼が知っている者ばかりだったと言っていた」

「ゲートを乗り越えたり、ジミーが見ていないときに開けたりすることはできるのかしら？」わたしは尋ねた。

ロニーは首を振った。「ゲートも、柵のほかの部分と同じように上には鉄条網がついているし、開けるためのスイッチは門番小屋にしかない」

「柵のどこかが壊されているのが見つかるといいのに」母が言った。「犯人がまたそこから逃げたということだもの」

「犯人を逃がしたいの？」ステラが問いつめた。

母は肩をすくめた。「犯人がこの敷地内にいると思うとぞっとするんですもの。わたしたちは今夜、ぽつんと離れたところにあるあの小さな小屋で眠らなければならないのよ」

ステラがいきなり立ちあがったので、わたしたち全員がぎくりとした。「ああ、どうしよう。ホアン。ひとりで眠っているのよ。無事かどうか確かめてこないと」

「ぼくたちが行きますよ」ダーシーが言った。「あなたひとりで暗いところを歩かせるわけにはいきませんからね。いっしょに来るかい、アルジー？」

「ぼく？」アルジーの声はうわずっていた。「人殺しがそのへんをうろついていたらどうするんだい？」

「こっちはふたりじゃないか。さあ、行こう」ダーシーが促した。

アルジーはいかにも気乗りしない様子で飲み物を置いた。「ぼくはブロックスリー＝フォジェット家の跡取りなんだ。ぼくが殺されたりしたら、大変な騒ぎになるんだぞ」

「ついでに、プールでいちゃいちゃしているふたりにも話をしてきてちょうだい」母が冷やかに言った。「邪魔をされたくはないでしょうけれど、保安官が来たときにここにいてもらわなくてはいけないもの」

「その役目はごめんだな」ダーシーが言った。「ふたりはまだプールにいると思いますか？それともどこかもっと人目のないところに移動したかな？」

「クレイグの部屋はプールサイドのコテージよ」ステラが告げた。

「わかりました」アルジーが暗闇に出ていくのを渋ったのと同じくらい、ダーシーもベリンダたちの邪魔をするのは気が進まないようだ。ふたりが出ていくのを眺めながら、アルジーが殺人犯だとは考えられないとわたしは思った。心底怯えているように見える。わたしたちの目と鼻の先で人を殺すなど、彼にはとても無理だ。「気をつけて」と声をかけたかったけれど、無意味だと思い直した。ダーシーは、自分の身は自分で守れる。そもそも、いったいだれがうろついているというのだろう？　犯人が泥棒だとしたら、いまごろはとっくに遠くまで逃げている。わたしたちのうちのだれかなら——みんなここにいたのだから。

そうではないことに気づいたのは、そのときだった。ディナーのあと、ホアンはずっと姿を見せていないし、犯行が行われる前にミセス・ゴールドマン夫妻のあいだにすでに愛がないことは確かだ。わたしは改めて考えてみた。ゴールドマンは自分の部屋に引きあげていた。もう何年も別居しているし、ミセス・ゴールドマンはめったに西海岸に来ることはなく、このお城も嫌っているとステラは言っていた。燭台が見たいというのはここに来て彼を殺すための口実だったんだろうか？　これで彼女は非常に裕福な未亡人になったわけだ。

わたしはソファに近づき、そこから階段が見えるかどうかを確かめた。見える。けれど、書斎に続く通路への入り口は視界の外だった。ミセス・ゴールドマンが二階にあがったのをだれかが見ているかしら？　ひょっとしたら彼女は二階にはあがらず、彫像の陰になるようにアルコーブに身を隠し、機会が来るのを待っていたのかもしれない。だから、いっしょに行ってあげるというバーバラ・キンデルの申し出を断ったのかもしれない。わたしは身震いした。人殺しはそれだけでも恐ろしいけれど、愛しているはずの人を殺すのはもっとひどい。最初は彼女たちも愛し合っていたんだろうか？　ダーシーとわたしのように？　もしそうだとしたら、いつ愛は冷めてしまったの？

母に触れられて、わたしはぎくりとした。「彼のことは心配しなくて大丈夫よ、ジョージー。自分の面倒は自分で見られる人だから。こっちに来て座りなさいな。それとも母親に飲み物を持ってきてくれる？」

「なにがいいですか？」チャーリーが尋ねた。「ぼくがバーテンダーをしますよ」

「まあ、それならブランデーを多めにもらおうかしら」母が言った。「警察官と会うのなら、なにか気持ちを支えてくれるものが必要だわ」母は悩める乙女のような大げさな仕草で、ソファにもたれかかった。「そもそも、どうしてこんなところに来てしまったのかしら。ミスター・ゴールドマンの言うことになんて、耳を貸さなければよかったんだわ。この年で映画スターになろうと思うなんてどうかしていたのよ。こんなことになってマスコミで報道されたら、マックスの耳にも入るでしょうね。彼はスキャンダルが大嫌いなのに。なにより、ホーマー・クレッグにこのことが知られたら、なにもかも台無しだわ」

「ホーマー・クレッグ？」チャーリー・チャップリンが興味を引かれたように尋ねた。

「母の夫です。いま、内緒で縁を切ろうとしているところなんです」

「それはそれは。ぼくはもう何百回も経験していますよ。どれも悪夢だった。リノで手続きをしているんですよね？」

母はうなずいた。

「それなら、うまくいく可能性はある。経験者の助言が欲しかったら、ぼくに訊くといいですよ」

「あなたって本当に親切な方ね」母が言った。「それに素晴らしい才能の持ち主だわ。本物の天才ね。あなたとなら映画を作ってみたかったわ」

「きっと楽しめたでしょうね。だがぼくはもう過去の人間だ。トーキー映画が発明されたときに、ぼくの時代は終わったんですよ」

「そんなことはないわ。あなたはトーキーだって作っているじゃありませんか」

「確かに。だがぼくのコメディ映画は無声を前提としている。だれもが時代の波をうまく乗り切れるわけじゃないんです」彼はそう言ってステラの背中を見つめた。「彼女がかろうじて踏みとどまっていたのは、サイがそうさせていたからですよ」

「サイが死んだことで、彼女のキャリアも終わりだということですか？」わたしは声を潜めて尋ねた。

「彼女の輝きは薄れ始めているとだけ言っておきますよ」

窓の外を眺めていたステラが振り返ったので、わたしたちの話が聞こえたのだろうかと不安になった。「あの人たち、無事なのかしら。ずいぶん時間がかかっているようじゃない？」そう言ったところで、ほっとしたようにため息をついた。「よかった、だれか来たみたい」

玄関のドアが開き、冷たい霧が入ってきた。だがそこにいたのはダーシーたちではなく、ベリンダとクレイグだった。ベリンダは明らかに彼女には大きすぎるセーターを着ていて、クレイグはシルクのドレッシングガウンという姿だ。濡れて乱れた髪がとてつもなくセクシーだった。

「いったいどういうことだ？」クレイグが訊いた。「プールで楽しんでいたら、突然大声がして、警察が来るから服を着て家に戻るようにと言われたんだ」

「聞いていないのか？」ロニーが言った。「ミスター・ゴールドマンが亡くなった」

「亡くなった？　なんということだ。気の毒に」クレイグが髪をかきあげると、黒髪から水滴がしたたった。「心臓発作を起こしたのかい？　だがそれほど驚きはしないね。彼はいつ心臓発作を起こしてもおかしくないような暮らしをしていたからね。そうだろう？」

「心臓発作だとは思わないね」ロニーが言った。「何者かが燭台の一本で彼の頭を殴り、もう一本を盗んでいった」

クレイグはさっきのロニーと同じように真っ青になった。

「殺されたのか？　敷地内に人殺しがいるということか？　それならいまのうちにさっさと逃げないと。ぼくは荷造りをしてくるよ。だれかガレージから車を出しておいてくれ」

「保安官が来るまで、だれもここから出ることはできないんだ」ロニーが告げた。

「それなら、ゴールドマンの銃はどこにある？　強盗団の仕業だったときに備えて、武装しておかなきゃいけない」クレイグはずいぶんと動揺しているようだ。「このあたりにはギャングがいるんだ。あいつらはなんのためらいもなくぼくたちを撃つぞ」

「強盗団がだれにも気づかれないようにわたしたちの横をすり抜けて、書斎に忍びこむのは難しいでしょうね」ステラが怒ったような口調で言った。「それにギャングなら、たとえ血と髪がこびりついていても二本目の燭台を盗っていったと思うけれど」

「それならきみはどう思うんだ？　単独の泥棒か？」

「でしょうね」ステラはそう応じてから、考えこんだ。「妙ね。大西洋を渡るベレンガリア号でも同じようなことがあったのよ。ルビーのペンダントとダイヤモンドの指輪が盗まれて、結局泥棒は捕まらなかった」ステラは母とわたしに向き直った。「まさか、同じ泥棒がわたしたちのあとをつけてきたわけじゃないわよね？」

「なんだって考えられるわ」母が応じた。

わたしはまじまじとステラを見つめた。ダーシーが疑っているのにはそれなりの理由があるはずだが、彼女は自分に疑惑の目が向けられかねない話を自ら持ち出したのだ。わたしは、彼女がサイ・ゴールドマンを殺したとは思えなかった。彼女がスターの座につけたのはサイのおかげだし、今後もその地位にいるためには彼が必要だ。そのうえ彼の愛人でもある。どうして自分の未来を閉ざすようなことをするだろう？　ディナーの前の言い争いのあと、ミスター・ゴールドマンに別れを告げられていたなら話は別だが。それとも彼は妻から脅されたんだろうか？　離婚するなら、巨額の扶養手当を払ってもらうと言われたとか？　わたしは黒いミンクのストールを羽織った、美しいステラの背中を見つめた。彼女が突起をよじのぼり、屋根から屋根を伝って侵入する、怖れを知らない悪名高い泥棒だとはどうしても想像できない。ありえないとしか思えなかった。

「さあ、これを飲むといい。気分がよくなる」クレイグは、チャーリーが差しだしたスコッチのグラスを受け取ったが、ベリンダは首を振るとわたしに近づいてきて隣に腰をおろした。

「ミスター・ゴールドマンは本当に殺されたの？」小声で尋ねる。

うなずいた。「間違いないわ」

「ついていないわ。ようやく運が向いてきたと思ったら、目の前でドアを閉められた気分よ。クレイグともこれ以上進展しそうにないし」

「プールで楽しんでいたって彼は言っていたけれど」

「彼は楽しかったんでしょうけどね」ステラは顔をしかめ、自分の体を抱きしめた。「寒いわ。服はあなたのコテージに置いたままなのよ。暗いなかをあそこまで行くつもりはないけれど、わたしはきっとひどい有様なんでしょうね」

わたしは思わず微笑んだ。人殺しが野放しになっているというのに、自分の見た目を気にするのはいかにもベリンダらしい。「クレイグのセーターがよく似合っているわよ。すごくセクシーだわ」

「そう思う？　クレイグは少しもそそられなかったみたいなの」

「それじゃあ、彼はあなたに迫らなかったの？」

ベリンダはわたしに顔を寄せて、小さな声で言った。「聞いてくれる？　わたしたちはふたりとも服を脱いだの。彼って、ギリシャ神話に出てくる神さまみたいな体をしているのよ。彼がターザンみたいにプールに飛びこんだから、わたしもプールに入った。そうしたらどうなったと思う？」

「わからないわ。なにがあったの？　わたしには聞かせられないようなこと？」

「競泳しようって言われたのよ。信じられる？　よりによってこのわたしと？　あなたならわかるでしょう？　わたしは顔を濡らすのが大嫌いなの」

「それで、どうしたの？」

「わたしたちは裸でふたりきりなのよって教えてあげたたら、いまはそんなことをすべきじゃないって言うの。上司でもあるこの家の主人に敬意を表さなきゃいけないって」

　わたしはにやにや笑いたくなるのをこらえた。

「ミスター・ゴールドマンはおおっぴらに愛人を連れてきているって反論したんだけど、普段のふたりはもっと目立たないようにしているし、サイはわたしたちがほかの俳優の手本になるように振る舞うことを期待しているって言われたわ」

「まあ。それはひどくいらついたでしょうね」

「そのとおりよ。わたしはすっかりその気だったのに。やる気満々だったたって言ってもいいわ。そのうえ、彼はあんなに素晴らしい体をしているんですもの」ベリンダは困惑したように首を振った。「ジョージー、わたしの魅力は褪《あ》せてきていると思う？　わたしはオールドミスになって、猫を飼ったり、編み物をしたりして毎日をすごす運命なの？」

　こんな状況にもかかわらず、わたしは笑わずにはいられなかった。「いいえ、ベリンダ。あなたはそんなことにはならないわ」

「ところでほかの人たちは？　ダーシーはどこなの？　まさかひとりで殺人犯を捜しているわけじゃないでしょうね？」

「ダーシーとアルジーはホアンを起こしに行ったわ。ディナーのあとすぐに部屋に引きあげてしまったでしょう？　警察が来たときには、ここにいてもらう必要があるの」

タイル敷きの床を歩くハイヒールの音が聞こえて、わたしたちは揃ってそちらに顔を向けた。まるでそれが命綱であるかのようにバーバラ・キンデルの腕にすがりつきながら、ミセス・ゴールドマンが階段をおりてくる。

「夫はどこ？　会わせてちょうだい」

「ヘレン、本当にいいの？　ますますつらくなるだけよ」バーバラが言った。

「会わなきゃいけないの。あの人は、あのいまいましい燭台で殺されたんでしょう？　そんなふうにアンティークに執着していたら、いつか身を滅ぼすっていつも言っていたのに。でもまさかこんなことに……そんな意味じゃ……」まったくもって意外なことに、ミセス・ゴールドマンはこらえきれなくなって泣きはじめた。

「彼は書斎よ、ヘレン、いっしょに行きましょうか？」

「いいえ、ひとりで行くわ。夫にはひとりでお別れがしたいの」

「なにも触らないように気をつけてくださいね」ロニーが言った。

ミセス・ゴールドマンは彼をにらみつけた。

「ここはわたしの家よ。触りたいものに触るわ」

「保安官からの指示なんです、ミセス・ゴールドマン」

「そう」彼女はくるりと向きを変えた。彼女がなにも触らないように、だれかがいっしょに行ったほうがいいかもしれないと思ったが、わたしが口をはさむことではないと考え直した。

代わりに別の考えが浮かんだ。もしもミスター・ゴールドマンを殺したのが本当に妻だったら、はっきりした証拠を残していないかどうかをいま一度確かめようとしているのだったら、どうする？

「警官と会う前に、お手洗いに行っておくわ」わたしは言った。

「右側の一番奥のアルコーブよ」ステラが教えてくれた。

わたしはのんびりと廊下を歩き、ロタンダにいる人たちから見えない位置に来るまで、壁に沿って進んだ。そこから、書斎に通じる廊下に入った。これでひとつ証明したわけだ——だれにも見られずに書斎まで来ることができた。爪先立ちになって慎重に甲冑をまたいだところで、書斎からなにか物音が聞こえた。動物の荒い息遣いか、もしくはうなり声のようだ。わたしはとたんに敷地内をうろついている野生動物のことを思い出した。ドアが半分開いていたので、なかをのぞきこんだ。ミセス・ゴールドマンが両手で顔を覆い、胸が張り裂けんばかりにむせび泣いていた。

# 21

当惑と罪悪感を覚えながら、わたしはあとずさった。甲冑の脚に危うくつまずくところだった。ミセス・ゴールドマンは、夫を愛していた故に自分を責めていたのだろうか？　それとも激情にかられて夫を殺してしまい、深く後悔している？　わたしはアルジーが言っていたとおり紋章旗が飾られた、広々としたバスルームに入った。ロタンダに戻ったときも、ダーシーやほかの男性たちの姿はまだなかった。

「かわいそうなヘレンはまだ書斎にいるの？」バーバラが尋ねた。

わたしはうなずいた。「泣き声が聞こえました」

「気の毒に。打ちのめされているのよ」

「打ちのめされている？」母は驚くと同時に、面白がっているような顔で訊き返した。「お互いを嫌っているんだとばかり思っていたわ」

「とんでもない。ふたりは深く愛し合っていたのよ」

「ずいぶんと変わった愛情表現ね」

「確かにそうね。結婚したその日から猛烈にやり合っていたもの。でもいつだって仲直りしたし、彼女は彼女なりにサイを愛していたの」

「ミセス・ゴールドマンはニューヨーク、サイはロサンゼルスで暮らしていたのよね？　愛し合っていたようには思えないけれど」母は前かがみになって、テーブルの上のクリスタルの灰皿で煙草をもみ消した。

「ヨーロッパからの移民として船を降りたその日から、サイは彼女の家族に面倒を見てもらっていたのよ」バーバラが説明した。「若いころはすごくハンサムで、存在感があったんでしょうね。彼女の父親の靴工場で働くようになったの。でもサイは昔から野心家で、ミスター・エジソンを説きつけて、ニュージャージーにある彼の映画会社での仕事を得た。そこで学ぶべきことを学ぶとハリウッドに出てきて、自分の映画会社を立ちあげたというわけ。でもヘレンは西海岸が好きじゃなかった。ニューヨークにいたがったの。家族の近く、彼の大勢の愛人たちからは遠く離れたところに――」バーバラは言葉を切ってステラをにらみつけたが、ステラはじっと窓の外を見つめたままだ。バーバラがなにを言おうと意に介していないのは明らかだった。

「子供はいなかったんですか？」わたしは尋ねた。

バーバラはうなずいた。「一度流産して、そのときお医者さまに今後の妊娠は勧められないと言われたのよ。ふたりのどちらにとってもショックだったと思うわ。でもサイは仕事が命の人だった――あなたも見たとおり、ひとときも休むことなく仕事にのめりこんでいた。

ヘレンがいないことにも気づいていなかったんじゃないかしら」

ちょうどそのときミセス・ゴールドマンが戻ってきたので、バーバラは口をつぐんだ。ミセス・ゴールドマンの顔色は悪かったが、泣いていた痕跡は残っていない。お化粧をきれいに直していて、ニューヨークで行っているという慈善事業の会議で挨拶すらできそうだった。悲嘆に暮れていたように見えたのは、お芝居だったのかもしれない。サイを殺すチャンスが一番あったのは彼女だ。ロタンダにいる人たちから見られることなく玄関ホールの端をたどって書斎に入れることは、さっきわたしが証明した。そのうえ夫を殺す動機もある——愛人に対する嫉妬、夫の人生から締め出されたこと、さらにサイは、彼女が自由にお金を使えなくなるような措置を取ろうとしていたのかもしれない。妻に生活費を渡さないように、少なくとも金額を減らそうとしていなかったかどうか、ミスター・ゴールドマンの弁護士と税理士に確認するべきだろう。あるいは、最近になって巨額の生命保険がかけられたとか……。

「さあ、ここに座るといいわ」バーバラが自分の隣のソファを叩きながら、ミセス・ゴールドマンに声をかけた。「なにか飲む？　チャーリーが作ってくれるわよ」

ミセス・ゴールドマンは首を振った。「いらない。もうなにもかもどうでもいいの」彼女はわたしたちを見つめた。「いったいだれがあんなことをしたの？」

答える者はだれもいない。

「保安官がいまこちらに向かっているわ」母が言った。「じきになにもかも解決するはずよ」今夜の出来事に動揺していないように見えるのは母だけだった。自分の予定が狂わされたことにいくらかいらだっているだけだ。いかにも母らしい。猫と同じで、自分自身に関わることでなければ、あとはどうでもいいのだ。

外の砂利を踏みしだく音がした。

「ほらね、保安官が来たわ」母が言ったが、冷たい空気といっしょに入ってきたのはダーシーとアルジー、そして寝起きらしいホアンだった。縞柄のパジャマを着て肩に毛布を巻きつけ、まぶしそうに目をしばたたいている。がたがたと震えていて、いかにも不快そうだ。

「保安官はまだ？」ダーシーが訊いた。

「まだよ」わたしは答えた。「なにか怪しいものは見なかった？」

「なにも。だが霧がひどいから、ほんの数メートル離れたところにだれかが隠れていてもわからないけれどね。なんの痕跡も残さずに緑地に逃げこむのも簡単だったはずだ」

「ぼくはなにか聞いた気がする」アルジーが言った。「気味の悪いうなり声というかうめき声というか。怒鳴り声だったかもしれない。それとも荒い鼻息だったかも」

「ホアンが咳払いしただけだ」ダーシーがじろりとアルジーをにらみつけた。「さっきもそう言っただろう。きみがぼくの腕をつかんで、もうすこしでうしろに引き倒そうとしたときに」

「本当に気味が悪かったんだ。まるで動物みたいで」

「気分はどう、ホアン？」ステラがホアンに近づき、大きな肘掛け椅子に座らせた。

「気分はどうかって？」ホアンは憤然と言い返した。「ぐっすり眠っていたところを、いきなり乱暴に起こされたんだ。頭ががんがんするよ」

「本当に熟睡していたよ」アルジーが言い添えた。「まるで死んでいるみたいだった。揺すぶらなきゃならなかったんだから」

「ディナーでワインを飲みすぎたんだと思う。なにか落ちこむことがあると、いつもワインを飲みすぎるんだ」ホアンが言った。「ぼくにはワインは合わないみたいだ」

「コーヒーを飲むといいわ」ステラがポットを手に取った。「あら、また冷めている。マリアにもう一度いれてもらわないと。だれか彼女にサイのことを話した？　話していないの？　大騒ぎするでしょうね。サイを崇拝しきっていたんだもの。あなたが話すべきだわ、ミセス・ゴールドマン」ステラはヘレンにコーヒーポットを渡そうとした。

「ヘレンはいまそんなことができる状態じゃないのよ」バーバラが割って入った。「あなたが一番多くここに来ているんだから、あなたがするべきでしょう」

「マリアに泣き叫ばれたりしたら、とても耐えられないわ」ステラが言った。「わたしだって取り乱さないようにするのでせいいっぱいなのに。ロニー、あなたにお願いできるかしら？」そう言ってロニーにコーヒーポットを手渡す。

ロニーは持たされたコーヒーポットを見つめ、自分がマリアと話をすべきではない理由を考えているようだったが、やがてため息をついて言った。「わかったよ」キッチンのほうへと歩いていく。

ステラがホアンの椅子の肘掛けに腰をおろすのを眺めていたわたしは、ふとあることに気づいた。ステラはロタンダでずっとわたしたちといっしょにいたと思っていたけれど、コーヒーをいれ直してもらうために一度出ていっている。つまり、ディナーのあと一度もロタンダを出ていないのは、母とチャーリー・チャップリンとわたしだけということになる。クレイグとダーシーはいっしょに戻ってきたから、ふたりは除いてもいいだろう。けれどほかの人たちは全員が、どこかの時点でひとりになっている。わたしは部屋を見まわしたが、ここにいるだれかがサイ・ゴールドマンにこっそり近づいて、燭台で彼の頭を殴りつけたとはとても想像できなかった。やはりこれは、機敏で巧妙な侵入者の仕業なのかもしれない。管理人たちが戻ってきたら、もっとなにかわかるだろう。

まもなく、予想どおり泣きわめく声がキッチンから聞こえてきた。金切り声と異様な号泣の入り混じった声といったほうがいいかもしれない。ロニーが気の毒になった。だれもが不愉快な仕事を彼に押しつけ、彼はそれを引き受けざるを得ない。それが、雑用係であるアシスタントの務めなのだろうとわたしは思った。まもなくロニーはなにも持たずに戻ってきた。

「すぐにはコーヒーは飲めそうもないね」彼は言った。「警察が全員から話を聞きたがるだろうと彼女に言ったんだが、ヒステリーがひどくなっただけだった。フランシスコを探しに行ったよ。ぼくがコーヒーをいれてくるが、あのコンロは気難しい怪物でね、扱い方を知っているのはマリアだけなんだ」

「かまわないよ。ぼくはコーヒーはいらない」ホアンが言った。「それよりベッドに戻りたいよ」

「保安官が来るまでは我慢してくれ」ダーシーが言った。「柵を調べに行った管理人たちはいつ戻ってくるんだろう?」

「敷地は広大だもの」ステラが応じた。「何百エーカーもあるのよ。はっきり覚えていないけれど。急斜面の丘や岩、谷やでこぼこしているところもたくさんある。柵の隅々まで調べられるとは思えないわ」

「それなら、犯人はもうとっくに逃げているね」クレイグの顔に安堵の色が浮かんだ。

電話の音が鳴り響き、全員が体を凍りつかせた。ロニーが受話器を取った。「ああ、もちろんだ」戻ってきてわたしたちに説明する。「門番小屋のジミーだった。保安官が来たので、通してもいいかどうかを訊いてきたんだ」

「彼が自分の仕事に忠実だっていうことがよくわかったでしょう?」ステラが言った。「だれも彼がいるゲートを通ることはできないわ。柵になにも異常がなければ、犯人はまだ敷地内にいると思わなきゃいけないわね」

「あるいはぼくたちのうちのだれかが犯人か」チャーリー・チャップリンは明らかに楽しんでいた。

あちらこちらで息を呑む音がした。「冗談を言っているのよね、チャーリー」ステラが言った。「いったいわたしたちのだれが、燭台を盗むためにサイの頭を殴ったりするというの?筋が通らないわ。たとえあのいまいましい代物を欲しがる人間がいたとしても、サイがいない夜中にでもこっそり書斎に忍びこんで、盗めばいいことよ」

「それは違うんじゃないかな、ステラ」クレイグが口をはさんだ。「ダーシーとぼくが書斎を出るとき、燭台はとりあえず金庫に入れておくとサイは言っていた。保険をかけるまでは金庫にしまっておくべきだとミセス・ゴールドマンが言ったからだ」

「ええ、言ったわ」ミセス・ゴールドマンがうなずいた「こんなに大勢の人がいるなかで、高価な品物をテーブルに置いておくなんてばかだと言ったの。メキシコ人の使用人もいるのに。彼らを信用できるかどうかなんて、だれにもわからないじゃないの。燭台を自分の国に持って帰れば、一生遊んで暮らせるでしょうからね」

「いいかげんにして」ステラが怒ったように遮った。「マリアとフランシスコはサイを崇拝していたし、何年も彼のところで働いていたのよ」

「それなら、庭で働いている人たちはどうなの？　あなたは、彼らのことをどれくらい知っているというの？」

「いい指摘だと思う」ダーシーは言った。「保安官は、外で働く使用人全員に話を聞きたがると思うよ、ロニー」

「つまり、燭台を盗んだのがだれにしろ、サイが金庫にしまう前に実行に移さなくてはならなかったということね」バーバラはわかったような顔でミセス・ゴールドマンを見た。「わたしも同感よ。犯人はメキシコ人庭師のだれかだと思うわ。我が家のメキシコ人メイドにも目を光らせておかなくちゃいけないわね。ひとりが勝手に砂糖を使っているのはわかっているのよ」

砂利を踏むタイヤの音が聞こえてきたので、バーバラは言葉を切った。ロニーが玄関に向かったのと、けたたましいノックの音がしたのが同時だった。

「こんばんは」ロニーが出迎えると、しわがれたがらがら声が応じた。

「わしをからかっているんじゃないだろうな。あんたたち映画人が冗談のつもりで偽の犯罪現場を作りあげていたことがわかったら、みんなまとめて刑務所に放りこむぞ」

「残念ながら冗談じゃないんですよ、保安官」ロニーが答えた。「ゴールデン・ピクチャーズの経営者であるミスター・サイ・ゴールドマンが殺されたんです」

たるんだ顎に無精ひげをはやした大柄な男が現われた。カウボーイハットにカウボーイブーツという姿は、慣れない目には開拓時代の西部の保安官の真似事のように見える。彼はさげすんだような目つきでわたしたちを眺めた。

「ビリングズ保安官だ。ベンチュラ郡保安官事務所から来た。で、ここにいるのは？」

ロニーは落ち着かない様子で咳払いをした。「こちらはミスター・ゴールドマンの奥さまのミセス・ゴールドマン。それからステラ・ブライトウェル、クレア・ダニエルズ、クレイグ・ハート、チャーリー・チャップリン」

「わしをからかっているのか？」保安官が言った。

「からかってなどいませんよ」チャーリーが言った。「ぼくがチャーリー・チャップリンです」

「ほお、あんたがミスター・チャップリンね。まったくそうは見えないが」

「つけひげをつけて、ポークパイハットをかぶって、杖を持って、あのおかしな歩き方をしてみせましょうか？」チャーリーが尋ねた。少しも気分を害してはいないどころか、楽しんですらいるように見える。「それとも、運転免許証を確認しますか？」チャーリーはポケットから財布を取り出すと、保安官に渡した。それを見た保安官の顔からうっすら血の気が引いた。「失礼しました、ミスター・チャップリン」財布を返しながら謝る。「用心深くなるのも無理はないと思ってもらえますよね？　映画に関わる人間ときたら――週末はハリウッドを離れてやってくるんですが、田舎者をからかうのが面白くて仕方がないらしい。これだけの大きさの郡ですからね、そもそも人手が足りんのです。シミ・ヴァレーの上の丘で不審火が手に負えなくなっているんで、部下のほとんどをそっちに残してこなくてはならなかったんですよ。ですが検視官といっしょに、保安官助手がこっちに向かっていますから」

「助手？」ミセス・ゴールドマンが声をあげた。「素人ということ？　そんな人間になにができるというの？　これは殺人事件なのよ。訓練を受けた専門家が必要なの。ロサンゼルスに電話をして、本物の刑事をよこしてもらうことはできないの？　ベンチュラでもいいわ」

一八〇センチはあるだろう保安官は、すっくと背筋を伸ばした。

「奥さん、わしらは田舎者かもしれんが、都会のやつらと同じ訓練を受けているんですよ。さてと、仕事に取りかかりますかね。どなたか、死体のところに案内してもらえますか。ほかの人たちはわしがいいというまで、ここでじっとしていてください」

「こっちです、保安官」ロニーが言った。

「あんたも映画スターなのかね？　見たことがないが」

「いえ、ぼくはミスター・ゴールドマンのアシスタントです。ロナルド・グリーンと言います」

「この家にいる人間はすべてこの部屋にいるのかね？　部下が家を調べるまでわしが見張っていられるように、ひとところに集めておいてほしい」

「そう言われるだろうと思って、全員を呼んであります。使用人は別として」

「使用人は何人いるんだ？」

「内働きはマリアだけです。料理と掃除をしてくれています。大がかりなパーティーをするときには、地元の女性に手伝ってもらうんです。力仕事は、彼女の夫のフランシスコがやっています。管理人が四人いますが、いま彼らは侵入者の痕跡がないかどうか柵を調べているところです。じきに戻ると思います。それからゲートにジミーがいます。お会いになりましたよね」

「ああ、会った。もう少しで、公務執行妨害で逮捕するところだった」そこからゲートが見えるとでも言うように、保安官はドアに向かって顔をしかめた。「バッジを見せても、なかに入れようとしないんだからな。とにかく使用人たちが戻ったら、話が聞きたい。料理人と夫にも」保安官が向きを変えた。「それで死体はどこだ？」

「こっちです、保安官」ロニーが彼の前に立った。

「だれもなにも触らないように」保安官の声が高い天井に反響した。「床に散らばっているこの代物はなんだ？」

「甲冑です。甲冑が倒れたんですが、動かさないほうがいいだろうと思ったもので。念のためです」

「甲冑？　あんたたち映画人はファンタジーの世界に生きているのかね？」書斎に入ったのか、保安官の声が小さくなった。

わたしは興味深いことに気づいた。甲冑の脇にいる保安官の声をここではっきり聞き取ることができたのだ。書斎で激しいやりとりがあったり、助けを求める声や悲鳴があがったりすれば、聞こえていたのではない？　それはつまり、ミスター・ゴールドマンは犯人と知り合いで、助けを求める必要がなかったということ？

# 22

戻ってきた保安官は重苦しい顔をしていた。わたしは、彼が帽子をかぶったままでいることに気づいた。エドウィーナ公爵未亡人――わたしは先日まで彼女の屋敷に滞在していた――なら憤然として注意しただろうが、ここではだれも気にしないようだ。

「何者かが彼の頭をめちゃくちゃにしたようですな。かなりの力で殴られている。ですが心配はいりませんよ。すぐに犯人を見つけますからね。愚かにも、窓枠に血のついた指紋を残している。犯人はそこから飛び降りて、森に逃げこんだんでしょう。前科のある悪党なら、簡単に見つかります」

「そうじゃなかったら？」ステラが訊いた。

「どちらにしろ、遠くまでは行っていませんよ。柵がどこも壊れていなければ、あの門番がいるかぎりゲートは通れないから、敷地内に閉じこめられていることになる。わしらがいなくなるまで隠れているつもりなんでしょう。だが心配は無用。朝になったら犬を連れてきますから、すぐに見つけますすよ」

「ここで犬を使うのはあまりお勧めしないわね」ステラが言った。

「なぜです？」

「シマウマやキリンやヌーを暴走させたくはないでしょう？」ステラは真面目くさった顔で言った。「それにライオンも何頭か敷地内をうろついているはずよ」

「またわしをからかうつもりですか？」保安官のブルドッグのような顔が真っ赤になった。

「とんでもない。ミスター・ゴールドマンはアフリカからいろいろな野生動物を連れてきていたの。異国風の装飾品のつもりだったんでしょうね。でもキリンは簡単に犬を殺せると思うわ。そういう意味では人間も」

「彼は頭がどうかしていたんですか？　ホラー映画に出てくるような城を建てて、危険な動物を敷地内で飼っていたなんて」

「夫にはそれができたからよ」ステラが答えるより早く、ミセス・ゴールドマンが言った。

「夫はなにもないところから成功を収めたの。財産を手にした彼は、お菓子屋にいる小さな子供みたいだった。いつだって次はなにを買おうかと考えていたわ――水上飛行機、レーシングカー、パリのマンション……全部手に入れた。その結果がこれよ。いつも警告していたのに、あの人はだれの言葉にも耳を貸さなかった。今夜のディナーは一三人だったのよ」

「あなたが亡くなったミスター・ゴールドマンの奥さんですね」保安官が言った。

「そうよ」彼女は敵意のこもったまなざしを保安官に向けた。「そんな言葉を聞くとは夢にも思わなかった。彼は不死身のような気がしていたもの」

「部下たちはまだですが、事情聴取を始めますよ。あなたたちもひと晩中ここにいたくはないでしょうからな」保安官は背もたれがまっすぐな木の椅子を引き寄せて座った。「一三人と言われましたな。いまこの部屋には一二人いるから、全員集まっているということですね。で、食事のときにはミスター・ゴールドマンは生きていたと」

「そうよ」ミセス・ゴールドマンが答えた。「ディナーのあと、夫はいまいましい葉巻を吸いたがったので、煙のにおいがしないところで吸ってきてと言ったの。そうしたら夫は書斎に行ったわ。ほとんどの男の人も」

「行かなかったのは？」

「ぼくです」チャーリーが言った。「葉巻はあまり好きではないし、こちらの若く美しい女性ともっとよく知り合いになりたかったのでね。ハリウッドには、王家の血を引く汚れなき乙女などめったにいませんからね。興味を引かれるのも無理はないでしょう？」

「なるほど。で、お嬢さん、あんたの名前は？」保安官は鉛筆をなめた。

わたしの身分を保安官に知らせるにはいい機会だろうと思った。「レディ・ジョージアナ・ラノクと言います。ここにいる母が、ミスター・ゴールドマンの映画に出演中です」

「それに娘はイギリス国王の親戚なのよ」母が言い添えた。

「イギリス王室ですか？」保安官が感心した様子だったので、わたしは満足して言葉を継いだ。「こちらは親友のベリンダ・ウォーバートン゠ストークと恋人のジ・オナラブル・ダーシー・オマーラ。ふたりともイギリス貴族です」

「あなたといっしょに来たんですか？」

「ふたりともわたしに会いに来てくれたんです」わたしは愛想よく答えた。「でもミスター・ゴールドマンはミスター・オマーラの容姿が気に入って、自分の映画に使おうとしていました」

そう言いながら、わたしは改めて気づいていた。もう映画が撮られることはない。ダーシーが映画スターになるおそれはないのだ。心の底から安堵した。

保安官はまずベリンダを、それからダーシーをじろじろと眺めていたが、やがてその視線は毛布にくるまったままの惨めな様子のホアンに移った。

「あんたは使用人のひとりかね？　どうしたっていうんだ？　プールに落ちたのか？」

ステラが威厳たっぷりに立ちあがった。「彼はセニョール・ホアン・ド・カスティーリョ——スペインの由緒ある家の出身よ。かつては、セビリアの近くに広大な地所を持っていたの。彼の大おばは女子修道院長なのよ」

保安官はじっとステラを見つめている。「ステラ・ブライトウェルだ」小さくつぶやく。「どこにいてもあなたのことはわかる。映画は全部観ていますよ、ミス・ブライトウェル。それにあなたもだ、ミスター・ハート。憧れのスターがふたりもいるなんて。このいまいましい仕事が片付いたら、サインをもらえますかね——子供たちのために」

「ええ、もちろん」ステラは最高に魅惑的な笑みを浮かべた。「お子さんに喜んでもらえるなら、うれしいわ」

「それで、セニョール・カスティーリョはあなたたちのどなたかを訪ねてきたんですか？　どういう関係なんです？」

「アンティークを買いに出かけたスペインで、ミスター・ゴールドマンが彼を見つけたの。スペインのフェリペ王の映画を撮る予定だったから、ホアンがその役にうってつけだとミスター・ゴールドマンは考えたのよ」

「なのにスペイン語のなまりが強すぎるから、ぼくじゃだめだって彼に言われたんだ」ホアンは不機嫌そうに言った。「はるばるこんなところまで来たのに、彼は結局ぼくを映画スターにする気はなかった。いまはただ故郷に帰りたいだけだよ」

「これで全員のようですね」保安官が言った。

「わたしを忘れているわよ、保安官」バーバラ・キンデルの口調はいらだっていた。

「それは申し訳なかった」保安官は帽子を傾けてから、タカのような顔の中年女性を眺めた。

「まさか、メアリー・ピックフォードだと言うんじゃないでしょうな」

「面白いこと」バーバラが言った。「わたしはミセス・ゴールドマンの親しい友人よ」

「お名前は？」

「バーバラ・キンデル」

保安官がさっと顔をあげた。「あの、あのバーバラ・キンデル？」

「ええ、そのとおり」

「いろんなコラムを書いていますよね――スターたちの秘密を。女房が大ファンなんですよ。

サインをいただけますかね？」

「事件を早く解決してくれれば、それだけ早くサインをあげられますよ、保安官」チャーリーが言った。「ぼくたちはみんな早くベッドに入りたくてたまらないし、かわいそうなホアンはかろうじて目を開けている有様だ。なので早く進めてもらえませんかね？」

「もちろんです、ミスター・チャップリン。できるかぎり急ぎますよ。だがこういうことは、焦りは禁物ですからな。気をつけないと、大事なことを見過ごしてしまう」保安官はまた鉛筆をなめた。「えーと、男性陣は書斎に葉巻を吸いに行ったということでしたね。死体があるのがそこですね？」

「そうです」ロニーが答えた。

「それからどうしたんです？」

「ぼくたちは葉巻を吸い、コニャックを飲みました」ダーシーが言った。「ミスター・ゴールドマンが新しく手に入れたアンティークのことが話題になりました。燭台を順に手に取りましたから、二本ともぼくたちの指紋がついていますよ」

「二本？　わしが見たのは一本だ——死体の脇に転がっていた」

「ペアなんです。もう一本はなくなっています」

「つまり居直り強盗の仕業ということですか？　犯人はどうしてもう一本の燭台を盗っていかなかったんでしょうな？」

「血と髪がついていたからとか？」ダーシーがわたしをちらりと見ながら言った。

「犯罪者は普通、そんなに潔癖じゃない。血は拭えばいいことだ。だがこの犯人は凶器を残していった。窓枠に残っていた血のついた指紋と燭台の指紋が一致すれば、有罪は確定だ」

いい点をついたことを認めてもらいたいとでも言うように、保安官はぐるりとわたしたちを見まわした。「その燭台は高価なものだったんですね？」

「とても」ロニーが答えた。「純金製で本物の宝石の飾りがついていました」

保安官は口笛をついた。「金めっきだとばかり思っていましたよ。純金ですか？ ひと財産ですな」

「妙なんですよ。書斎にはエル・グレコの絵もあったんです。そっちのほうが燭台よりずっと高価なはずなのに、犯人は手も触れていなかった」

保安官は哀れむようなまなざしを彼に向けた。「金の燭台は溶かすことができる。盗んだ絵をさばくのは簡単じゃありませんからね」

保安官はうしろに倒れこんでしまうのではないかと思うくらい、大きく椅子を傾けた。「さっきの話に戻りますが、あなたがたは葉巻を吸い、コニャックを飲み、燭台を眺めた。そのあとは？」

「ひとりずつ書斎を出ていきました」ダーシーが答えた。「最初がロニーだったと思います。それからクレイグとぼくが出ていき、それからアルジーが……」

「それはだれです？」保安官が尋ね、全員がまたもやアルジーの存在を忘れていたことにわたしは気づいた。アルジーは目立たないところに、だれにも気づかれることなく黙って座っていた。

「ぼくだ」アルジーが甲高い声で言った。「アルジャーノン・ブロックスリー＝フォジェット。ぼくもイギリス貴族で、ミスター・ゴールドマンの映画の脚本を手伝っていました。ここにいるほかのイギリス人の親しい友人です」

ダーシーはその言葉を否定したかったようだが、思い直して開きかけた口を閉じた。

「ここにいる人たちの名前を訊いていたとき、なんだってあんたに気づかなかったんだろう」保安官はいらだったように言った。

「いつもそうなんです」アルジーが応じた。「ぼくはよく忘れられる。残念なことに、いつだって見落とされてしまうんですよ。どこにでもいる、感じのいい男だからじゃないですかね。こういうあでやかな人たちのなかにいると、まったく目立たない」

「で、書斎を出たのはあんたが最後だったんだね？」

「オマーラとクレイグ・ハートを追うようにして出ましたよ」アルジーが答えた。「甲冑に興味があったんで、しばらくそこにいました。ちょうどぼくのサイズに見えたんです。あいにく兜が頭に引っかかったんで、甲冑を丸ごと倒してしまいましたけど。ぼくのやりそうなことだ」

「ミスター・ゴールドマンはどうしました？　あなたがいなくなったあとも、書斎に残っていたんですか？」

「そうです」クレイグが答えた。「金庫に燭台をしまうから先に行ってくれと、彼に言われたんです。そうしないと、奥さんにひどい目に遭わされるからと」

「それじゃあ、生きているミスター・ゴールドマンを最後に見たのは、あなたたちということですね？」

「そのようですね。ぼくたちがいなくなったあと、ほかのだれかが書斎に入ったのなら別ですが」

「だがそのためには、甲冑と遊んでいたこちらの若者の脇を通らなければならなかったはずだ」

「えーと」アルジーが落ち着かない様子で咳払いをした。「ずっとそこにいたわけじゃないんです。手水《ちょうず》に行ってたんで」

「手水？」

「ほら、用を足してたんです。はばかりですよ」

「はばかりってなんです？」保安官が訊いた。

わたしはベリンダと顔を見合わせ、こらえきれずにくすくす笑った。保安官がわたしたちをにらんだ。

「トイレに行ったっていう意味です」ダーシーも笑うまいとしているのがわかった。

「ああ、小便ですか」保安官はうなずいた。「ということは、ミスター・ゴールドマンが背を向けているあいだに、だれでもこっそり忍びこんで頭を殴ることはできたというわけだ」

「そうね。ただし、わたしたちはみんなここでいっしょにいたわ」ステラが言った。「ミセス・ゴールドマンだけは、コーヒーを飲んですぐに部屋に戻ったけれど」

「それはご主人が殺される前ですね？」保安官が確認した。

「多分ね」ステラは微笑みながら落ち着いて答えた。

「夫がいつ殺されたのか、だれもわかっていないのよ」ミセス・ゴールドマンが言った。

「わかっているのは、わたしはいらだって疲れていたから、早めに部屋に引き取ったということだけ」

「では、ミセス・ゴールドマン以外は全員の居場所がわかっているというわけですか？」

「こちらの女性とぼくはいっしょに泳いでいましたよ」クレイグは言外の意味をほのめかすように告げた。

「泳いでいた？　暗いなかで？」

クレイグはあの心をとろかせるような笑みを浮かべた。「プールには照明があるし、温かいんですよ。とても気持ちがよかった――そうだろう、ベリンダ？」

「では、あなたとこちらの女性はここにはいなかったということですね？」

「でもいっしょにいましたよ」クレイグは指摘した。「家の外でしたし」

「それ以外はみなさん、この部屋にいたんですね？　部屋に戻ったミセス・ゴールドマン以外は」

「ホアンもいなかった」アルジーが声をあげた。

ホアンは肩をすくめた。「ぼくは自分の部屋で寝ていました。ディナーのときのワインが合わなかったらしい。アメリカ人はワインがわかっていないんだ。禁酒法の時代が長すぎたんじゃないかな。おかげで頭痛がひどかったんで、部屋に戻って寝ていたんです」

「それは確かです」アルジーが言った。「彼を起こすのは大変だった」

「ふむ、それぞれが互いのアリバイを証明しているようですな。ずいぶんと都合のいいことだ」

「わたしたちが共謀してミスター・ゴールドマンを殺したと考えているのなら、見当違いよ」ステラの声は冷ややかだった。「いまのわたしたちがあるのはすべて彼のおかげなの。彼がいなくなれば、わたしたちの人生はめちゃめちゃになるのよ」

保安官は落ち着かない様子で椅子を揺らしている。これまで何度くらい殺人事件に関わったことがあるのだろうとわたしはいぶかった。どうやって捜査を進めればいいのかわかっていないようだ。「医者に死亡推定時刻を判断してもらうまでは、あまりできることはなさそうですな」

「かなり正確なところがわかりますよ」ダーシーが言った。「クレイグとぼくが書斎を出てから甲冑が倒れる音が聞こえてくるまでの一五分のあいだだ。一〇時三〇分から四五分のあいだということになります」

「それはあなたがたの証言にすぎません。検視官の見解を聞く必要があるんです。あまり長くはかからないと思いますよ。車を運転するには少しばかり霧が濃いようですがね」

その言葉が合図だったかのように、電話が鳴った。ロニーが問いかけるように保安官を見てから、受話器を取った。「なんだって？　ああ、保安官はここにいる。もちろんだ、その男を連れてきてくれ」ロニーの眉が吊りあがった。「女？　女だというのか？」

ロニーが戻ってきた。「管理人のひとりが門番小屋からかけてきたんです。不審者を捕まえたそうです」

「逃げようとしていたのか？」

「いいえ、押し入ろうとしていたんです。その女がなにを言っているのかさっぱりわからないし、山猫みたいに暴れたみたいですが、管理人たちがいま連れてきます」

保安官は満足そうだ。「共犯者だ。やっぱりね。逃亡用の車を用意して待っていたんでしょう」

待っているあいだ、部屋の空気は触れそうなくらい張りつめていた。永遠にも思えるほどの時間がたち、ようやくのことでエンジン音と砂利を踏むタイヤの音が聞こえてきた。やがて女性の大声や、男たちのうなるような声と悪態が聞こえて、ロニーが玄関のドアを開けに行った。

「その汚らしい手を放せってば」強いコックニーなまりの声が言った。「それが、ここの客で、王家につながりのある人間の知り合いに対する態度かい？」

赤い顔をして髪をふり乱したクイーニーが、突き飛ばされるようにして玄関ホールに入ってきた。

# 23

わたしは思わず立ちあがった。クイーニーはいきなり照明のなかに放り出されたフクロウのように、目をしばたたきながらあたりを見まわしている。

「アメリカではこうやって人を歓迎するんだ。上等だね」

「ゲートを強引に通り抜けようとしたところを捕まえました」管理人が言った。「なにを言っているのかよくわかりませんでしたが、よからぬことを企んでいたのは間違いありません」

「あたしはただなかに入ろうとしただけなのに、あのくそったれのゲートが開かなかったんだよ」クイーニーは声を荒らげた。「そうしたら突然、この男たちが叫び出して、あたしを捕まえたんだ。あたしは、ミスター・ゴールドマンの客としてここに滞在しているレディ・ジョージアナ・ラノクのメイドだって言ったのに」クイーニーの視線がわたしをとらえた。

「ああ、ここにいたんですね、お嬢さん。よかった。会えて本当にうれしいですよ。あたしがだれなのか、この人たちに教えてやってください。まるであたしを犯罪者かなにかみたいに扱うんですよ。まったく乱暴だったら」

「いったいここでなにをしているの、クイーニー？　真夜中の訪問？　門番が怪しむのも無理はないわ」

「ビバリーヒルズからここまでヒッチハイクしてきたら、いまになったんです」クイーニーが答えた。「バスもないし、こんなに遠いなんて思わなかった。車なんてほとんど通りゃしないんですから。そのうえ、ものすごく寒いし。ようやく着いてみたらゲートが開かなかったんで、引っかかっているんだと思ったんです。なんで力ずくで開けようとしていたら、このゴリラみたいな男たちがふたり現われてあたしをつかんだんです。事情を説明したのに、あたしの言っていることがわからなかったみたいで」

「この人たちはメキシコ人で、あなたにはコックニーなまりがあるからよ」わたしは答えながら頬が緩みそうになったが、ぐっとこらえた。今回ばかりは、立腹した雇い主を演じるべきだろう。「それで、あなたはここでなにをしているの？」

「わかりきったことじゃありませんか。戻ってきたんですよ。お嬢さんのところでただ働きをするほうが、あの牝牛のところで賃金をたっぷりもらって働くよりましだと思ったんです」

「クビになったということ？　ドレスに火をつけたの？　それとも香水の瓶を割ったとか？」

「そんなことしませんよ。言っておきますけど、あたしはうまくやってたんです。下着にアイロンをかけて、溶かしちまったくらいで。レーヨンなんて代物のこと、知るはずがないじゃありませんか。アイロンをかけたらどうなるかだなんて。とにかくあの牝牛は、使用人の扱い方を知らないんです。あたしにトイレの掃除をさせようとしたんですよ。〝そんなことできません。あたしはレディズ・メイドです〟って言ったんです。そうしたら、彼女がなんて言ったと思います？ 〝なにもせずに座らせておくために、わたしは使用人を雇っているわけじゃないのよ。着替えを手伝ってもらう必要はないけれど、トイレは掃除してもらわないと困るの。アメリカでは食べるために働くのよ〟そこであたしは、これまで上流階級の人のところで働いてきたんだし、いくらもらったって粗末に扱われるのを我慢するつもりはないって言って、出てきたんです。ホテルのバンガローに戻ってみたら、お嬢さんはここにいるって聞かされたんで、来たっていうわけです」

「またわたしのところで働きたいということ？」わたしは尋ねた。「それってずいぶんと厚かましいんじゃないかしら？ もう新しいメイドを雇っているかもしれないとは思わなかったの？」

「まさか」クイーニーはにんまりと笑った。「ちゃんとしたメイドをここでどうやって見つけるっていうんです？ あたしにあれだけの賃金を払って雇おうっていうくらいだから、ビバリーヒルズにはあんまりメイドはいないんだと思いますね」

なかなか鋭い意見だと思った。「とにかく、いまはここにいるほかはないわね。もう帰らせてはもらえないから。殺人事件があって、こちらの保安官が捜査を始めたところなのよ」

「なんとまあ。お嬢さんはあっちこっちで殺人事件に巻きこまれますね」

保安官が興味を引かれたようにわたしを見た。

「どういう意味ですかな？」彼が尋ねた。

「だれかが亡くなった場所にたまたま居合わせたことが何度かあったんです。わたしとはなんの関係もありません。偶然近くにいた第三者にすぎません」

「こちらの女性はあなたのメイドですか？」

わたしはため息をついた。「ええ、そうなるでしょうね」

「彼女から目を離さないようにしてください。押し入ろうとした人間には注意が必要だ」

「心配いりません。手の届くものをかたっぱしから壊す以外は、無害な人間ですから」わたしは言った。

家のなかにいることが落ち着かないのか、クレイグが立ちあがり、気まずそうに玄関のドア近くに立っている管理人たちに近づいた。「きみたちが管理人だね？　柵に何者かが侵入した痕跡は残っていたかい？」

「いいえ、サー」管理人のひとりが答えた。「柵は問題ないようでした。ぐるりと敷地をまわってきましたが、なにも変わったことはありませんでした」

「ゲートの門番はなんて？　この女性以外に、敷地に出入りしようとした人間はいなかったっていうことか？」

「そうです。今日、敷地に入れたのはミスター・ゴールドマンの客だけだとジミーは言っています。彼が知っている人ばかりです」

るクレイグはわたしたちの顔を見ながら言った。「となると、犯人はわたしたちのなかにいると考えなくてはならなくなる。外部の人間ではありえない」

「犯人がまだ木立ちや岩のあいだに隠れていなければ、の話でしょう」母は殺人事件どころか、まるでカクテルパーティーに来ているかのように物憂げにソファにもたれ、例によって退屈そうに言った。「気の毒なサイの頭を殴ってから、霧に紛れてどこかに逃げこむのは簡単なことよ。だれかがゲートを開けるのを待っているのかもしれないわ」

「ふむ、それならあんたたち管理人に敷地内をパトロールしてもらおう」

「真っ暗ななかを？　こんな暗いなかでなにが見えるっていうんです？」管理人のひとりが文句を言った。「だれかいたとしても、おれたちが来るのがわかったら木だか岩だかの陰に隠れるでしょう。見つかりっこありませんよ」

「それならやっぱり、朝になったら犬を連れてこよう。野生動物がいてもかまわない」保安官が言った。「もうじき部下と検視官が到着したら、徹底的に家の捜索をします。それまで、ひとりひとり順番に書斎で話を聞かせてもらいますよ」

「書斎で？」ミセス・ゴールドマンが訊き返した。「夫の遺体がまたあそこにあるのよ。そんなことはすべきじゃないし、いくらなんでも無神経すぎる」

「見たくなければ、死体をカーテンで隠せばいい」ホアンが言った。「でもぼくに話を聞く必要はないですよね？　ぼくはあそこにはいなかった。ディナーのあと部屋に戻ったんだ」

「さっきも言ったとおり、なにも触ってはいけない」保安官が声を張りあげた。「それに、話を聞くのは全員だ」

「なにも触ってはいけないというのなら、どうしてわたしたちを書斎に連れていこうとするわけ？」バーバラがとげとげしく尋ねた。「犯罪現場を荒らすおそれがあるんじゃなくて？」

「それなりの理由があるんでね」保安官が言った。「それにあなたたち全員が今夜のいずれかの時点であの部屋に入っているわけだから、指紋が残っていても不思議じゃない。違いますか？」

わたしは彼の目的がわかった気がした。ミスター・ゴールドマンの遺体がある場所で話をさせて、反応を見ようというのだろう。緊張のあまり、犯人が不自然なそぶりを見せることを期待しているに違いない。けれどわたしのこれまでの経験からすると、そんな状況に置かれても殺人犯はまったく冷静さを失わずにいられるし、まばたきひとつせず平気で嘘をつくこともできる。だからこそ彼らは人を殺す——普通の人たちが想像もできないような危険を進んで冒す人間なのだ。

「まずは奥さんからはじめましょうか」保安官が言った。「ほかの人たちは待っていてください。だれもこの部屋から出ないように」

「おれたちもですか？」管理人のひとりが同僚を見ながら尋ねた。

「使用人とは別に話をする。ほかの管理人や使用人を集めておいてくれ。すぐに行くから」

「ここで？　家のなかでですか？」彼は不安そうにわたしたちを見た。

「キッチンにしたほうがいいだろうな。それからコーヒーをいれてくれないか。今朝の七時から働きづめなんだ」保安官が言った。管理人ふたりがスペイン語でなにかを話しながら玄関から出ていくと、保安官はミセス・ゴールドマンに向き直った。「ミセス・ゴールドマン、こちらへ」

わたしたちは、まるでゾンビのような足取りで保安官のあとをついていくミセス・ゴールドマンを見守った。バーバラ・キンデルは彼女に手を貸そうとするかのように立ちあがったが、そのまままた腰をおろした。

「夫を亡くしたばかりの彼女をこんな目に遭わせるなんて、間違っている。彼は弱い者をいじめる残酷な男よ。奥さんはわたしのファンかもしれないけれど、今度の日曜日のコラムにこのことを書くわ。ラジオでも話す」

「彼はただ自分の仕事をしているだけだと思いますよ」ダーシーが言った。「死体と同じ部屋にいるというプレッシャーを与えて、ぼくたちが動揺しないかどうかを見たいんでしょう」

「それだってどうかと思うわ」ステラが言った。「まるでサディストよ。サイがあそこにいることがわかっていて、わたしたちを質問攻めにしようとするなんて」

「ぼくは平気だよ」ホアンが言った。「なにも隠すことなんてないし、死体なら前にも見たことがあるからね。スペインでは闘牛で死ぬのは珍しくない」

「闘牛もぞっとする。サイと一度見たことがあるけれど、二度と行かないって決めたの。スペインって本当に野蛮な国ね」

「アメリカはそうじゃないって言うのかい？」ホアンが言った。「この国じゃ銃で撃ちあったりするじゃないか？　アル・カポネやギャングたちが。少なくともスペインでは、堂々と戦うぞ」

「ほら、落ち着いて」クレイグがホアンの肩に手を乗せた。

「あたしはどうすればいいですか、お嬢さん？」一方の足からもう一方の足へと体重を移し変えながら、クイーニーがきまり悪そうに訊いた。「部屋に戻ってお嬢さんを待っていたほうがいいですか？」クイーニーはどこにいればいいのかわからないらしく、わたしたちから離れ、玄関ホールに片足を残すようにして立っている。

「だれもここから出てはいけないと保安官は言ったわ。あなたもそこに含まれると思うわよ」わたしは答えた。「椅子を持ってきて、わたしたちといっしょに座っているといいわ」

わたしはクイーニーが戻ってきたことに対して複雑な思いを抱いていた。彼女を好きになり始めていたので戻ってきてくれてうれしいという気持ちがあると同時に、誘いに乗ってさっさと出ていった彼女をまだ許せずにいた。

ベリンダがソファの上でわたしににじり寄ってきた。「寒いわ。ちゃんと体を拭く時間もなかったんだもの。こんなところに来なければよかった」

「あなたが勝手に来たのよ」

「わかっているわ。本当にばかよね。なにかいいことが起きるかもしれないと思って、衝動的に行動してしまうのよ。いいことなんて起きたためしがないのに。あなたが滞在していたときには、アインスフォード家のキングスダウン・プレイスまで行ったけれど、あんなことになったし。あなたって、トラブルを引きつける磁石みたいね、ジョージー。あなたとは距離を置いたほうがいいのかもしれないわ」

いいかげんわたしも疲れて不機嫌になっていたし、今夜はもうこれ以上耐えられそうもなかった。

「正直に認めたらどうなの、ベリンダ。あなたはわたしに会いに来たわけじゃない。わたしの知人をうまく利用できないかと思っただけよね」

大らかさはベリンダの長所のひとつだ。「そのとおりよ。わたしはとても浅はかな人間で、自分のことしか考えていない。でも言わせてもらえば、そうするほかはなかったっていうこともあるのよ。わずかなお金でいまの世の中を生きていくのは、簡単じゃないわ」

「それくらいわたしだってよくわかっている。でもわたしは、お金持ちの男の人を捕まえるために、自分じゃない人間のふりをしたりはしないわ」

「そうね、あなたはしないでしょうね。あなたの体にはヴィクトリア女王の血が流れているんですもの。礼儀正しくて、高潔で。きっと結婚したら子供をたくさん産んで、隙間風の入る田舎の家で暮らしても、心から幸せだって思えるんでしょうね。でも、あいにくわたしはきれいなものが好きなの」

わたしはダーシーに目を向けた。わたしの視線に気づいた彼がウィンクを返してきたので、ぐっと気分がよくなった。とんでもないことに巻きこまれてしまったけれど、わたしを愛してくれていて、いつか結婚したいと思っている男性といまこうして同じ部屋にいる。かわいそうなベリンダは間違った場所で愛を探していて、華やかな世界を渡り歩いてはいるけれど、明日どうなるかはわからない。わたしは彼女の手を軽く叩いた。

「そのうち運が巡ってくるわ」

「心からそう思えなくなってきたのよ。クレイグ・ハートは裸で泳ごうってわたしを誘ったくせに、なにもしなかったのよ。きっとわたしになにか欠陥があるんだわ。年を取って、やつれて、魅力がなくなったのかもしれない」

「ベリンダ、あなたはまだ二四歳で、うっとりするほどきれいよ。ハリウッドに残って映画界でキャリアを積む気があれば、きっと成功すると思うわ」

ベリンダは顔を輝かせた。「本当にそう思う？　あなたって優しいのね、ジョージー。本当にいい人だもの、幸せになって当たり前だわ」

わたしはベリンダに顔を寄せて囁いた。「ふたりきりになったら、いいことを教えてあげる。そうしたらきっと気持ちが上向きになるわ」

「ああ、もう。さっさとしてくれないかしら」舞台で鍛えた母のよく通る声が、がらんとした部屋に反響した。「いまはベッドが恋しいだけ。マックスのいるドイツに戻りたいわ。ルガーノにあるわたしのヴィラでもいい。ニースの小さな家でもロンドンのブラウンズ・ホテルでも、ここでなければどこでもいいわ。最初からばかげた考えだったのよ。それにあのとんでもない映画。ブラディ・メアリとバージン・クイーンが、スペインのフェリペ王を巡って争うだなんて」

再び、部屋が静まりかえった。

「みなさんはどうか知りませんが、ぼくはもう一杯飲みますよ」チャーリーはそう言って飲み物の置かれたテーブルに近づくと、コニャックをグラスについだ。ちょうどそのときミセス・ゴールドマンが戻ってきて、バーバラの隣のソファにぐったりと座りこんだ。髪も化粧もなにひとつ乱れていなかったが、ありもしない髪をかきあげるような仕草をした。

「ばかげた質問を山ほどされたわ」彼女が言った。「まったく意味のないことばかり。わたしたちがいっしょに暮らしていないことを、どこからか聞きつけたのね。まるでそれが殺人の動機だとでも言わんばかりよ。頭から決めつけているんだから。こういう暮らし方がわたしたちには合っていると言ったのに、聞く耳を持たないのよ」

「ほら、これはぼくよりきみのほうが必要らしい」チャーリーは持っていたグラスを彼女に渡した。「さあ、飲んで」

「普段はお酒は飲まないのだけれど、いまは確かに飲みたい気分よ」ミセス・ゴールドマンはごくりとひと口飲んだ。「次はステラですって」

彼女の目が意地悪そうに輝いた。ステラにはサイを殺すもっともな動機があると、保安官に嬉々として訴えたのかもしれない。ステラは青ざめていたが、毅然とした態度で部屋を出ていった。わたしはその背中を眺めながら、ダーシーが彼女を疑うのにははっきりした理由があるはずだと考えた。そうでなければ、彼がここに来たはずがない。それにステラは、コーヒーをいれ直してもらうために一度部屋を出ている。どれくらい姿が見えなかっただろう？　書斎に忍びこんで、愛人を殴り殺すには充分なくらい？　そしてそのあと燭台を持ち去った？　わたしは首を振った。筋が通らない。もしステラが燭台を盗みたかったのなら、いくらでもチャンスはあった。おそらく彼女はミスター・ゴールドマンの金庫の暗証番号を知っていただろう。いつでも好きなときにここに来ることもできた。さらにサイをあれほど残酷なやり方で殺したことについては――そんなことをする理由が見当たらない。船の上でもとても仲がよかったし、いまも彼の映画のスターで、ここまで同じ車でやってきている。逆上するようなタイプにも見えない。だがほかにサイ・ゴールドマンの死を願う人間はここにいるだろうか？　彼の妻以外に？

わたしはひとりひとりの顔を順に眺めた。

「お嬢さんの部屋に行って、寝間着を用意しておきましょうか？」クイーニーが訊いた。

「それは無理だと思うわ。わたしの部屋はこの家のなかにはないの。みんな、敷地内にあるコテージにそれぞれ泊まっているのよ」

「教えてくれれば、お嬢さんのコテージを見つけられると思いますけど」クイーニーが言った。「懐中電灯はありますよね？」

「クイーニー、わたしたちのコテージはここから遠いし、敷地には野生動物がたくさんいるのよ」

「またまた」クイーニーはわたしを突いた。「からかわないでくださいよ」

「からかってなんかいないわ。ミスター・ゴールドマンは異国の動物を飼っているの——キリンやシマウマやほかにもたくさん」

「なんとまあ。なのにあたしは、あのゲートからなかに入ろうとしたんですね。象とかち合っていたかもしれないのに。それじゃあ、あたしはどうすればいいですか？　ここでお嬢さんたちといっしょに座っているのは落ち着かなくて」

「キッチンでほかの使用人たちといっしょにいればいいんじゃないかしら」

「この恐怖の館で、どうやってキッチンを見つけろっていうんです？　絶対迷子になって、大蛇かなにかと遭遇するに決まってます」

わたしは玄関の近くに管理人のひとりがたたずんでいることに気づいて、彼を手招きした。

「わたしのコテージまでカートでメイドを連れていってもらえないかしら？　暗いところをひとりで歩くのが怖いらしいの」わたしは頼んだ。

「いいですよ。じゃあ、行きましょうか」

クイーニーはうれしそうに顔を輝かせた。その管理人はラテン系で、なかなかのハンサムだ。彼女を見送ると、母とベリンダがわたしを見ていることに気づいた。

「あなたは甘すぎるわ」母が言った。「あの子をまた置いてやる必要なんてなかったのに」

「お母さま、クイーニーをカリフォルニアにひとりで放り出せというの？　ここに連れてきたのはわたしなんだし、彼女が学んでくれることを祈るほかはないわ」

母はため息をつきながら立ちあがった。「もう一杯、飲みたいわ、チャーリー」

「いいですとも。ぼくたちはみんな、なにか気分を引き立てるものが必要だ」

「気分を引き立てる方法なら知っているわ」母はゆっくりとチャーリーに近づいた。わたしは母を見つめる彼のまなざしを見ながら、今夜は母がコテージに戻ってこないかもしれないと考えていた。ここから解放されて部屋に戻ることが許されればの話だけれど。改めて考えてみても、わたしが母の娘であることが不思議でたまらない。生まれたときにベリンダと入れ替わってしまったのかもしれない。

わたしもなにか飲みたいと思ったけれど、飲み物のテーブルでは母とチャーリーがいかにもいい雰囲気なので、邪魔をするのは気が引けた。そんなわけで、重々しい足音が近づいてきてドアをノックする音がしたときにはほっとした。

ロニーがドアを開けると、数人の男たちが入ってきた。西部劇の映画に出てくる無法者の銀行強盗そっくりだ。「保安官はどこです?」男たちのひとりが訊いた。「死体が見つかったと聞いたんだが」汗まみれのシャツを着た無精ひげの男は、カウボーイ・ハットを脱ごうともしない。

「保安官は、死体が見つかった書斎にいます」ロニーが答えた。「あなたは保安官助手ですか?」

「いや、医者だ」むさくるしい男が答えた。「乗馬から戻ってきたところに、保安官助手が迎えに来たんだ。さっさと保安官のところに案内してくれないか。もうくたくたなんで、早く帰りたいんだ」

几帳面で潔癖なイギリスの医者に慣れているわたしは、彼にあまり信用を置けなかった。ビバリーヒルズの華やかだけれど薄っぺらいうわべの下には、いまだに荒っぽい西部社会が残っていることがよくわかった。玄関ホールに足を踏み入れた保安官助手たちは、あたかも別の惑星にやってきたかのように感心した様子であたりを見まわしている。足音が聞こえて振り向くと、ステラとそのうしろから保安官が廊下を近づいてくるところだった。ステラはまっすぐ飲み物のテーブルに歩み寄った。

「浅ましい人よ」ステラが言った。「サイとわたしの個人的な関係を尋ねていたかと思ったら、その口で妻のためにサインをしてほしいって言うんだから」

「ようやく来たか」保安官が助手たちに言った。「火事はどうなった？」

「鎮火まで少なくとも数日はかかるでしょう」ひとりが答えた。「ありとあらゆるところから消防隊を集めたんですが、火のまわりがとんでもなく速くてどうしようもないんです」

「そうか。もうわしらにできることはなにもないな。あとは消防隊の仕事だ」保安官はしゃがれた低い声で言った。「先生には死体を見てもらって、おまえたちはこの家の捜索を頼む。指紋採取の道具は持ってきているか？」

「トラックにあります」

「取ってきてくれ。血のついた指紋がひとつ残っているから、それで犯人を特定できるはずだ」

長年馬に乗ってきた人間特有の体を揺らす妙な歩き方で、保安官助手のひとりが家の外に出ていった。

「それで、なにを捜せばいいんですかね？」べつの保安官助手が訊いた。

「手がかりだ、手がかり。ほかにも指紋があるかもしれん――そうだ、それから宝石がついた金の燭台。簡単には隠せないだろうからな」

「家のなかに燭台を隠すようなばかな犯人はいないわよ」ベリンダがわたしに囁いた。「でもそれを言うなら、そもそも燭台を盗むようなばかな人間がいるとは思えないわ。少なくともわたしたちのなかにはいないわね。もしわたしが盗もうとしているところをミスター・ゴールドマンに見つかったなら、明るいところでよく見たかったとかなんとか言ってその場をごまかすわ。頭を殴ったりなんてしない」

「そうね。だからわたしも外部の人間の仕業だと思うの。ここにいる人たちなら書斎にいる言い訳を考えつくだろうから、燭台を手にしているところを見つかってもパニックを起こしたりはしないでしょうね」

「早くベッドに入りたいわ」ベリンダがつぶやいた。「もうぐったりよ。もちろん起きているだけの理由があれば、元気いっぱいだったでしょうけれどね。でもわたしにはもうセックスアピールがないらしいわ」

クレイグの秘密を話そうとしたところで、上の通路を走る足音とだれかの叫び声が聞こえた。「保安官、来てください」

大柄な保安官は驚くほど優雅な足取りで階段をあがっていき、やがて彼の声がした。

「ふむ、これは……」

保安官は階段まで戻ってきて、尋ねた。

「階段の左側の部屋を使っているのはだれですかね？」

「そこはわたしの部屋よ」ステラが冷ややかに答えた。

「それなら、ちょっとあがってきてくれませんかね、ミス・ブライトウェル」彼の目には勝ち誇ったような光が浮かんでいた。

「あら、いったいなにを見つけたというのかしら？　パリから取り寄せたフリルのついた下着とか？」

「いや、もっと面白いものですよ」

ステラは玄関ホールを横切り、階段をあがっていった。「ロサンゼルスから刑事を呼ぶべきだと言ったミセス・ゴールドマンは正しいわね。あなたたち無能な甲斐性なしは、理由もないのにわたしたちを寝かせてくれないんだもの」

「無能な甲斐性なしですか？」保安官が言った。「わしらを底抜けの間抜けだと思っていたようですな。でなければ、もっとましな隠し場所を見つけていたでしょうからな」

悲鳴があがった。ダーシーが即座に階段を駆けあがっていく。わたしとクレイグとロニーもすぐあとに続いた。そこは、ラノク城にあってもおかしくない部屋だった。大きな四柱式ベッド、壁を飾るタペストリー、古いタンス、燭台……そしてほかのものよりずっと美しい燭台が、ステラのベッドの中央に置かれていた。

# 24

ステラはあんぐりと口を開けて、燭台を指差していた。

「どうしてこんなところにあるの？」

「わしらもそれが知りたいですね、ミス・ブライトウェル」保安官が言った。

「だれかがここに置いたのよ」ステラの言葉には怒りがこもっていた。「だれかがわたしをはめようとしているんだわ」

「そうですかね？」保安官の勝ち誇ったような顔に変わりはなかった。「あるいはあなたが愛人を殺して、お土産代わりに燭台をもらっていこうと思ったのかもしれない。だが思いのほか早く死体が発見されたもので、隠す暇がなかった。ベッドはそこそこ安全な隠し場所だと思ったんでしょうな――今夜だれかをここに招待するつもりでなければ」

「よくもそんなことを！　忘れてはいないでしょうけれど、わたしは有名な女優なの。その気になれば、燭台くらい自分で買える。欲しいといえば、きっとサイはそれをプレゼントしてくれたでしょうね。彼はわたしを愛していたし、わたしも彼を愛していた。あの女が彼の望みどおりに離婚してくれていれば、わたしたちはとっくに結婚していたわ」

「だがふたりは離婚しなかった。あなたは、彼が実は離婚するつもりがないことを知ったんじゃありませんか？　それともあなたを捨てて、だれかほかの女に乗り換えるつもりだったとか？」

「だからわたしがこの燭台で彼の頭を殴ったと言いたいの？　ばかばかしい。わたしは暴力は嫌いなの」

「じきにわかりますよ、ミス・ブライトウェル。部下が指紋を調べますからね。わたしなら、荷造りをしておきますね。夜が明ける前に、牢屋に入ることになるかもしれませんからな」

「こんなことをしたのは彼女に決まっているわ」気持ちが高ぶってきたのか、ステラの声が甲高くなった。「あの牝牛、彼の妻よ。サイのことを愛してなんていないくせに、彼女はずっとわたしを憎んでいたの。サイを殴り殺しておいて、燭台をわたしのベッドに置いたのよ。一石二鳥を狙ったんでしょうね。うまいやり方だこと。彼女をもっと調べたほうがいいわ、保安官。つい最近、巨額の生命保険をサイにかけていたに違いないんだから」

「ご心配なく、ミス・ブライトウェル。それも調べますから。ですが、まだ駆け出しのころ上司に言われたものですよ。〝わかっていることから追求しろ。まずはわかりきったことから始めて、そこから外へ広げていけ〟ってね。いまわかっているのは、あなたにはかつての愛人を殺す立派な理由があって、ベッドで証拠が見つかったということです」

「かつてですって？　とんでもない。今日の午後ここに着いたあと、いまいましい奥さんが来る前に愛を確かめ合ったわよ」ステラはそう言ってうっすらと笑った。「それに彼を殺す機会があったかどうかについては、ほかの人たちに訊くといいわ。わたしたちはディナーのあとロタンダに集まって、サイの死体が見つかるまでずっとそこにいたの。そうでしょう？」

事実を告げることとだれかを裏切ることのあいだでわたしはしばし葛藤したが、ステラに忠義立てする理由はないと心を決めた。ダーシーは悪名高い宝石泥棒ではないかと疑って、わざわざ海を渡って彼女を追ってきたのだ。知っていることを話すべきだろう。

「一度、ロタンダを出て行きましたよね、ステラ」そう言うと全員の視線がわたしに向けられたので、顔が熱くなった。「ダーシーとロニーが戻ってきたとき、コーヒーをいれ直してもらいに行ったはずです」

「ええ、確かにそうね」ステラは小さく笑った。「でもキッチンまで行って戻ってくるほんの短い時間に、書斎に忍びこんで、サイを殺して、二階まで燭台を持っていくのは無理じゃないかしら？　階段をあがるところをだれかが見ていたはずだし、わたしがキッチンにいたことはマリアが証言してくれる。わたしはピーターパンじゃないのよ。家のなかを飛びまわることなんてできないわ」

そのとおりだ。たとえ彼女がわたしたちの視界から消えたとしても、階段をあがる足音は聞こえたはずだ。

「まだ逮捕はしませんが、新たになにかわかるまであなたには見張りをつけます。外から鍵のかかる部屋はありませんかね？」

「書斎があるわ」ステラが答えた。「でもいくらあなたでも、サイの死体がある部屋にわたしを閉じこめるほど無神経ではないわよね」

「もちろんです。それに書斎はもっとよく調べるつもりですからね」どうすればいいかわからないかのように、保安官はあたりを見まわした。「ほかの部屋は？」

「プールサイドの脱衣小屋は外から鍵がかかりますが、いまは全部埋まっています」ロニーが答えた。「ほかのコテージも。ミセス・ゴールドマンを除けば、メインハウスに泊まっているのはステラだけです」

「バーバラ・キンデルもいるわよ」ステラが言った。「ミセス・ゴールドマンがお友だちをそばに置いておきたがったから」

思わずバーバラの姿を探したが、階段の上に彼女の姿はなかった。ミセス・ゴールドマンもアルジーもいない。保安官は戸口に集まっているわたしたちを見て、尋ねた。

「ここがミス・ブライトウェルの部屋だと知っていたのはだれですか？」

「ミセス・ゴールドマンと、あとはひょっとしたらミス・キンデルくらいね」ステラが答えた。「ほとんどの人がここに来るのは初めてだし、サイはここにお客さまを泊まらせるのを嫌がったの。プライバシーを大事にしていたから。そのためにコテージを建てたのよ。そうすれば、わたしたちがどこで寝ているのかを知られずにすむでしょう？」

「面白い」保安官は歯のあいだから息を吸いこんだ。「とにかくあなたをどこかに監禁させてもらいますよ、ミス・ブライトウェル。わしのトラックに閉じこめてもいいんだが、今夜は少しばかり冷えますからな。それともトイレに閉じこめるとか……」

「冗談じゃないわ。いいかげんにしてちょうだい」ここまでのステラは驚くほど冷静さを保っていたが、そろそろ我慢の限界が近づいているのがわかった。「昔ながらの錠前がついている寝室がいくつかあるはずよ。鍵はどこかにあるわ。マリアに訊いてみて。彼女なら在《あ》り処《か》を知っているはずだから。寝室に鍵をかけるなんて、考えたこともないのよ」

「それはそうでしょうな」保安官は薄ら笑いを浮かべた。「この手の場所でなにが行われているのか、だれでも知っていることですよ」

「ああ、もううんざり。そうしたければ、わたしをどこかに閉じこめて、見張りでもなんでもつければいいわ。でも、もう寝たいのよ。あなたはどうだか知らないけれど、わたしはくたくたなの。わたしが窓からどこかに飛んでいけると思うのなら、自分の目で確かめておくのね。この家のこちら側は急斜面で、下は岩よ」

「いいでしょう」保安官が言った。「どなたか家政婦から鍵をもらってきてください。どこか空いている部屋をミス・ブライトウェルに使ってもらいます——すでに捜索が終わっていて、危険なものがないとわかっている部屋を」

「いいかげんにしてちょうだい」ステラが辛辣な口調で言った。「わたしが燭台でまただれかを襲うとでも?」

保安官はその言葉を聞き流した。「ハンセン、おまえは部屋の外で見張りをしろ」

「ここから逃げられるとでも言わんばかりね。この地所の出入り口はひとつしかないの。門番小屋からしか開けられない、あのゲートよ。それに夜にひとりで庭をうろつく人間は頭がおかしいとしか思えないわ。サイがなにを飼っていたのかはよく知らないけれど、人間に馴れていないことだけは確かかね」

「万一ということがありますからね、ミス・ブライトウェル。さてと、部下といっしょに……」

ステラは部屋から出ていく途中で振り返って言った。「まったく、くそいまいましいったらないわ」ひどく気分を害していることがよくわかった。レディは決して人前で悪態をついたりはしないものだ。だがステラはレディではない。映画でエリザベス女王を演じていたとしても、元々は低い身分の生まれだ。

再び全員でぞろぞろと階段をおりていくと、医者が姿を見せた。

「ああ、ここにいたのか、保安官。部下のだれかにわたしを家まで送るように言ってもらえないか。仮の検視は終わった。ミスター・ゴールドマンの死因は鈍器――死体の脇に転がっている燭台に間違いないだろう――で殴られたことによる頭部損傷だというのが、当面の所見だ」

「それくらい、どんな間抜けでもひと目見ればわかる」

「最後まで聞いてくれ。解剖はまだすんでいないんだ。ひょっとしたら、被害者はあらかじめ、たとえば毒かなにかで意識を失っていて、その後、頭を殴られてとどめを刺されたのかもしれない」

「それはありえませんね」ダーシーが言った。「ぼくたちは彼が死ぬ一五分前まで、いっしょに話をしたり笑い合ったりしていたんです」

「それにこれは、盗みを働こうとしていたところを見つかった泥棒による偶発的な犯行だ」保安官が言い添えた。「二本の燭台のうち一本が盗まれている。犯人は両方とも盗むつもりだったが、髪と血がついたほうは持っていけなかったんだろう」

「つまり、ミスター・ゴールドマンは毒かなにかで殺されたわけではないということですね」なにもかもばからしく思えて、わたしは思わず口走っていた。「床一面血の海だったもの。もしすでに死んでいたのなら、あんなに出血するはずがないわ」

わたしが火星人かなにかのように、全員がまじまじとわたしを見つめた。

「どうしてそんなことを知っているんです？」医者が訊いた。

「何度か殺人事件に関わったことがあるんです」わたしは答えた。

「解決に手を貸したんですよ」ダーシーがわたしに近づきながら答えた。「彼女はとても頭が切れるんですよ」

「おやおや」医者が言った。

「それなら聞かせてもらいましょうかね」分厚い唇に皮肉っぽい笑みを浮かべた保安官が、わたしに向き直った。「犯人はだれなんです？　みんなそれが知りたくてたまらないんだ。それさえわかれば、家に帰れますからな」

「だれの仕業なのかはわかりません」わたしは答えた。「でもだれかがミス・ブライトウェルを陥れようとしたことは間違いないわ。だって、すぐに見つかるようなところに燭台を隠す理由がないでしょう？　彼女はこの家のことをよく知っているんです。なにかを隠すつもりなら、だれにも気づかれないような場所は山ほどあるはずですもの。甲冑のなかに隠すことだって――」

ある光景が脳裏によみがえり、わたしは口ごもった。サイ・ゴールドマンの死体が発見される直前、甲冑がまわりに転がるなかで立ち尽くしていたアルジー。実は燭台を隠そうとしていたのだということはあり得るだろうか？　ところがうっかり甲冑を倒してしまい、わたしたちが駆け寄ってきたのでとぼけて見せたとか？　すぐにもダーシーにそのことを話したくなった。アルジーの姿を探したが、その場にはいなかった。だれか、玄関を見張っている人はいるのかしら？

階段をおりていると、べつの保安官助手が下から駆けあがってきた。

「指紋の採取が終わりました」

「それで？」

沈黙が答えだった。

「残念ながら、出ませんでした。犯人は手袋をしていたようです。革の手袋を」

# 25

## 八月三日夜遅く

「くそっ」保安官が毒づいた。「今度はそれを捜さなきゃいけないってことか。血のついた手袋とその片割れ。ほかの指紋は？」

「たくさんありましたよ。燭台全体にべたべたと。全員が順番に手に取って眺めたんでしょうね」

「窓枠に指紋が残っていたから、何者かがそこから逃げたと考えるべきだろう」保安官が言葉を継いだ。「あるいはわしらにそう思わせたかったか。闇のなかを捜し回っても無駄だから、夜が明けたらすぐに外を捜索しよう。よりによってステラ・ブライトウェルが犯人かもしれないだなんて、いったいだれに想像できる？　わしの女房は彼女の大ファンなんだ。だが昔から〝事件の陰に女あり《シエルシエ・ラ・ファム》〟と言うからな」

「窓から逃げたのならロープが必要ですね」ロニーが皮肉っぽい口調で言った。「書斎の窓の外を見ていないのならお教えしておきますが、下は絶壁ですよ。この家は断崖の上に建っていますから」

「それなら手袋といっしょにロープも捜そう」

「ねえ、保安官」母の美しい声が階段に響いた。「どれもこれも今夜中にしなければいけないこと？　わたしたちみんな疲れ切っているのよ。朝になってからのほうが、いろいろとはかどるんじゃないかしら。あなただって休みたいでしょう？　ここには部屋がたくさんあるから、あなたもゆっくりすればいいわ」

保安官は、いかにも小さくて、はかなくて、弱々しい女性のふりをしている母を眺めた。

「いいでしょう。みなさん、部屋に戻っていいですが、全員明日の朝八時きっかりにここに戻ってくるように。夜のあいだに逃げようなんて、妙な考えは起こさないことですな。事件が解決するまで部下を門番小屋に残しておきます。わしがいいと言うまで、ゲートは開けませんから」

「逃げようなんて夢にも思いませんよ、保安官」チャーリーが暗がりから現われて、母の隣に立った。「こんな面白いことは久しぶりですからね。ここに来てもいつもは退屈なだけなんだが、今回ばかりは来てよかったと思っていますよ」彼はそう言うと、ちらりと母を見た。その表情は前にも見たことがあったから、母が声をはずませながらわたしに向かってこう言ったときにも驚きはしなかった。「今夜は、あの小さなコテージにひとりで泊まってもらってもかまわない？　わたしには、たくましい男性の庇護が必要なのよ」

「ミスター・チャップリンはたくましい男性なの？　小柄だけれど」

「でも筋肉質だし、とても素敵な目をしているでしょう？　昔、飼っていたスパニエルに似ているわ。深みがあって、疑いを知らなくて」

「どんな怪物があたりをうろついているかもわからないのに、自分の娘をひとりで放っておくのは平気なのね？」

母はわたしの腕を叩いた。「ジョージーったら。本当にそう思っているわけじゃないでしょう？　ステラの仕業なのよね？　今夜ステラとサイは言い争っていたわ。彼女は癇癪を起こして、思わずサイの頭を殴ったのよ。もちろん殺すつもりなんかなかった。そのあとでだれかが彼女を陥れようとしているかのように見せかけるために、自分のベッドに燭台を置いたんだわ。昔から頭の回転の速い子だったもの」

「お母さまのメイドにはなんて言えばいいの？」

「なにも言う必要はないわ。あの子はわたしのメイドだもの。なにも見ないし、なにも思わないの。お堅いあなたが気に病むのならわたしから話すけれど、そもそもあの子も使用人の食堂で食事をしているはずだから、ここから出られないんじゃないかしら」

母はメイドに話をしに行った。わたしが玄関に向かって歩いていると、ベリンダが隣に並んで言った。「暗いなかをあそこまで歩くのはいやだわ。だれか、カートで送ってくれないかしら？　レイヨウかなにかに襲われたらどうするの？」

「レイヨウは人間を襲わないと思うけれど、でもわたしもあそこを歩きたくはないわ」わたしは応じた。「カートで送ってもらえないかどうか、保安官に訊いてみる」

わたしたちの話がダーシーに聞こえていたらしい。「心配ないよ。保安官に訊く必要はない。彼は使用人に尋問しているところだし、ぼくがきみたちを送っていくよ」

「でもあなたはひとりで戻ってこなければいけないのよ？」

ダーシーは微笑んだ。なんて素敵な笑顔なんだろう。「自分の面倒くらい自分で見られるさ」

「それはそうだけれど、でも……」

ダーシーはわたしに顔を寄せた。「ジョージー、きみは本当に殺人犯がどこかに潜んでいると思っているのかい？　ゴールドマンを殺したのがここにいるだれかだということははっきりしているし、ぼくはいまもステラ・ブライトウェルの仕業だと思っている」

「わたしはそうとも言いきれないわ」

「それならだれだと思うんだ？」わたしたちはじっとりと冷たい夜霧のなかに歩み出た。ベリンダが片方の腕をぎゅっと握ってきたので、わたしはもう一方の腕をダーシーにからませ、三人で敷石の小道を進んだ。

「ミセス・ゴールドマンがやっぱり怪しいと思うの」わたしは言った。「ここにはずっと近寄ろうとしなかったのに、どうして今回は来たのかしら？　彼女と離婚してステラと結婚するつもりだってミスター・ゴールドマンが宣言していたとしても、驚かないわね。バーバラ・キンデルが言っていたみたいに、あのふたりが愛し合っていたとはとても思えないもの。違う？　それにどうしてバーバラがここにいるの？　ミセス・ゴールドマンと共謀してなにかを企んでいたのかしら？　それとも単にスクープを手に入れようと思っただけ？」

「ミスター・ゴールドマンの死で利益を得る人間はだれもいないように思える。それどころか、ゴールドマン・ピクチャーズがつぶれれば、みんな仕事を失うんだ」

「実を言うと、気にかかって仕方がない人がいるの」わたしは言った。「アルジー・ブロックスリー＝フォジェットよ。彼はあの船に乗っていたし、突然現われたと思ったら、自分もここに招待されるように仕向けた。さっき、燭台を甲冑のなかに隠したのかもしれないって考えたら、騎士の格好をしたらどんなふうに見えるかを試したかったなんて、彼がばかなことを言っていたことを思い出したの」

ダーシーは無言のまま歩き続け、霧に包まれた静かな夜にわたしたちの足音だけが響いていたが、やがて口を開いた。

「一理ありそうだ。書斎を出たあと、居場所がわかっていないのは彼だけだ」

「それにステラのベッドの上で燭台が見つかったときも、彼はわたしたちといっしょに来なかったわ。そこになにがあるのか、わかっていたからじゃない？」

「なるほど。つまりきみは、アルジーがぼくの追っていた泥棒かもしれないと考えているんだね？　彼のことをもっと調べる必要がある――宝石が盗まれたとき、彼がいつもそこにいたのかどうかが知りたい。ロンドン警察が疑いを抱いているのかどうかも」

「どうやって調べるの？」

「ロンドンに電報を打たなければならないだろうね。そのためにはロサンゼルスに行く必要がありそうだ」

「保安官が行かせてくれるかしら？」

「朝になったら訊いてみるよ。八時か九時にならなければ、電報局は開かないからね。今夜はきみを置いていったりしないよ。きみのコテージのソファで寝させてもらうつもりだ。念のためにね」

「お母さまは今夜は戻ってこないんですって。だからお母さまの部屋を使えばいいわ」

「あなたたちの邪魔をするつもりはないわ」ベリンダが言った。「わたしがお母さんの部屋を使うから、あなたたちはいっしょに仲良く寝ればいいわよ」

ダーシーはちらりとわたしを見た。「きみさえそれでいいなら……」

「わたしが人の恋路を妨害したことなんてあって？　結局わたしはオールドミスになる運命らしいわ。猫を飼って、慈善事業に精を出すようになるんでしょうね」

「いったいなんの話だい？」ダーシーが面白そうに尋ねた。

「わたしは男の人にはねつけられたの。拒否されたの。突っぱねられたの。裸になって、準備万端で、すっかりその気だったのに、彼は全然興味を示さなかったのよ。現実を見つめるべきね――わたしには魅力がなくなったんだわ」

「ベリンダ」わたしは笑いたくなるのをこらえながら言った。「本当は黙っていようかと思ったの。だってあなたはわたしから彼を奪おうとしたんですもの」

「あなたから？　クレイグ・ハートは本当にあなたに興味を持っていたの？」

「不思議に思うでしょうけれど、本当なのよ」

「でもあなたにはダーシーがいるのに」

「もちろんそうだけれど、彼は知らなかったんだもの。あなたが来るまで、彼はわたしにまとわりついていたのよ。正直言って、有頂天になったわ。だって、クレイグ・ハートよ。有頂天にならない女性がいるかしら？」

「ふたりがキスしているところを見たよ」ダーシーが言った。

「ほらね。そういうことよ。あなたのほうがわたしよりも魅力的なんだわ」

「でも、あんなに気のないキスは初めてだったわ」わたしは言った。「いまならその理由がわかる」わたしは声を潜め、ふさわしい言葉を探した。「彼はあっち側の人なのよ、ベリンダ。わかるでしょう？」

「クレイグ・ハートは同性愛者なの？」ベリンダは笑いだした。「本当に？」

　わたしはうなずいた。

「きみはそれを知っていたのに、ぼくに誤解させたまま……」ダーシーが言いかけた。

「今日のディナーのときにわたしも初めて知ったの」わたしは説明した。「ロニーが教えてくれた。ふさわしい相手と結婚するようにって、ミスター・ゴールドマンがしつこくクレイグに言っていたんですって。そうすれば、彼のキャリアを台無しにしかねない噂を吹き飛ばせるから。わたしに狙いをつけたのはそれが理由だと思うわ。イギリス貴族との結婚はいい宣伝になるもの。そうでしょう？」

「なんてこと」ベリンダがつぶやいた。「もしわたしがそのことを知らなかったら――イエスと答えて、すぐにリノに向かって、気がついたときにはセックスのない結婚生活に突入していたかもしれないのね」

「だが、離婚したときの扶養手当というものがある。それで悠々暮らしていけるよ」ダーシーが冗談を言った。「きみを黙らせておくために、たっぷり払うだろうからね」

「それはそうね」ベリンダは考えているようだったが、やがてきっぱりと首を振った。「いくらお金をもらっても、セックスのない生活には見合わないわ。それがほんの短いあいだであってもね」

ベリンダはわたしにからめていた腕をほどくと、霧のなかにぼんやりと浮かびあがったおとぎ話に出てくるようなコテージに向かって、先に立って歩きだした。窓から明かりが漏れている。ダーシーがわたしの腰に手をまわした。

「きみがなにか考えているかもしれないから言っておくけれど、今夜はなにもするつもりはないよ。隣の部屋にベリンダとメイドがいるんだからね。きみを守りたいだけなんだ」

「よかった」わたしは安堵と失望の両方を感じながら答えた。


コテージのドアを開けると、不安そうな顔のクイーニーが待ち構えていた。

「ああ、お嬢さん。帰ってきてくれてうれしいですよ。もう怖くて、怖くて。外で変な音がするんです。なにかがうろついているような、鳴いているような、はあはあ息を切らしているような……」

「もう大丈夫よ、クイーニー。わたしたち三人がこうやって帰ってきたし、母のメイドももうすぐ戻ってくるわ」

「ひと安心です」クイーニーはそう言ったところで、ダーシーに気づいた。「お母さんはどうしたんです？」

「こういう状況だから、母は母屋から離れたコテージには泊まりたくないんですって」わたしは説明した。

「へえ、それはそれは。よかったですね。だれもかれも怖くてここには来たがらないっていうのに、お嬢さんはあたしをひとりでよこしたってわけですか」

「あなたを殺そうと思う人間なんていないからよ、クイーニー。これで安心して寝られるでしょう？　ミスター・オマーラが今夜はここに泊まってくれるの」

クイーニーの目が輝いた。「そうなんですか？」

「わたしたちを守るためよ」わたしは言い添えた。

クイーニーは忍び笑いをしながら、自分の部屋へと引き取った。わたしはバスルームで新しいシルクのパジャマに着替え、寝室に戻ってみると、ダーシーはディナージャケットを脱いで、ネクタイをはずし、片方のベッドに横になっていた。小さなテーブルランプが部屋に柔らかな光を投げかけている。

「とてもお洒落だね。クレイグ・ハートが来たときのために買ったのかい？」

「クレイグ・ハートの話はもうやめて。やきもちを焼いているのね」

「少しね」

わたしは彼のベッドに近づいて、腰をおろした。「心配いらないわ。わたしにはあなたしかいないの」

「ベビーブルーのパジャマを着たきみがぼくのベッドに座っているというのに、おやすみのキス以上のことをするつもりはないというんだから、きみはぼくをすっかり改心させたみたいだね」

わたしは身をかがめ、彼の額にキスをした。「いますぐに結婚して、ベイズウォーターのアパートで暮らせればわたしは満足なのよ」

「ぼくは満足じゃないし、きみだっていずれはそうじゃなくなる。きみには、本来与えられるべき暮らしをする権利があるんだよ、ジョージー。郊外の大きなお屋敷。大勢の使用人。ふさわしい身分。ぼくはきみに使用人がするようなことをさせたくないんだ」ダーシーはわたしの肩に腕を回した。「だから、映画の話はいいチャンスだと思った。充分な報酬を得られただろう。映画スターになれば、きみにふさわしい暮らしをさせてあげられるくらい金持ちになれたかもしれない」

「そして、世界中の女性があなたの気を引こうとするんだわ。ステラがあなたを見る目に気づいたでしょう？　映画界の人たちの道徳規範は、わたしたちとは違うのよ。母を見てちょうだい！　だから、映画が完成しなくてよかったと思っているの」

「実はぼくもほっとしているよ。タイツ姿のぼくはすごく間抜けに見えるからね」ダーシーはそう言うとわたしを抱き寄せ、わたしは彼の頬に顔をこすりつけた。ダーシーが手を伸ばして明かりを消す。幸せな思いに包まれて、わたしはほっと息を吐いた。「ジョージー、今夜は別のベッドで寝てくれるかい？　ぼくはもう長いあいだ、身を慎んでいるんだ。薄いシルクのパジャマを着たきみが横に寝ていると思うと、ぼくもただの人間だからね……」

「わたしはかまわないのよ」

「ぼくが嫌なんだ。ここまで待ったんだ。以前ぼくを拒否したのは、きみの良心がそれを許さなかったからだろう？　だからこそ初めてのときは、完璧なものにしたい――ふさわしいときに、邪魔が入らないふさわしい場所で」

あたかもそれが合図だったかのように、玄関のドアをノックする音がした。

「ほらね？」ダーシーは起きあがって明かりをつけた。「静かな夜にはならないという予感がしていたんだ」

わたしは彼について玄関へと向かいながら、母の気が変わってミスター・チャップリンと夜を過ごすのはやめたのだろうかと考えた。だがそこに立っていたのはクローデットだった。心臓に手を当て、ここまで走ってきたかのように息を切らしている。

「ああ、神さま《モン・デュー》。生きているかぎり、二度とこんなことしません。絶対に！」

「なにをしないの、クローデット？」

「暗闇のなかをひとりで歩くのは二度とごめんです。ばかばかしい尋問が終わったらすぐにここに戻ってくるようにって、マダムに言われたんです。でも母屋を出たら、霧のなかで迷子になってしまって、自分がどこにいるのかわからなくなりました。そうしたらなにかの息がかかるのを感じたんです。なにか大きな動物でした。悲鳴をあげたのに、だれも来てくれませんでした。このコテージの明かりが見えた気がしたのに、近づいてみたら消えてしまって、またあたりが真っ暗になったんです。てっきりライオンに食べられたのかと思いました」

「かわいそうに」ダーシーが言った。「もう大丈夫だ。ぼくたちがここにいるからね、ゆっくり眠るといい」

「ありがとうございます」クローデットは自分の部屋に向かって歩きだした。

「そうそう、クイーニーが戻ってきて、あなたの部屋のもうひとつのベッドで眠っているの」わたしは彼女に声をかけた。

「それなのに、ゆっくり眠れって言うんですか？」クローデットは振り返って、顔をしかめた。「サイよりひどいいびきをかくんですよ、あの人は」

ダーシーがわたしに笑いかけ、わたしたちは寝室に戻った。

# 26

## まだお城にいる。それとも風変わりなイギリス式のコテージと言うべきだろうか
## 一九三四年八月四日　土曜日

鳥のさえずりとレースのカーテンごしに射しこむどんよりした朝の光に、わたしは目を覚ました。ダーシーはすでに起き出して着替えを終え、ベッドに座って靴の紐を結んでいた。

「おはよう」彼が言った。

「いま、何時？」わたしはあくびをし、できるかぎり優雅に体を起こそうとした。

「まだ早いよ。保安官が許可してくれたら、出発しようと思ったんだ。早く答えが欲しいのなら、勤務時間内にロンドン警察に連絡を取らなければならないからね」

「わたしもいっしょに行ったほうがいい？」

ダーシーは首を振った。「きみにはここでするべきことがあると思う。はっきり言って、あの鈍そうな保安官が事件の解決に役立つものを見つけられるとは思えないんだ。幸運に恵

まれるか、あるいは犯人が精神的に追い詰められて自白をしないかぎり、彼は真相にたどり着けないだろうね」

「わかった」わたしは言った。「ここに残るわ。でも、早く帰ってきてね。あなたがいてくれると安心できるの」

「心配することはなにもないと思うよ」ダーシーが言った。「無差別殺人ではないからね。これは、ミスター・ゴールドマンの死を望む何者かの犯行だ。犯人は目的を果たしたわけだから、あとは冷静さを保てるかどうかということだけだ。まさにきみの出番だよ。きみは人を見る目があるからね」

「残念だけれど、これまでにいたって冷静な殺人犯を何人も見てきたわ。それに今回の犯人は、相当に図太い神経の持ち主よ。もしもミスター・ゴールドマンが悲鳴をあげていたら、わたしたちみんな、それが聞こえる場所にいたんですもの。それに服に返り血を浴びていたはず……犯人はかなりの危険を冒したことになるわね」

「鋭いね」ダーシーが言った。「だれか、服を洗ったような形跡があった人はいたかな?」

わたしは首を振った。「ステラは確実に違うわね。窓のそばに立っていたとき、なんて素敵なんだろうって思ったもの。一分の隙もなかった。完璧だったわ」

「素敵と言えば、眠っているときのきみがどれほどかわいらしいか知っているかい? 枕に金色の髪が広がって、まるで天使みたいだった。結婚したらぼくは、毎朝きみを眺めることにするよ」

「ダーシーったら」ほめられることに慣れていないわたしは、照れくさささにくすくす笑った。それも相手がハンサムな男性で、わたしは寝間着姿とくればなおさらだ。「そうなったらどんなにいいでしょうね。どれくらい待たなければならないのかがわかればいいのに」

「アルゼンチンかオーストラリアに駆け落ちして、そこでひと財産作るっていうのはどうだい？」

「それでもいいわ。あなたとなら、どこでだって楽しいに決まっているもの」

「おいで」ダーシーはわたしを抱き寄せた。「きみは本当にかわいい人だ」そう言ってキスをする。今度はちゃんとしたキスだった。

「なんとまあ。またですか？」戸口からクイーニーのうんざりしたような声がした。

「クイーニー、入るときはノックをするようにって教えなかったかしら？」わたしは頬が熱くなるのを感じながら言った。

「朝の紅茶を持ってくるときはノックなんてしないじゃないですか。足音を忍ばせて入っていって、そっとお嬢さんを起こすんですから。まあ、いまは紅茶は持ってませんけど、着替えの準備をしようと思って来たんです。でもお邪魔だったみたいですね」

「いいのよ、クイーニー」わたしは言った。「ミスター・オマーラとわたしは朝食をとりに母屋に行くところだったから。彼はそのあとロサンゼルスに戻らなくてはならないの」

「あたしたちは守ってくれる男の人もなしに、ここに残されるってわけですか？」

「クイーニー、言ったでしょう？　わたしたちは大丈夫。心配ないの。今日中にきっと事件は解決するから」

「お嬢さんがそう言うならそうなんでしょうけど」クイーニーは少しも信じていないようだった。「あたしはどこで食べればいいんでしょうかね？　ここにはなにも食べるものがないんです。探してみましたけど」

「わたしたちといっしょに母屋に行きましょう。キッチンになにか食べるものがあるはずよ。クローデットにもなにか持ってきてあげてちょうだい」

「は？　あたしに、ほかのメイドの給仕をしろっていうんですか？」

「クイーニー」ダーシーがきっぱりとした口調で告げた。「レディ・ジョージアナが、彼女を裏切ってさっさと出ていったきみをまた雇うことにしたのは、親切心からだということを覚えておいたほうがいい。これ以上愚痴や不満を言うようだったら、イギリスに帰るときに、きみをアメリカに残したままにするかもしれないんだぞ」

「なんてこった、お嬢さん。そんなことしませんよね？」クイーニーはあんぐりと口を開けた。

「するかもしれないわ。あなたが目の色を変えて努力して、レディズ・メイドらしくふるまわないかぎりはね」

クイーニーは足元を見つめた。「どうすれば目の色を変えられるのか、あたしにはわからないです」

「救いようがないわ。どうしようもないわね」母屋に向けて歩きだしながら、わたしはつぶやいた。ベリンダが見当たらない。彼女は早起きするタイプではないから、よくハロッズで働けたものだと、わたしは不思議でたまらなかった。そもそも、毎朝自分のベッドで目を覚ますとも限らないのに。

「ベリンダはここにひとりで置いていってもいいわね」わたしはそう言って、コテージを振り返った。

「彼女は自分の面倒は自分で見られると思うよ」ダーシーが言った。「ここにだって、自分から来たわけだろう？」

ダーシーは足を止めて、顔をしかめた。「それにしてもこのコテージは醜い代物だな。趣味の悪い男だったんだな」

「イギリスの田舎風のコテージのつもりだったらしいわ。木立ちのなかにあるコテージはもっとひどいの。少なくともこれは、ありえないくらいかわいらしいイギリスの村ならあってもおかしくないけれど、もう一軒はグリム兄弟以外に住む人はいないでしょうね」

ダーシーは、傾斜した屋根や派手な飾り枠や分割された小さな窓を眺めながら笑って訊いた。「そこにはだれが泊まっているんだい？　フランケンシュタインの怪物？」

「だれもいないわ。わたしたちがくつろげるようにって、ミスター・ゴールドマンがイギリス風のコテージをあてがってくれたのよ」

わたしはダーシーについて歩きながら、気がつけばもう一軒のコテージを眺めていた。一瞬頭をよぎった違和感は、意識するより早く消えていた。わたしは首を振り、小道を進むダーシーのあとを追った。

霧はまだオークの木立ちを覆っていて、時折響く鳥の声が妙な具合に反響するので、どこから聞こえてくるのかを判断するのは難しかった。ゴシック調の城が前方にぼんやりとそびえ立ち、右のほうから気味の悪い羽ばたきの音が聞こえる。わたしはダーシーににじり寄った。ゆうべクローデットがどれほど怖かったのかが、よくわかった。ダーシーが隣にいてくれることが改めてうれしかった。というより、彼がそばにいてくれればいつだってうれしいのだけれど。そっと顔を見あげると微笑んでくれたので、体のなかにぽっと明かりが灯ったように温かくなった。ほかのことはどうでもいいと思えた。

城の玄関ホールにはだれの姿もなかった。玄関を警備する保安官助手もいない。わたしたちがいないあいだに、なにかあったのだろうかといぶかった。

「朝食は用意できていないようね」わたしは言った。「だれも起きていないみたい」

「それならキッチンに行って、自分でコーヒーをいれるとしようか」ダーシーは先に立って玄関ホールを進み、家の裏手へと続くタイル敷きの細い廊下に入っていった。キッチンが近づくにつれ、物音が聞こえてきた。

「ほらね。だれかがキッチンにいる。朝食にありつけそうだ」ダーシーがわたしを見て言った。

キッチンは家のほかの箇所に比べると、驚くほど近代的だった。ぴかぴか光る大きなガスコンロに冷蔵庫まで置かれている。コンロの前にいたマリアがわたしたちの声に気づいて振り返った。

「ああ、びっくりした。だれか来るとは思わなくて」マリアは豊かな胸に手を当てた。「すみません、まだ朝食の用意ができていないんです。あのくそったれの保安官が夜中までわたしたちを解放してくれなかったもので、いつもの時間に起きられなかったんです」

「いいんだ、マリア」ダーシーが言った。「ロサンゼルスに行くつもりだから、早く起きたんだよ。コーヒーはできているかい？」

「コンロの上のパーコレーターに入っています。お好きなだけどうぞ。なにをお作りしましょうか？　卵、ハム、ポークチョップ、パンケーキ……」

「トーストだけでいいわ」わたしは答えた。

「ミス・ブライトウェルもそれでいいって言うんですよ」マリアが言った。「ずいぶんショックを受けているみたいです。いつもはたっぷりと朝食をとるのに、今日はそれだけですから」

「ミス・ブライトウェルがここに来たということ？」

マリアは首を振った。「いいえ、セニョリータ。上の部屋に閉じこめられているんです。そのへんの犯罪者みたいに監禁されているんですよ。保安官たちは彼女がミスター・ゴールドマンを殺したって思っているみたいですけれど、まったくばかげています。彼女は絶対にそんなことしません。ミスター・ゴールドマンを愛していたんですから。ミス・ブライトウェルがトーストと紅茶を欲しがっているって、見張っている人が言いにきたんです。彼がトレイを取りに来るのを待っているところなんですよ」マリアはテーブルを示した。

「わたしが持っていくわ」わたしはここぞとばかりに言った。「冷めてしまうもの」

「ありがとうございます《ムチャス・グラシアス》、セニョリータ」マリアは恥ずかしそうな笑みを浮かべた。「本当は自分で持っていくべきなんですけれど、この脚で階段をあがるのはもうつらくて」

「いいのよ」わたしはトレイを手に取った。「部屋はどこかしら?」

「左手にある廊下の奥から二番目のドアです。古い教会みたいなドアがついていますから、間違いっこありませんよ」

わたしはトレイを持ち、そろそろと階段をあがった。それぞれの部屋のドアはどこかの古い建物から持ってきたものらしく、どれも異なっていることに初めて気づいた。マリアの言っていたドアは、とりわけ頑丈そうな見事なものだった。だからこそ保安官たちは、そこにステラを監禁することにしたのだろう。片足でドアを蹴ると、徹夜したせいでますますげっそりとして粗野に見える保安官助手のひとりが開けてくれた。

「ミス・ブライトウェルに紅茶を持ってきたの」わたしは言った。

「わざわざありがとう、ジョージー」ステラが礼を言い、わたしは保安官助手にトレイを取りあげられる前に部屋に入った。ひげもそらず、むさくるしい格好の彼とは対照的に、ステラの装いは非の打ちどころのないものだった。白い羽根飾りのついた黒いシルクのドレッシング・ガウンを着て、背もたれの高い肘掛け椅子に座っている。

「進展はないようね」目の前にトレイを置くと、ステラはそう言ってため息をついた。「そうだと思ったわ。あのいけすかない男は、わたしが犯人だって決めつけていて、ろくに調べもしていないんだわ。そうでしょう？」

「できるかぎりのことをするつもりです」わたしは言った。「でも犯人がわたしたちのなかにいるとなると、見つけるのは簡単じゃありません。ミセス・ゴールドマンが怪しいと思うって言っていましたよね？」

ステラは戸口に立っている保安官助手にちらりと目を向けた。傍らのテーブルにはかなり大きな武器が置かれている。

「ええ、そうよ。わたしたちのなかで、動機も機会もあったのは彼女だけですもの。違う？寝室に戻ったって自分では言っているけれど、実際に彼女が階段をあがったところを見た人がいるかしら？　あの不愉快なバーバラ・キンデルは、きっと共犯なのよ。ふたりして計画を立てたんじゃないかしら。ヘレン・ゴールドマンは、サイが彼女と離婚してわたしと結婚したがっていることや、夫婦の権利を否認するつもりだということを知っていたのよ。そうでなければ、彼女がわざわざ来る理由がある？　ここを忌み嫌っていたのに」

ステラは紅茶に砂糖を入れてかき混ぜ、カップを口に運んだ。

「ああ、おいしい。もう何年もアメリカで暮らしているけれど、紅茶なしではいられないというのはもう骨まで染みこんでいるのね」

わたしはうなずいた。「きっとそうなんでしょうね。なにもかもうまくいかないときにも、紅茶を飲めばほっとしますよね。それに……」わたしは言葉を切り、まじまじと彼女を見つめた。

「どうしたの？」

「あなたがミスター・ゴールドマンを殺していないことを証明できると思います」わたしは言った。「保安官を見つけてこないと。どこにいるのかしら？」わたしは助手に尋ねた。

「ほかの者たちといっしょに地所を捜索しています」

「わかったわ。ありがとう」わたしは階段を駆けおり、玄関ホールを通って外に出た。海からあがってくる冷たい風のせいで、空気がべたべたしている。家のまわりを歩いていくと、やがて木立ちから人の声が聞こえてきた。ビリングズ保安官ともうひとりの男性がそこにいて、地面に落ちているなにかを蹴っている。

「拾うときには気をつけろ」保安官は言い、わたしに気づいて驚いたように顔をあげた。

「レディ・ジョージアナ、ここでなにをしているんです？　探偵ごっこですかな？」

「いいえ、あなたを探しにきたんです。ステラ・ブライトウェルがミスター・ゴールドマンを殺していないことを証明できると思います」

「おやおや、本当に？」保安官の薄ら笑いが気に障った。〝わたしは男で、おまえは女にすぎない〟と言わんばかりの偉そうな態度を取る男性は大嫌いだ。

「ええ、そうです」わたしは曾祖母であるヴィクトリア女王のまなざしを受け継いでいることを願いながら、彼をにらみつけた。「犯罪現場を思い起こしてほしいんです。床に横たわっている死体を思い浮かべられますか？」

「もちろんだ」

「ミスター・ゴールドマンの頭の傷はどうなっていますか？」

「何者かが鈍器で力いっぱい後頭部を殴っている」

「その傷は後頭部の真ん中ですか？」

保安官は顔をしかめた。「片側に寄っている」

「どちらでしょう？」

「右だ。傷は右の後頭部だった」

わたしはそこで初めて笑みを浮かべた。「わたしはたったいまステラ・ブライトウェルに朝食を運んだんです。彼女が砂糖を紅茶に入れ、かき混ぜ、カップを持ちあげて飲むところを見ていました。すべて左手を使って。ステラ・ブライトウェルは左利きです、保安官。あの犯行は左利きの人間の仕業ではありえません」

# 27

## 城にて
## 八月四日

ぴんと空気が張りつめた。保安官助手が一方の足から反対の足に体重を移し変え、足の下で乾いた落葉がかさかさと音を立てた。やがて、保安官が大きく息を吐いた。

「あなたの言うとおりですね、お嬢さん。あの一撃は右利きの人間によるものだ。たいした洞察力ですな。あなたはこれまで何件かの殺人事件の解決に手を貸してきたとあのイギリスの若者が言っていたが、わしはまともに受け止めてはいなかった」彼はわたしから顔を背け、木立ちの奥に目を向けた。「くそっ。振り出しに戻ったというわけだ。それともあなたになにか考えでも？」

「どう考えていいのか、わたしにもさっぱりわかりません。ミスター・ゴールドマンの死を望む人がわたしたちのなかにいるとも思えないし、その理由もわかりません。ただ、ミス・ブライトウェルを憎んでいるだれかだということは確かですよね？　そうでなければ、彼女のベッドに盗んだ燭台を置いたりはしないでしょう？」

保安官はうなずいた。「ふむ、とりあえず、一歩は前進しましたよ。たったいま、血のついた手袋を見つけたんです」保安官は、部下がハンカチに包んでいるものを示した。

「ずいぶん小さいですね」わたしは言った。「手の小さい男性か女性のものだわ。たまたまここに落ちていたのか、それともわざと落としたのかしら？　だれかが自分の部屋に戻るときに通るような場所じゃないですよね？」わたしは城の壁を見あげた。「ここは書斎の下だわ。窓から逃げたということは考えられますか？」

「つまり、外部の人間の仕業だということですか？　高価な品物を盗みに来た何者かが、ゴールドマンに見つかって犯行に及んだと？　だがそれなら犯人は、どうしてミス・ブライトウェルのベッドに燭台を置いたんです？　だれにも見られることなく、どうやって逃げたんでしょう？」

わたしは首を振った。「わかりません。まったく筋が通らないわ。これが本当に泥棒の仕業なら、どうしてもう一本の燭台やそれよりもっと高価なエル・グレコの絵を盗まなかったのかしら？」

「だれかが、外部の泥棒の仕業に見せかけようとしたのかもしれない」保安官が言った。

「そして、発見されるとわかっている場所に手袋を残しておいたのも……」

「ありえることですね――」だれかが近づいてくる足音が聞こえて言葉を切ると、ダーシーがわたしを呼ぶ声がした。「ジョージー？　いるのかい？」

「ここよ、ダーシー」わたしは返事をした。

ダーシーが駆け寄ってきた。「よかった。きみがキッチンから戻ってこないんで、心配したよ。そのうえ玄関のドアは開いていて、姿が見えないものだから」

「こちらのお嬢さんは鋭い頭脳をお持ちだ」保安官が言った。「ステラ・ブライトウェルにはミスター・ゴールドマンを殺せないことをたったいま証明してくれたんですよ」

「彼女は左利きなの」わたしはダーシーに言った。「ミスター・ゴールドマンは右利きの人間に殴られているのよ」

「よく気がついたね」ダーシーが言った。

「それに血のついた手袋も見つかったわ」

ダーシーはしげしげとその手袋をながめた。「ぼくたちが追っている貴族泥棒も同じような黒い革の手袋をつけているんだ」

「なんの話です？」保安官は不意に警戒心を募らせた。

「ぼくは宝石泥棒を追ってイギリスから来たんです――上流社会のことをよく知っていて、そのなかにいても不自然ではない人間、おそらくはその一員だろうと思っています。大西洋を横断する船のなかで高価なルビーが盗まれて、犯人は有名なギャングに売買を持ちかけたんです。当局が入手したその手紙はロサンゼルスから投函されていました。ぼくがここに来たのはそのためです。ミスター・ゴールドマンが最近になって手に入れたものが、泥棒の興味を引くかもしれないと思ったんです」

「その泥棒に心当たりはあるんですか？」

「個人的にはステラ・ブライトウェルを疑っていましたが、彼女はミスター・ゴールドマンを殺していないことをジョージーがたったいま証明したわけですから……」

「だからといって、彼女が泥棒でないという証明にはならない」保安官がぴくぴくと指を振り立てた。「ふたつの犯罪が行われたのかもしれませんな。彼女はこっそり燭台を自分の部屋に持って帰った。ゴールドマンの死を望む何者かは、燭台がなくなっていることに気づき、行動を起こすチャンスが来たと考えた――泥棒を殺人犯に見せかけようと思ったんでしょう」

「悪くない考えだと思いますよ、保安官」ダーシーが言った。

「それじゃあ、ミス・ブライトウェルはこのまま監禁しておいたほうがいいでしょうかね？」

「それが賢明でしょう。それに、あなたが疑っているのが自分ではないと思って、殺人犯は隙を見せるかもしれない」

「なるほど。協力を感謝しますよ。それにレディ・ジョージアナ、あなたにも」

「ほかにも協力できることがあるかもしれません」ダーシーが言った。「もうひとり、怪しいと考えている人間がいるんです。彼は自分で言っているとおりの人間かもしれないし、違うかもしれない。もし許可してもらえるなら、ロサンゼルスに戻ってロンドン警察に電報を打ちたいんです。今夜までには答えが得られるはずです」

「もちろんいいですとも」保安官はいたって好意的になっていた。「ゲートの部下たちに、あなたが出ていく許可を与えたことを伝えておきますよ」

「ありがとう。それじゃあ、ぼくは出発することにするよ」ダーシーはわたしに笑いかけた。

「わたしもゲートまでいっしょに行くわ」わたしは家の反対側にあるガレージまでダーシーといっしょに歩いた。「ゲートと柵を自分の目で見ておきたいの。頭のいい人なら、どうにかして出入りする方法を見つけられるかもしれない。あなたが追っている宝石泥棒は突起を伝ったり、屋根を飛び越えたりすることができるんでしょう？　鉄条網のついた柵も越えられるのかもしれないわ」

「ひとりで歩いて帰ることになるけれど、大丈夫かい？　かなり距離があるよ」

「いい運動になるわ。それにちゃんとした道があるもの。動物は木立ちからは出てこないでしょうし」

「わかった。さあ、乗って」ダーシーはわたしを車に乗せてから、ぐるりと回って運転席に座った。丘をくだっていくと霧はさらに濃くなって、まるで命あるもののように道路上で渦を巻いていた。ゲートまでどれほどの距離があるのか、実はわかっていなかったことにわたしは気づいた。後悔の思いが湧き起こり始めたが、引き返して母屋まで連れ帰ってほしいとダーシーに頼むには、プライドが邪魔をした。いざとなったら、門番小屋から電話をして、だれかに迎えに来てもらえばいい。やがて柵と小さな建物――白漆喰塗りの四角い簡素な建物で、屋根はスペイン風のタイル葺《ぶ》きだった――が見えてきた。ダーシーがゲートの前で車を止めると、屋根はゆっくりと開き、わたしは車を降りた。

「行ってらっしゃい。気をつけてね」

「きみもね。ぼくがいないあいだ、ばかなことをするんじゃないよ。危ないことをしちゃだめだ。いいね？」

「わかった」わたしは車のドアを閉め、ダーシーは手を振って霧のなかを遠ざかっていった。わたしはその場に立ったまま、ゲートが閉まるのを眺めていた。両側の柵と同様、ゲートも高さが三メートルほどあって、上部には恐ろしげな鉄条網が見える。鉄柱にぴったりと取りつけられているから、あいだを通り抜けるのは無理だ。そのうえ、すぐにだれかの足音が聞こえてきた。振り返ると、色の黒い男性と保安官助手のひとりがこちらに近づいてくるところだった。

「どうかしましたか、お嬢さん？」保安官助手が尋ねた。

「ミスター・オマーラの車でここまで来たので、これから母屋まで歩いて帰るところです。ずっと閉じこめられているのにうんざりしてしまって。それに柵を自分の目で見たかったんです。頑丈な柵ですね」

「だれもこの柵は乗り越えられませんよ」色黒の男性が言った。

「あなたが門番のジミーね。話は聞いているわ」

「いい話だといいんですがね」そう言って笑みを浮かべた彼の顔は、突如として親しみやすいものになった。

「門番小屋のなかからしかゲートは開けられないと聞いているわ。だれが出入りしたのか、あなたにはわかっているということね」

「もちろんです。記録簿につけることになっています」

「ここ最近、予期していなかった人が来たということはない？」

「ええ、ありません。二日前、フランシスコが必要な物を持ってきて、そして昨日あなたたちがミスター・ゴールドマンといっしょに来ただけです。車が三台と、少し遅れてミス・ブライトウェル」

「ちょっと待って。ミス・ブライトウェルはわたしたちといっしょにいたのよ。ミスター・ゴールドマンの車に乗っていたわ」

「いいえ、彼女はひとりでした。あなたたちの三〇分かそこらあとで、小型のオープンカーで来たんです」

「間違いない？」

彼はうなずいた。「わたしの仕事はそれほど大変なわけじゃない。だれが来て、だれが出ていったのかはわかっています」

「そうね、ありがとう。そろそろ戻ることにするわ。朝食がまだなの」

「動物に気をつけてください」歩きだしたわたしにジミーがうしろから声をかけた。「凶暴なものもいますから」

わたしはうなずき、ゲートが見えなくなるとすぐに道路脇に落ちていた太い枝を万一に備えて拾いあげた。歩きながら、ジミーから聞いたことを考えてみる。ミスター・ゴールドマンとステラはロニーが自分の車で連れていくと言っていた。ステラが彼の車に乗るのを見ただろうか？　見たような気もするけれど、母の荷物とメイドを車に乗せてばたばたと出発の準備をしていたときだから、はっきりした記憶はなかった。寸前になってステラがなにか忘れ物をしたことに気づき、先に行っていてほしい、わたしはあとから自分の車で追いかけるとサイ・ゴールドマンに言った可能性はある。けれど、殺人とは言わないまでも、泥棒の疑いをかけられて監禁されている人物が、ひとりだけ遅れて来たというのは、あまりにも偶然が重なりすぎている気がした。車のなかに、なにか人には見られたくないものでも入っていたのだろうか？　わたしは小道をたどりながら眉間にしわを寄せ、いま得た新たな情報について考えた。

八〇〇メートルほど進んだところで、右方向から巨大な鳥がいきなり現われて、わたしの前方を横切っていった。ダチョウだと気づくまで一瞬の間があり、その後も長いあいだ心臓は早鐘のように打ち続けた。だが幸いなことに、わたしよりもダチョウのほうが怖がっているようだった。左手にある深い木立ちのなかへとダチョウが駆けこんでいくのを眺めていると、木の葉のあいだになにか光るものが見えた気がした。金属？　小道をはずれてそちらのほうへと歩いていくと、案の定、軟らかい土の上にタイヤの跡らしきものが残っていた。さらに歩を進めていくと、茂みのなかに隠されているオープンタイプの小型のスポーツカーを見つけた。

「ステラの車だわ」わたしはひとりごちた。どうしてこんなところに車を隠したのだろう？

急いで逃げ出そうというの？　車を調べてみたが、なにも興味を引くようなものはなかった。グローブボックスにも身元のわかるものや免許証などは入っていない。困惑して顔をあげると、立派な角のある大きなレイヨウが遠くからわたしを見ていることに気づいた。レイヨウが荒々しく息を吐いたので、わたしは三六計逃げるにしかずとばかり、すぐにでも使えるように枝を握りしめ、来た道を戻り始めた。けれどその後は丘をのぼり、前方の断崖にそびえる城が見えてくるまで、動物に出くわすことはなかった。思わず安堵のため息がこぼれた。この場所はどこか奇妙で、不安をかきたてる。まるでミスター・ゴールドマンが、普通の世界のルールが通用しない幻想の世界を作りあげたかのようだ。

わたしのコテージに近づいていくと、ドアが開いてベリンダが出てきた。まだバスローブとスリッパという格好で、髪は寝乱れたままだ。

「ああ、ジョージー。戻ってきてくれてよかった」あえぐような声で言う。「起きてみたら、だれもいないんですもの。それだけでも普通じゃないでしょう？　そのうえいつまでたってもあなたが帰ってこないものだから、すごく不安になったの。あなたたちみんなが神隠しにでもあったんじゃないかって」

「朝食をとりに母屋に行ったのよ。ダーシーはロサンゼルスに向かったわ」

「よかった。それじゃあ、なにも問題はないのね。ミス・ブライトウェルを自由の身にしたのは、事件が解決したということだもの ね」

「どうしてミス・ブライトウェルを自由の身にしたと思うの？」わたしは尋ねた。「さっき母屋を出たときには彼女はまだ部屋に監禁されていたし、保安官は解放するつもりはないようだったわ」

「でもついさっき、あのコテージから彼女が出てくるのを見たのよ。目が覚めたとき、自分がどこにいるのか思い出せなかったから、カーテンを開けて外を見たの。そうしたら、あそこのドアからステラ・ブライトウェルが出てきて、木立ちのなかに入っていったの」

わたしはおとぎ話に出てくるようなコテージを眺めながら、ベリンダが言ったことを考えた。母屋をあとにしてからそれほど長い時間は立っていないし、家の外で見かけた保安官はまだ手がかりを捜していた。殺人はともかくとしても、ステラが盗難に関わっていると考えていた。だとしたら、ステラはどうやってこんなところまで来ることができたのだろう？　そしてあのコテージでいったいなにをしていたのだろう？　彼女の身の回りのものは母屋にあるのだし、あのコテージは使われていない……今朝、あそこを見たときに覚えた違和感の理由がわかったのはそのときだった。昨日ここに来たとき開いていた窓のカーテンが、いまは閉じている。何者かがあそこで夜を過ごしたのだ。そしてそれはステラ・ブライトウェルではありえない。それがだれなのか、わたしにはわかっていた。

# 28

## 八月四日
## 城にて

わたしは、霧のなかにぼんやりと浮かびあがる木立ちを見つめた。

「彼女が出ていってからどれくらいたつ？」

「それほど前じゃないわ。ほんの数分よ」ベリンダが答えた。

「じゃあ、行くわよ」わたしはベリンダの腕をつかんだ。「あとを追わないと」

ベリンダはわたしの手を振りほどいた。「どういうこと？　わたしはどこにも行けないわ。まだ寝間着のままなのよ」

「彼女を逃がすわけにはいかないし、かといってひとりであとを追うのも気が進まない。いまここにはほかにだれもいないのよ」

「保安官が彼女を自由の身にしたのなら、どうしてあとを追う必要があるの？」

「やっぱり彼女が関わっていると思うし、ほかにもわたしたちの知らないことがあるからよ」

「殺人事件に関わっているっていうこと?」

「そうかもしれない」

「わたしはあなたとは違うのよ、ジョージー。殺人犯のあとを追いかけるなんてごめんだわ」

「ふたりでいれば大丈夫よ」ベリンダだけでなく、わたしは自分自身にも言い聞かせた。

「お願いだから、いっしょに来て。でないとひとりで行かなくちゃいけなくなるし、そうしたら危険な目に遭うかもしれない」

ベリンダはため息をついた。「学生時代、どうしてあなたと友だちになろうと思ったのかしら。ううん、わかっている。汚れを知らない純真な子だから、悪い世界から守ってあげなくちゃいけないって思ったのよ。見当違いもいいところね。あなたのせいでしょっちゅう犯罪に巻きこまれることになるんだって、あのころのわたしにだれかが教えてくれればよかったのに」

「いっしょに来てくれないなら……」わたしは歩きだそうとした。

「待って」ベリンダが言った。「靴を履いてくるから。野生動物がいるところをサテンのスリッパで歩くのはごめんよ」

「それなら急いでちょうだい。お化粧したり、髪をいじったりしないで……」

「ジョージーったら。わかっているわよ」ベリンダが家のなかに姿を消すと、わたしはいらだたしげに一方の足からもう一方へと体重を移し変えながら木立ちに目を凝らし、なにかそれらしい音はしないかと耳を澄ました。だが渦巻いては消えていく霧以外に、なにも動くものはない。ベリンダは、彼女にしては驚くほど早く現われた――ドレッシングガウンからジャケットに着替え、彼女のなかでは頑丈の部類に入るらしい靴を履いている。

「さあ、行きましょう。さっさと終わらせたいわ。お腹がぺこぺこなの」ベリンダが言い、わたしたちは丘をくだって、木立ちのなかへと足を踏み入れた。「わたしがいっしょに行くのは、彼女が危険な存在なら保安官は解放したはずがないと思うからよ……いやだ、まさかあなたは彼女が逃げ出したと思っているの？　あとを追っているのはそれが理由？」

「まだどう考えていいのかわからないのよ」わたしは答えた。「ただミスター・ゴールドマンを殺したのはステラ・ブライトウェルではないということだけは言えるわ。それで少しは安心した？」

「そうね」ベリンダは低木と白くなった芝生のあいだを歩きながら言った。「ミス・ブライトウェルに関しては安心したけれど、いまもわたしたちのまわりをうろついている動物に対する不安が消えたわけじゃないわ」

「木の棒があるわ」わたしは言った。「これで守ってあげる」

「サイが突進してきたら、木の棒はなんの役にも立たないわよ」

「ここにサイはいないと思うけれど」

「わからないじゃないの。ライオンの集団がいるかもしれないのよ」

「ライオンの群れでしょう、ベリンダ。言葉はきちんと使わないと」

「はいはい」ジャケットがとげのある茂みに引っかかり、ベリンダはレディが口にするべきではない言葉をつぶやいた。「わたしったら、どうしてあなたについてきたのかしら。まったくばかげているわ。だいたい、わたしたちが追ってきていることを彼女に気づかれたらどうするの？」

「気づいてほしいのよ。わたしたちが追っていることがわかれば、パニックを起こすかもしれないでしょう？」

「殺人犯かもしれない人間がパニック？　心強い話だこと」

わたしたちは歩き続けた。森は次第に深くなり、前方の茂みから飛び出してきた二頭のシマウマがそのまま走り去ると、ベリンダは息を呑んでわたしをつかんだ。

「ほらね。動物のほうがわたしたちを怖がっているって言ったでしょう？」わたしは言った。

「どうしてわかるの？　わたしはそれなりに怖かったわよ。実を言えば、ものすごく怖かったわ。心臓が口から飛び出しそうだったもの」ベリンダはさらに言い添えた。「見て、ジョージー。彼女よ」

黒いジャケットが木と木のあいだを素早く移動しているのが見えた。

その動きは敏速で、あわててあとを追うと枝がわたしの顔を引っかいた。そのときだった。ありえないほど背の高いなにかが巨大な二本のオークの木のあいだから、ぬっと姿を現わした。動物園でキリンを見たことはあるけれど、これほど近くで、それも自然のなかで見るその生き物は驚くほど大きい。足早に歩くミス・ブライトウェルは地面にばかり注意を払っていて、まっすぐ彼女に近づいてくるキリンに気づいていないようだ。巨大な足が目の前に置かれて初めて顔をあげ、恐怖に息を呑んだかと思うと、きびすを返してこちらに向かって逃げてきた。

「つかまえて」わたしは叫び、片方の腕をつかんだ。ベリンダがもう一方の腕をつかんだので、ほっとした。

「放して」彼女は気が狂ったように暴れながら叫んだ。「その手を放してよ。でないと、あの恐ろしいやつに踏みつぶされる」

わたしたちはしっかりつかんだまま、放さなかった。「キリンはあなたから逃げようとしただけよ」わたしは言った。「ほら、木立ちに入っていったわ」

「ここはとんでもないところね」彼女の抵抗がいくらか弱まった。「こんなところ、来なきゃよかった」

見慣れた顔だったけれど、その声は女優ステラ・ブライトウェルのかすれたような上品な声ではなかった。

「ちょっと待って」ベリンダが言った。「あなた、ステラ・ブライトウェルじゃないわね」

「ステラの妹のベラだと思うわ」わたしは言った。「それとも、フロッシー・オールダムって呼んだほうがいいかしら？」

「なんだってそんなことを知っているわけ？」彼女はまだ腕を振りほどこうとしている。

「妹？」ベリンダは、腕をつかんでいる女性の顔を眺めた。「そうね、よく似ている。でも……」

「でもステラほどきれいじゃない――でしょう？」ベラは吐き捨てるように言った。「ステラはきれいで才能があるって、だれもが言う。でもあたしだってそれなりにうまくやってきたと思うわ」

「どういうこと？」ベリンダが尋ねた。

「彼女は腕のいい宝石泥棒なのよ。お姉さんが客として招待されている上流階級のハウスパーティーに潜りこんでいたの。お姉さんのふりをしている彼女を見ても、怪しむ人はだれもいないもの」

「なんてこと。それじゃああなたは、燭台を盗むためにここに来たの？」

「あんたはずいぶん頭がいいのね」ベラが言った。

「でもなにか手違いがあって、あなたはミスター・ゴールドマンに見つかり、彼の頭を殴ったのね？」

「それは違う。あたしはそんなことはしない。人を傷つけたことは一度もないの」ベラはそう言って激しく首を振ったので、かつらをつけていることに気づいた。ステラとまったく同じ髪型のかつらだ。「書斎に入ったら、彼が倒れていたの。頭を殴られてね。捕まったら、まずいことになるのがわかったから、あとは逃げることだけ考えた」

「燭台はあった場所にそのまま置いておくこともできたのに、どうしてお姉さんのベッドに隠したりしたの？　あれはあなたの仕業よね？」

　ベラは邪悪な笑みを浮かべた。「ああ、見つけたのね。事態を混乱させて、逃げるための時間を稼ごうと思っただけよ」

「でもそのせいでお姉さんは殺人の罪を着せられるかもしれないのよ。少なくとも、窃盗の疑いはかけられてしまう。それでもいいの？　どうしてよりによって、お姉さんを巻きこんだの？」

「姉さんがあたしになにをしてくれたっていうの？」ベラの口調は険しかった。「アメリカに行くって言い出したとき、あたしはまだほんの子供だった。あたしは足手まといだから置いていくって、姉さんは言った。あたしはひとりで生きていかなきゃならなくなったの。そして姉さんは大スターになった。あたしを呼んでくれるのを待ったけれど、そんな日はこなかった。一九一九年にスペインかぜにかかって死にかけたときだって、手紙を書いたのに返事すら来なかった。そのあとしばらくは働けなかったけれど、コーラスやパントマイムや海辺のショーでなんとか生き延びてきた。でもどこへ行っても姉さんに似ていることを利用してはいけないって言われることに気づいて、思ったの。姉さんに似ていることを利用してはいけない理由があるだろうかって。うまくいったわ。すごくうまくいったから、ここでやめるつもりはない」

「殺人罪で逮捕されれば、やめざるを得ないんじゃないかしら」わたしは言った。

「あたしに罪を着せることなんてできない。訊かれたら、長く会っていなかった姉に会いに来たんだって言うだけよ。あの気の毒な男には会ったこともないもの。殺す理由なんてない」

「あの燭台にあなたの指紋は残っていないのね？」

ベラは鼻で笑った。「あたしをばかにしているの？　いつだって手袋をしているからね」

「知っているわ。地面に血のついた手袋が落ちていたもの。その手袋の血の跡が窓枠に残っていた。本当にあの窓から逃げたの？　地面まで恐ろしいほど距離があるのに」

「おりたわけじゃない。のぼったの。ステラの部屋の窓からあの部屋におりて、そしてまたのぼって戻ったの。簡単だった。いつもやっていることだもの」

「あなたって、すごいわ」わたしは思わず口走っていた。「ものすごく勇気があるわよね。ステラのふりをして、みんなのあとから堂々と車を運転してゲートを通ってきたんですもの」

「いままでだってうまくいっていたもの。今回がだめな理由はないわ」

「でも、ステラが自分で車を運転していた可能性だってあったのよ？」

「あんたたちが出発するところはちゃんと見ていた。当然でしょう？　若い男の人が運転しているのも、車の窓ガラスに色がついているのも確認した。だれが乗っているのか門番が気づかないことはおおいにあり得るって思ったの」

ベリンダとわたしは両側から彼女の腕をつかみ、ゆっくりとした足取りで丘をのぼった。前方に建物が見えてくると、ベラは怯えた馬のようにぎくりとして逃げ出そうとした。

「あそこに連れていかれたら、あたしが彼を殺したって思われる」

「ほんの数分前までは自信たっぷりだったのに」わたしがつかんでいる彼女の手首には腕時計がつけられている。右手だ。「あなたのお姉さんは左利きね。あなたと同じ」

「そうよ。母さんもそうだった。父さんはどうだか知らない。あたしが赤ん坊のころに出ていったから。だけど、それがなんの関係があるの？」

「あなたがミスター・ゴールドマンを殺していないという証明になるのよ。あなたが訴えられるとしても、不法侵入がせいぜいね。結局なにも盗んでいないんだし、お姉さんを陥れようとしただけだもの」

「それを信じてくれると思う？」その声にはわずかな希望の響きが混じっていて、傲岸な態度をとっていても、実はひとりで見知らぬ国にいる怯えた若い女性にすぎないのだとわたしは気づいた。

「ロンドン警察から派遣された人が、あなたはこれまでその機会があったにもかかわらず、一切の暴力行為を行っていないと証言すれば、信じてくれるでしょうね」

「ロンドン警察があたしを追ってここまで来ているの？　本当に？」

「あなたはいろいろと証拠を残しているのよ。船で宝石をふたつ盗んだことも含めて」

「船で盗んだのはひとつだけよ」ベラは訂正した。「インドのプリンセスから」

「ダイヤモンドの指輪は？」

「そんなものは盗んでいない。だれかほかの人間の仕業でしょうね。保険を請求するために、盗まれたって持ち主が嘘をついている可能性のほうが高いかも。よくあることだもの」

持ち主の女性のことを思い出してみると、おそらくそのとおりだろうという気がした。

「でもプリンセスのルビーは盗んだのね？」

ベラはにやりと笑った。「簡単だった。でも、あなたがこの話をだれかにしても、あたしはそんなこと言っていないって言うから。なにひとつ証拠はないわ。あたしがあの船に乗っていたことすら、証明できない。偽のパスポートを使ったから」

「プリンセスの件だけれど」わたしは言葉を継いだ。「どうやって盗んだの？　お姉さんに扮して、部屋を間違えたふりをしたの？」

「どうして知っているの？」

「推理したのよ」わたしは内心、鼻高々だった。

「彼女がどこに宝石箱を置いているのか、メイドがどれくらい注意深いかを確かめるために行ったの。ああいう人たちって、使用人には全然注意を払わないのよ。だからあたしは客室係の制服を拝借して、使用人がうとうとし始めて、プリンセスが部屋を出ていくのを待った。それから忍びこんで、目的を果たしたというわけ」

「船を捜索したときには、どこにルビーを隠していたの？」

ベラは笑って答えた。「もちろんかつらの下よ。旅に出るときは、いつも予備のかつらを持っていくことにしているの。物をしまっておくにはいい場所なのよ——小さなルビーくらい、簡単に隠せる」

「わかったわ！」わたしは大きくうなずいた。「船室を捜索されるかもしれないと思って、予備のかつらを海に捨てたのね。あの夜、なにかが船から落ちて、水がはねる音を聞いたの。波間に髪が浮いているのが見えた。だれかが溺れているんだと思ったのよ」

ベラはまた笑った。「だれかじゃない。あれはべつのあたし。いくつもの予備のかつらや、何枚もの姉さんと同じドレス。いつでもその気になったときに姉さんのふりができるように、旅には必ずそういうものを持っていくことにしているの。実を言うと、上等のダイヤモンドのブローチに目をつけていて、みんなが仮装舞踏会に出ているあいだにいただこうって思っていた。でも、船室に入っていくところを客室係に見られたし、だれかにつけられているような気がしていたの。船室を捜索されるような危険を冒すわけにはいかなかったから、全部をひとまとめにして海に放り投げたのよ」ベラは値踏みするようにわたしを眺めた。「あんたって頭が切れるのね。女にしておくのがもったいない。探偵にだってなれたでしょうに」

「ロンドン警察の依頼であなたのあとを追っていた男性も、同じくらい頭がいいのよ」

「それって信じられないんだけれど。ロンドン警察がわざわざあたしを追ってくるなんて」

「実のところあなたは、かなりの有名人なの」わたしは言った。

ベラの顔に笑みが浮かび、それだけでぐっと若く見えた。「そうなの？」

「そうよ。あなたの大胆不敵な犯行はロンドン警察も感心しているのよ」

「だからといって、あたしがホロウェイ刑務所送りにならないっていうわけじゃないでしょう？」ベラは再び屋敷を見あげた。これ以上そこに近づくまいとしているのか、わたしたちがつかんでいる彼女の腕に力がこもるのがわかった。

「それはそうでしょうね」わたしは言った。

「でもその前にあたしを捕まえなければならないけれどね」ベラは挑むような笑みをわたしに向けた。

# 29

ベリンダとわたしがベラ・ブライトウェルをはさむようにして玄関ホールに入っていくと、ビリングズ保安官は驚いて顔をあげた。「どういうことです？　ミス・ブライトウェル――いったいだれがあなたを部屋から出したんですか？」

「彼女はミス・ブライトウェルではありません」わたしは言った。「本物のステラはいまも寝室に監禁されています。彼女は妹のベラです」

「妹の話なんてだれからも聞いていないぞ」保安官は怒ったような口調になった。

「彼女のことはだれも知りませんでしたから。ステラには妹がいて、幼いころいっしょに仕事をしていたんです。昔、母もいっしょにショービジネスをしていたって、わたしは母から聞いていました。ここに妹がいるに違いないと気づきました。監禁されているはずのステラを見かけたという話を聞いて、ここに来た理由はただひとつ――ミスター・ゴールドマンが持って帰ってきた金の燭台を盗むためです。彼女もまた有名な人間なんです――宝石泥棒として。彼女が

「これでようやく本物の殺人犯を捕まえたわけですな」保安官はほっとした様子だった。「おまえたち！」声をあげて部下を呼ぶ。

「ちょっと待って」ベラが言った。「いまの話はなにひとつ証明できないから。あたしは、長年音信不通だった姉のステラに会いにきたの。それだけ。燭台にあたしの指紋はついていないし、どこにも指紋は残っていないわ」

「でも書斎の窓枠に残っていたのは、血のついたあなたの手袋の跡よね」わたしは言った。「保安官は血のついた手袋の片方を見つけている。よく捜せば、もう片方も見つかるはずよ。いまもあなたのポケットに入っているかもしれないわね」

「あんたは味方だと思ったのに」ベラはかみつくように言った。

「わたしは正義の味方なの。でも心配しなくていいわ。今回あなたは法に反することはなにもしていないから。あなたはミス・ブライトウェルだと名乗ってゲートを通った。でもそれは嘘じゃない。本当にミス・ブライトウェルなんですもの。門番はあなたを通した。敷地に入る許可を与えたということよ。そしてあなたは書斎に入った。有名な燭台がそこにあると思ったんでしょうね。そうしたらミスター・ゴールドマンが死んでいるのを見つけて恐ろしくなり、燭台の片方を姉のベッドに置いておくことにした。たちの悪い冗談だけれど、どれをとっても犯罪ではないわ」

「それでは、彼女は殺人犯ではないと言うんですか？」ビリングズ保安官が尋ねた。

「彼女の手首を見てください、保安官」わたしはつかんでいたベラの腕を持ちあげた。「右手に腕時計をはめている。つまり、ステラ同様、彼女も左利きだということです」

「ふむ。なるほど。彼女は燭台を盗むつもりで書斎に入ったが、そこで見つけたのは床に倒れているゴールドマンだったというわけですな」

「書斎には入ったけれど、なにも盗んでなんかいない」ベラが反論した。「あたしがなにをするつもりだったかなんて、勝手に決めつけないで。本が好きなだけかもしれないでしょう？」

「生意気な口をきくのもいい加減にするんだな」保安官が言った。「自分がかなり危うい立場にいるってことを理解したほうがいい」保安官はベラの顔の前で脅すように指を振った。「あんたを建造物侵入や不法侵入の容疑で捕まえることもできるんだ。燭台を盗むつもりだったが、死体を見つけておじけづいただけだってことはわかっている。だが殺人事件の捜査に協力すれば、考えてやらなくもない。まず訊くが、どうやって書斎に入った？　廊下を通った者はだれもいないと、あの家にいた人間全員が証言しているんだ」

「簡単よ。みんながプールに集まっているあいだに家に入って、使われていない部屋に隠れていたの。そのあと、ディナーのあいだにステラの部屋に行った。そこから壁を伝いおりて、窓から書斎に入ったのよ」

「壁を伝いおりた？」信じられないといった保安官の口ぶりだった。

「ここみたいにでこぼこしている岩の壁なら、簡単よ。いつもやっているわ」

「なんとまあ」保安官は首を振った。「客が書斎を出てからミスター・ゴールドマンが殺されるまで、ほんのわずかな時間しかなかったはずだ。あんたは犯人を目撃できる立場にあった。だから、よく考えて答えるんだ——なにか役に立ちそうなものを見たり、聞いたりしなかったか？」

ベラは顔をしかめたが、やがて首を振った。「なにも見ていないし、聞いてもいない。そうでなきゃ、書斎に入ろうなんて思わなかったもの。さっきも言ったとおり、みんながディナーに行っているあいだにあたしは二階にあがった。ステラの部屋に入ったのは、そこが書斎の真上だったから。書斎で葉巻とブランデーを楽しもうって男の人たちが言うのが聞こえたから、明かりがすっかり消えるまで待ってから壁を伝いおりて、窓からなかに入ったの。アルコーブのカーテンは閉まっていた。一歩踏み出したら、なにかを蹴とばしたの。拾ってみたら、燭台の片割れだった。なにか変だって気づいたから懐中電灯をつけてみたら、手袋に血がついていた。本当にびっくりしたわ。そのあとで、彼が目に入った。カーテンの向こう側で頭を殴られて倒れていたの」

「そのときあんたは部屋にひとりきりだったのか？」

ベラは肩をすくめた。「わからない。明かりは小さな懐中電灯だけで、あとは暗かったもの。ほかのアルコーブや部屋の向こうの暗がりに隠れていたら、気づかなかったでしょうね」ベラは身震いして、自分の体を抱きしめた。「あのときは、もうあそこを出ることしか考えられなかった。燭台を盗むのは簡単だったけれど、そんなものを持っているところを捕まれば、まずいことになるのもわかっていた。だから血のついた燭台は見つけた場所に戻して、もう一方は捜査の目を逸らすためにステラの部屋に置いておくことにしたの。そうすれば逃げる時間が稼げると思って」

「で、そのあとはどこに行ったんだ？　また窓から逃げたのか？」

「ものすごい物音が聞こえたの。それから叫び声や走ってくる足音も。だから身を隠したほうがいいと思った。ステラのベッドに燭台を隠したあとは、家の反対側に行って、そこの窓からガレージの天井におりた。そのあとは近いところに潜んで、なにがどうなっているのか耳を澄ましていたの。夜のあいだに地所を抜け出すのは無理だってわかった。森の中に入っていったら使われていないコテージがあったから、そこで夜を明かした」

「ありがとう、ミス・ブライトウェル」保安官が言った。「いまの段階ではあんたをどうするかはわからないが、とりあえずは朝食だ。逃げようなどとは考えないように。ここの出入り口はあのゲートだけだし、あそこはわしの部下が見張っているからな」

「よかった。わたし、お腹がぺこぺこなのよ」ベリンダが言った。

「彼女を放してくださってけっこうですよ」保安官はベリンダとわたしに向かって言った。「たいしたものですよ、お嬢さんがた。頭も切れるし、肝も据わっている。あなたがたイギリス女性は、よく言われているような取り澄ました壁の花ではないようですな」保安官はベラの腕を取った。「さあ、こっちに来るんだ。あんたにはわしの目の届くところにいてもらう」

「取り澄ました壁の花ですって」玄関ホールを歩きながら、ベリンダがわたしの耳元で囁いた。「いやな人よね。ベラが逃げるのを助けたくなるわ」

「それはやめておいたほうがいいわよ。ダーシーが気を悪くするでしょうね」

わたしたちは保安官の大きなブーツの音を背後に聞きながら歩いていたが、書斎に通じる廊下までやってきたところで彼が足を止めた。

「ミス・ブライトウェル、朝食の前にもう一度現場を見てもらいたい。なにか思い出すことがあるかもしれない。どんなささいなことでもかまわないのでね」

保安官はベラを先に立たせ、狭い廊下を進んだ。好奇心にかられ、わたしもあとを追った。もう一度、明るいなかで書斎を見ておきたかった。

「わたしは食堂に行くから」ベリンダがわたしに声をかけた。「犯罪現場も死体も見たくないもの。スクランブルエッグが食べられなくなるわ」

保安官は書斎のドアの鍵を開けた。厚いカーテンはかかったままで、ほこりと古い革と家具の艶出し剤のにおいに混じって、間違いのようのない死のにおいが漂っている。一度嗅いだら、決して忘れられないにおいだ。保安官はカーテンを開けようとはせず、電灯をつけた。シーツがかけられてはいるものの、まだそこに横たわったままの死体が見えた。ベラはそれを見て小さくあえいだ。「まだここにあったのね」

「朝になるまで、死体安置所の車が手配できなかったのでね。いまこちらに向かっているところだ。それに先生が解剖をしたがっている。死因ははっきりしているとわしは思うが。だから急がなくていい。部屋を見てほしい。なにか思い出したことはないか？　だれかが部屋にいたことを示すようななにか――男だか女だか知らないが、犯人がどうやってここから出たのかがわからないんだ」

「ここから壁伝いにおりるのは無理ね」ベラが言った。「この下の壁はコンクリートで、滑りやすいもの。それに相当高さがある。だれかがのぼってきたということもないわ。もしのぼっていたら、あたしが見ていたはずだから」

わたしはゆうべと同じような恐怖の入り混じった好奇心にかられ、部屋のなかを見まわした。記憶が蘇る。戸口にかたまっていたわたしたち、床の上のミスター・ゴールドマン、一面の血……保安官は結局、書斎で全員に尋問をすることはなかった。たったいま殺したばかりの死体を目にして冷静さを失う人間がいるかどうかを、確かめることはできなかったということだ。けれど夫の死体があるところで尋問をするのは残酷すぎると、ミセス・ゴールドマンが強く抗議したにもかかわらず、彼女にはここで話を聞いている。

ふと意識をよぎったなにかを捕らえようとして、わたしは顔をあげ、眉間にしわをよせた。なにか引っかかったことがあったはずだ。夫が死んで床に横たわっているところで尋問をするのはあんまりだとミセス・ゴールドマンが声をあげると、ホアンがこう言ったのだ。「見たくなければ、死体をカーテンで隠せばいい」

だが死体がアルコーブの窓にかけられたカーテンの向こう側にあることを、どうしてホアンは知っていたのだろう？　この部屋は広い。死体はどこにあってもおかしくないし、わたしたちが書斎に集まって死体を見つけたとき、ホアンは部屋で眠っていたはずなのに。

「ホアン！」わたしは声をあげた。「ホアンが犯人だわ」

「ずっと眠っていたと言っているスペインの若者か？」保安官は驚いた顔をした。「どうしてそう思うんです？」

「死体のある場所を知っていたからよ。ずっと自分のベッドで寝ていたなら、見ているはずがないのに」

「だがどうしてゴールドマンを殺したりするんです？　彼を映画スターにするために、ゴールドマンがスペインから連れてきたんでしょう？」

「ええ。でもミスター・ゴールドマンは気が変わったんです」わたしは説明した。「ホアンはまだ映画に出るだけの準備ができていないと言って。彼のアクセントが気に入らなかったみたいです。それどころか、そのことをからかっていました」

「だが、アクセントをからかわれたからといって、普通は人を殺したりはしない」保安官は首を振った。

「確かにそうですね。ほかにも理由があるのかもしれないわ。ホアンとステラは互いに惹かれ合っているみたいでしたし」

「彼が燭台を盗もうとしたと考えているんですか？　それ以外にここに来るどんな理由があるんです？」

「わかりません。彼をここに呼んで、訊いてみたらどうですか？　この部屋に入ってきたとき、すぐに死体のあるほうを見たら、そこにあることを知っているという証拠になります」

「いいでしょう」保安官が言った。「あなたはいろいろと頭の切れるところを見せてくれましたからね、信用することにしますよ。部下に彼を呼びに行かせます」

「もうひとつ、お願いしてもいいですか？　彼がミスター・ゴールドマンを殺した証拠があると言ってほしいんです」

「だがそんなものはない。あなたの言葉だけだ」

「でも、あると言ってください。燭台を盗みに来たベラ・ブライトウェルが彼を見たと言うんです。彼はベラのことを知らないから、きっと油断すると思います」

「できないことはないが……」保安官は自信なさげだった。「通常のやり方とは言えないが、彼は外国人だし、きっと気づかないだろう」そう言ってにやりと笑った。「わかりました、彼を呼んできましょう」

　ホアンが書斎に現われるのを待っているあいだ、実を言えばわたしの気持ちは揺らいでいた。ホアンは今朝はまだ起き出していないらしく、保安官の助手たちは〈ハシエンダ〉まで彼を起こしに行った。ベラとわたしは開いたままの玄関から吹きこんでくる冷たい風に身を震わせながら、保安官といっしょに書斎の外で待った。ベラはわたしを見ようとはしなかったし、わたしも彼女に目を向けることはなかった。最初の興奮の波が引いたいま、彼女のことを保安官に話してよかったのだろうかと、いささかうしろめたい気持ちになっていた。彼女は逮捕されて、イギリスに強制送還されるのだろうか？　けれど彼女は宝石泥棒なのだと改めて自分に言い聞かせた。ちゃんと裁きを受けるべきだ。

ゆっくり考える時間ができると、ホアンについても間違いを犯したのではないかと不安になってきた。死体がある場所をだれかから聞いたというのはありえることだろうか？　ダーシーとアルジーが彼をベッドから引きずり出したときに、その話をしたとか？　けれどふたりがホアンにくわしい話をしたとは思えないし、母屋に連れてこられたとき、彼はまだ半分眠っているようだった。わたしたち全員が常に玄関の見える場所にいたというのに、一度部屋に戻ったホアンがこっそり戻ってくることは可能だろうか？　彼こそがミスター・ゴールドマンを殺した犯人だと名指ししたわたしは、困った羽目に陥ることになる？　待っている時間が永遠のように感じられた。お腹がぐーと大きく鳴って、わたしは空腹であることを思い出した。さっさと朝食をとりに行ったベリンダは、例によって抜け目がない。わたしはまたなぜか、犯罪に関わる羽目になっているというのに。いったいいつになったらわたしは学ぶのかしら？

外の砂利を踏みしだく音と大きな話し声が聞こえて、わたしたちは揃って顔をあげた。ふたりの助手が不機嫌そうなホアンをはさむようにして歩いてくるのが見えた。

「いったいどういうことだ？」ホアンはまっすぐ保安官に歩み寄った。「また寝ていたところを起こされたんだぞ。ぼくはゆっくり寝ていちゃいけないのか？　保安官がぼくと話をしたがっていると言われた。それはいいさ。だがその前に顔を洗って、ひげを剃って、着替えさせてくれと言ったのに、断られた。いますぐに来いとさ。ぼくが外国人だから、邪険に扱っているんだろう。あんたの上司に訴えてやる」ホアンはポケットから煙草を取り出して火をつけると、横柄としか言いようのない態度で煙を吐き出した。

「いいや、それは違うね」保安官の肩からは力が抜けていて、今後の展開を楽しみにしているようだった。「こういう扱いをしているのは、きみがミスター・ゴールドマンを殺したことを知っているからだ」

「知っている？　なにを知っているっていうんだ？　ぼくが外国人だから、あんたはぼくを犯人に仕立て上げようとしている。アメリカの警察がどういうものかはわかっている。あんたたちは——なんて言ったかな——スケープゴートを作るのが得意なのさ。真相なんてどうでもいいんだ。だが一応訊いておくよ。もしぼくがミスター・ゴールドマンを殺した犯人だと言うのなら、証拠はどこにあるんだ？」

「実を言うと、証拠はここにある」ビリングズ保安官はゆっくりした口調で言った。「きみが彼を殺すところを見ていた人間がいるんだ」

「だれが見ていたというんだ？　まったくばかばかしい」

「こちらの若い女性がきみを見ていた」保安官はベラの姿が見えるように、一歩横に移動した。

ホアンは初めてベラに気づいたようだ。「おや」顔をしかめる。「ステラじゃない。きみはだれだ？」

「ステラの妹よ」わたしは言った。「彼女は燭台を盗むためにここに来て……」

「ただの泥棒か」

「ただの人殺しよりはましよ」ベラは挑むように言った。「でもそのとおり。あたしは燭台を盗むつもりだったのに、あなたがミスター・ゴールドマンを殺すところを見たの。あたしは壁を伝いおりて、窓から書斎に入ったのよ」

「壁を伝いおりた？　ありえない。あんたは何者だ？　ハエかい？」ホアンの人をばかにしたような、挑戦的な態度はそのままだった。

「やってみせましょうか？」ベラは窓に近づこうとした。

ホアンの顔から血の気が引いたかと思うと、その目が怒りに燃えあがった。

「あいつは死んで当然だ。ぼくと、ぼくの文化と、ぼくの宗教と、ぼくの家族を侮辱したんだ。スペインで会ったとき、あいつはすごく礼儀正しくて、すごく興奮していた。ぼくを大スターにするって言った。これですべての問題は解決するとぼくは思った。ぼくの家はもう金持ちじゃない。大農場を維持することができなくなっていた。でもスターになれば、金と名声を手に入れられると思った。なのにここに来てみたら、あいつは嘘つきで、泥棒だっていうことがわかったんだ」

「泥棒？　なにを盗んだというんだ？」

「ぼくの遺産だ。あの燭台だよ。あれは、ぼくの大おばが院長をしている修道院にあったものだ。もう何世紀も前から、あの修道院にはぼくの先祖の女性たちがいたんだ。純朴で、信心深い人たちだ。自分たちが持っているものの価値には、まったく気づいていなかっただろうね。修道院はひどい状態で修復が必要だった。そこでミスター・ゴールドマンが取引を持ちかけて、燭台を買い取った。エル・グレコの絵はただみたいな値段だったよ。彼女たちにとっては、あれはただの聖母と子供の絵にすぎなかった。エル・グレコなんかじゃなくて。そのうえあの男は、スペインにあるチャペルを丸ごと買ったことを自慢していた。解体してすべてを船で運ばせ、ここで再建したものを更衣室として使うと言った。神聖なチャペルを更衣室にするだって？　それを聞いたぼくは、大おばの修道院からあいつが盗んだものを取り戻そうと決めたんだ。彼女たちのために正義を果たそうと」

「それではきみはディナーのあと、実際は部屋に戻らなかったんだな？」保安官が訊いた。

「そうさ。玄関のドアを音を立てて閉めたあと、そのまま書斎に向かい、アルコーブのカーテンの陰に隠れて待った。最後のひとりが出ていってミスター・ゴールドマンだけになったところで、いまこそあいつと対決するときだと思った。カーテンの陰から出ていってもあいつは驚かなかったよ。まったく不安のない顔で、親しげに声をかけてきた。〝やあ、そこにいたのか、ホアン。眠れなかったのかい？　ブランデーでもどうだ？　葉巻もあるぞ。燭台を箱に入れて金庫にしまったら、すぐに戻ってくるからちょっと待っててくれ〟ってね。

〝そんなことはさせない。ぼくはサンタ・テレサのシスターたちの代わりに来たんだ。彼女たちの持ち物を取り戻すために〟そう言ったら、彼は笑った。〝いまはわたしのものだよ。彼女たちの気が変わっても手遅れだ。それにあんな古ぼけた薄暗いチャペルに置いておくよりは、わたしのダイニングテーブルに飾ったほうがよっぽど見栄えがする〟」

ホアンはまるで体のどこかが痛むかのように、言葉を切った。「彼はぼくに背を向けた。

すかさずぼくは燭台を手にして、頭を殴りつけた。あっさり倒れたよ。自分がしたことにぞっとして、思わず燭台を取り落とした。それからこっそり廊下に出て、くぼみに置かれている像のうしろに隠れたんだ。じきにけたたましい音がして、みんなが何ごとだろうと走ってきた。ぼくはその隙に玄関を出て、自分のコテージに戻った。後悔しているかと訊かれたら――いいやと答えるね。あいつは死んで当然の人間だ。祖国とそこに住む人たちを侮辱された報復ができたことを、ぼくは誇りに思うよ」

「ガス室に送られることになったら、そんな生意気を言っていられなくなるだろうな」保安官が言った。

「ガス室なんてくそくらえだ」ホアンが言った。「あんたもね」

ホアンは大理石の床に唾を吐くと、くるりときびすを返し、開いたままの玄関のドアから外へと駆けだしていった。

# 30

つかの間、わたしたちは三人ともあっけに取られていたように思う。少なくともわたしはそうだった。最初に我に返ったのは保安官だった。

「ばかなやつだ」彼は言った。「いったいどこに逃げるつもりだ？　敷地の外には出られないし、ずっと隠れていることもできない。もうすぐ警察犬が来るから、そうしたらすぐに見つけられる」

わたしたちは保安官のあとについて玄関に向かった。ホアンの姿はない。すでに森に逃げこんだのだろう。保安官は電話に駆け寄ると、怒鳴るようにして指示を与え始めた。わたしたちに向き直ったときには、その顔には満足そうな表情が浮かんでいた。

「警察犬と訓練士を乗せた車は、すでにこちらに向かっているそうだ。門番小屋にいる部下たちには、武器を準備しておくように指示をしておいた。必要とあらば射殺しろと言ってある。いまできるのはこれくらいだ。とりあえず、わしは朝食にするよ」

彼について食堂に行くと、そこではベリンダとロニー、そして保安官助手のひとりがたっぷりした食事を堪能しているところだった。

「このパンケーキ、おいしいのよ」わたしたちを見てベリンダが言った。

わたしはコーヒーをカップに注いだが、なにかを食べる気にはなれなかった。保安官の〝射殺〟という言葉が耳に残っていた。なにをしたにせよ、ホアンはそれが正しいことだったと信じている。わたしの欠点は情にもろいところで、つい犯罪者の視点に立って物事を考えてしまうのだ。卵とパンケーキとベーコンをたいらげているベラを見た。彼女にはそんな感傷的なところはまったくないようだ。これからどうなるのだろう？　彼女に手錠をかけてイギリスに連れて帰る権限がダーシーにあるのだろうか？　ダーシーはいつ戻ってくるのだろう？　無駄足に終わらないことを願った。

かろうじてトーストを口に運んでいると、電話が鳴った。保安官助手のひとりが電話を取りに行った。

「部下たちがゲートに着いたんだろう」保安官は大きなハムのかたまりをフォークに刺したまま言った。

だがその助手はあわてて戻ってきた。「保安官、電話を替わってほしいそうです」

大理石の床に彼のブーツの音が響き、やがて声が聞こえてきた。「くそっ。なんて野郎だ。そんなことをして、なにになると思っているんだ？　すぐにだれかをそっちにやる」

その言葉とほぼ同時に玄関のドアが勢いよく開いて、縞模様のシルクのバスローブ姿のクレイグ・ハートが入ってきた。「煙のにおいがする」

「あのスペイン野郎が、ゲートのすぐ内側に火をつけたらしい」保安官が言った。「いったいどういうつもりなんだか。全員が門番小屋に駆けつけるとでも思っているのか？　その隙に逃げ出せると？」

「消防隊に電話してくる。使用人たちもできるだけ早く行かせるようにするよ」ロニーが立ちあがった。「この時期は火のまわりが早いからね」

彼と入れ替わるように、マリアが部屋に駆けこんできた。「火事《フエゴ》です。火が」

「わかっているよ、マリア。ゲートから連絡があって、すでに消火に当たらせている」

「違うんです。ゲートじゃありません。家の裏です。ぼうぼうに燃えています」

わたしたちはあわてて玄関に向かった。すでにいがらっぽいにおいが漂っている。いつのまにか出てきた風が霧を吹き払い、炎をあおっていた。パチパチと火がはぜる音が聞こえ、あたりがオレンジ色に染まっているのが見えた。

「こんなに早く火が回るはずがない」クレイグが言った。「見ろ、もうあっちの右手まで燃えているぞ」

「上もよ」家の裏手の木が炎に包まれるのが見えて、わたしは叫んだ。

「あの野郎はわしらを火で包囲したんだ」保安官はおののくような声で言った。「どうやって逃げればいい？」電話機へと駆け戻り、受話器を持ちあげたものの、すぐに叩きつけるようにして置いた。「つながらない。消防車が間に合うように来てくれることを祈るばかりだ」

そうしているあいだにも、森のほうで新たな火の手があがった。炎がつながって輪になり、乾いた草や低木を燃料にしてあらゆる方向からわたしたちに迫ってくる。

「みんなを起こすんだ」保安官が言った。「いざというときに逃げられるように準備をしておかないと」

「アルジーを起こしてくる」ロニーが言った。

「わたしはお母さまを」わたしは、プールの向こう側にあるミスター・チャップリンのコテージに向かった。

「マリア、あんたはミセス・ゴールドマンと彼女の友だちを起こせ」保安官が声をあげた。

「フランシスコ！」マリアが叫んだ。「フランシスコはどこ？　フランシスコ！」マリアは夫の名を呼びながら、家の裏手へと姿を消した。

「そのほかは、わしから見えないところに行くんじゃないぞ」保安官が言った。

プールまでも行く必要はなかった。母とチャーリー・チャップリンがこっちに向かって走ってくる。母は髪にカーラーを巻いたままで、それを見ればどれほど怯えているかがよくわかった。お化粧も髪も完璧に整えてからでなければ、決して人前に出ない人なのだ。

「なにごと？」母が尋ねた。「なにがあったの？」

「ホアンが火をつけたの」わたしは答えた。

「ホアンが？　なんのために？」

「とどめの悪行ってやつだな」保安官が応じた。「ガス室に行きたくないらしい」

「ホアンがサイ・ゴールドマンを殺したって言うの？　嘘よ」ここまで走ってきたせいで、母は息を荒らげていた。

「自白したのよ。誇らしげだったわ。自分が受け継ぐべきだった遺産を奪われた報復らしいわ」

「サイは彼のアクセントをからかったりしちゃいけなかったのよ」母は言った。「だれか、消防署に電話はしたの？　ホースやなにかを準備しておかなくてもいいの？」

「部下たちが取りかかっているはずだし、消防署には連絡してあります。だが一番近いところでも、ここからはかなりの距離がある。おそらくマリブでしょう。ひょっとしたらオックスナードかもしれない。それに、もう電話はかけられない。つながらないんです」

「それじゃあ、わたしたちはどうすればいいの？」母が訊いた。

「できることはなにもありません」保安官が答えた。「おわかりでしょうが、ゲートの前は一面が火の海だ。車であそこを通り抜けるのは不可能です」

「それなら、どうやってここから逃げるの？」

「ここにいれば大丈夫なはずです。一番近い木立ちまで、充分な距離がありますからね」

だが保安官がそう言っているそばから火の粉が降ってきて、わたしたちはあわててあとずさった。

「まずいな。屋根の一部は板ぶきなんだ」すくみあがっているアルジーをつれて戻ってきたロニーが言った。

「ああ、どうしよう。生きたまま焼かれてしまうよ」アルジーが泣き言を言った。「だれか、どうにかしておくれよ」

「うるさいわよ」ベリンダが叱りつけた。「わたしはコテージから荷物を取ってくるわ。シャネルの服を燃やすわけにはいかないの」

「ベリンダ、だめよ」わたしは彼女を止めようとした。

「ばか言わないで。大丈夫よ。火のまわりがそこまで速いはずはないわ。ぱっと行って、ぱっと帰ってくるから」ベリンダはそう言うと、丘を駆けおりていった。わたしはあとを追いかけたくなる誘惑にかられた。なにか持ち出したいものはあるだろうかと考えたところで、はたと気づいた。「クイーニー。クイーニーがあそこにいるわ。お母さまのメイドも。ベリンダ、ふたりを連れ出して」

わたしたちは前庭で待った。できるだけ息を止めてはいたものの、渦巻く煙が目にしみて咳が出た。あらゆる方角から炎が迫ってくるのが見える。恐ろしくてたまらなかった。突然、木立ちから一頭のシマウマが飛び出してきたかと思うと、二頭目が現われ、次にキリンが驚くほどのスピードで駆けてきた。砂利の上で足を止め、どこへ行けばいいのかわからないかのように体を震わせている。

「ベリンダが急いでくれるといいんだけれど」わたしはつぶやいた。炎は恐ろしいほど迫ってきている。不意にうなるような大きな音が響きわたり、ベラがひと晩をすごしたグリム兄弟のコテージが一気に燃えあがった。

「ベリンダ！」わたしは悲鳴をあげた。

クイーニーが木立から現われたのはそのときだった。あれだけの巨体にしては驚くほどの速さで丘を駆けあがってくる。中身が半分こぼれたスーツケースをさげたクローデットとベリンダがそのあとを追ってきた。

「まあ、わたしの荷物を持ってきてくれたのね。なんて気が利くのかしら」母が言った。

「本当にかけがえのない子だわ」

クイーニーがそんな気遣いをしなかったことはすぐにわかった。赤い顔に決然とした表情を浮かべ、突撃するカバのような勢いでこちらに走ってくる。

「火があんなに速く広がるなんて思ってもみなかったわ」わたしたちのところまでやってきたベリンダは、すすで汚れた顔から髪をはらいながら言った。「たったいままでなんともなかったのに、次の瞬間にはあのおかしなドイツの家が燃えあがっていたのよ。お気に入りのフェイスクリームを置いてこなくちゃならなかったわ。パリでいくらしたと思う？」

「パリパリに焼かれたり、クリームなんていらないくらい顔にひどいやけどを負ったりするよりはましよ」

「たしかにそうね」ベリンダは顔のすすをぬぐいながらそう答えたものの、コテージの方向をまだうらめしそうな目で見つめている。

「ああ、お嬢さん。もうだめかと思いましたよ」クイーニーが言った。

「どうしてもっと早く来なかったの？」指示されるまで自分のいるべき場所を動こうとしな

かったのかと思うと、胸がいっぱいになった。

「クローデットがお母さんの荷物をつめるのに必死で、逃げようとしなかったんですよ。だから手伝うことにしたんです。でないと彼女が逃げそびれちまいますからね。最後はほとんど引きずるようにして家を出てきました。そうしたら彼女が落ちていた枝につまずいたんで、あたしはまた戻って助け起こさなきゃならなかったんですよ。まったくいまいましいフランス人ですよ」クイーニーは顔をしかめた。「お嬢さんの荷物のことなんて、手遅れになるまで思い出しもしませんでした。すみません。でもお母さんの服のほうが、お嬢さんのよりも上等ですよね？　それにクローデットを助けなかったら、お母さんはひどく怒ったでしょうしね」

庭師たちはホースをつなぎ、近づいてくる炎の壁をなんとか阻止しようとしていた。だがホースは二本きりのうえ、広々とした前庭の反対側にある一番近い木立ちに届くだけの長さもなかった。レイヨウが森から走り出てきたが、家の裏側の炎に行く手を遮られた。小さな動物たち――狐やリスやジャックウサギ――がそのあとを追っていく。この場所をおかしな動物園だと評した母の言葉が、突如としてふさわしいものに思えてきた。

熱を感じるようになり、ぱちぱちという炎のはぜる音が轟音《ごうおん》に変わってきた。煙が目にしみるせいで、ほとんど開けていられない。

「家のなかに入ったほうがよさそうだ」クレイグが切り出した。

「消防車がじきに来るはずだ」そうやっていれば消防車が現われるのが見えるとでもいうよ

うに、ロニーは炎にじっと目を凝らしている。「なかのほうが安全だとは言い切れない」

「この家は石造りじゃないのか？　それなら燃えないだろう？」

「石造りなのは外側だけだ」ロニーの顔は苦々しかった。「その下の骨組みは木なんだ」

「それじゃあ、どうするんだ？」アルジーが言った。「助けを呼びにいかないと。このままじゃ、火あぶりだ」

「火が砂利道までやってきて、そこで燃え尽きてしまえば大丈夫なはずだ」保安官の口調は自信に満ちているとは言いがたかった。「もう少しましなホースの差し込み口はないのか？」

突然、頭上からぱちぱちぱちという音が聞こえたかと思うと、天井から煙がたちのぼった。

「屋根に燃え移った」ロニーが叫んだ。「行こう。広がる前に消すんだ」

クレイグと保安官、そしてその場にいた彼の部下たちが家のなかに入っていた。わたしはためらったが、なにかの役に立てるかもしれないと思い直し、そのあとを追った。

「バケツだ、バケツがいる」保安官が叫んでいるのが聞こえた。「マリア？　フランシスコ？」

天井の高い玄関ホールに彼の声が反響する。次の瞬間、マリアが飛ぶようにして階段を駆けおりてきた。そのうしろを、ローブ姿のままのミセス・ゴールドマンとミス・キンデルが手を取り合ってついてくる。

「家じゅうが燃えているの」バーバラ・キンデルが叫んだ。「もう上にはいられない」

「だれか燭台を取ってきてちょうだい」ミセス・ゴールドマンは気も狂わんばかりに両手を

振り回している。

「落ち着いて。保険をかけてあるんでしょう?」バーバラは彼女を落ち着かせようとした。

「わからない。主人は保険をかけたと言ったの? それともこれからかけると言ったの?」

彼女が気にかけているのが夫の遺体ではないことにわたしは気づいていた。

ロニーは鍋やポットをつかむと、階段を駆けあがっていった。わたしも渋々あとを追った。踊り場を過ぎ、ふたつ目の階段に足をかけたところでロニーは青い顔で振り返った。

「だめだ。ここの天井までもう火がまわっている」彼の言葉に重なって、木の天井が崩れる音とガラスの割れる音が聞こえた。

「みんな、プールに飛びこむんだ」全員が再び外に出たところで、チャーリー・チャップリンが叫んだ。

一度言えば充分だった。アルジーとベリンダと母が驚くほどの速さで駆けだした。アルジーは先頭に立とうとして母を突き飛ばしたくらいだ。わたしたちはそのあとを追ってプールに飛びこんだが、クイーニーはためらっている。「泳げないんです」

「それなら浅いほうに行って、火が迫ってきたら水に潜るのよ」

美しい青い水の表面にはすでに灰が浮いていて、本当に炎がここまで来たらどうすればいいのだろうとわたしは不安になった。水中でどれくらい息を止めていられるだろう? 開け放した玄関から煙が流れこんでいき、ばきばきというなにかが崩れる音が響いた。恐ろしい悲鳴が頭上から聞こえたのはそのときだった。顔をあげると、はるか上の開いた窓にステラの姿が見えた。だれもが彼女のことをすっかり忘れていたのだ。

「ドアに鍵がかかっているの」ステラは叫んだ。「ここから出られない。だれか助けて」

ベラがプールから飛び出した。「待っていて、姉さん。すぐに行くから」そう叫ぶと家の横手にまわり、壁がざらざらした石でできているところへと走っていく。そこを蜘蛛《くも》のようにするするのぼっていったかと思うと、ステラの部屋の窓まで突起を伝って移動した。

「さあ、姉さん。あたしを信じて。あたしについてきて」

「できないわ」ステラは泣きながら訴えた。「落ちるに決まっている」

「そんなことない。昔は、平均台で演技をしていたじゃない。覚えているでしょう？　姉さんは上手だった。ほら、早く。でないとあたしたちふたりとも焼け死ぬのよ」

ステラはおそるおそる窓の外に出た。炎はすぐ頭上まで迫っている。ふたりは見ているほうがつらくなるほどのろのろと突起の上を移動して、ひとつ目の窓を越え、さらに次の窓を越えた。そしてようやくベラがのぼった壁にたどり着いた。ベラが先におり、手や足の置き場を指示しながら、姉をおろしていく。万一の落下に備えてその下で待機していたチャーリーとクレイグとロニーが、最後の数十センチは手を貸してふたりをおろした。ベラが姉の手を引いてプールに飛びこんだまさにそのとき、ステラのいた部屋の窓から炎が噴き出した。家全体が炎に包まれ、耐えきれないほどの熱さだ。燃えている板や木くずが雨のように降ってくる。家の反対側にあるガレージに火が燃え移ったらしく、ガソリンタンクが爆発するすさまじい音が聞こえた。プールのうしろにあるヤシの木も燃えあがった。動物たちはどこへ行けばいいのかわからず、パニックを起こして走りまわっている。二頭のレイヨウがわたしたちのいるプールに飛びこんできた。森のなかから、行き場を失った動物たちの悲鳴が聞こえた。とにかく恐ろしくて、永遠に終わりが来ないように思えた。

ようやく消防車が近づいてくる音が聞こえたのは、家の下側にある庭園が燃え尽きたころだった。

「遅くても来ないよりはましね」母はそうつぶやくと、カーラーをはずし始めた。

焦げて黒くなった森から一台目の消防車が現われたのを見て、わたしたちはプールからあがった。

「みなさんをここから連れ出します」消防士長が言った。「残念ですが、もう家はどうしようもありません。手遅れです」彼はわたしたちに手を貸してトラックに乗せようとしたが、燃えている家からまだ火の粉が降り続けていたので、簡単にはいかなかった。

「スーツケースが」ベリンダはそう言うと、取りに帰ろうとした。

「そんなスペースはありませんよ」消防士が言った。「可能であれば、あとで我々が持っていきます。いまはあなたがたをここから連れ出すのが最優先です」

「でも荷物を置いていくわけにはいかないわ」母が言った。「ほら、わたしはこんなに小柄なのよ。たいしてスペースは取らないし、スーツケースの上に座ってもいいし……」

「あなたが来たくないと言うのなら、それでもいいんですよ」消防士に言われ、母はあわててスーツケースから持てるだけの服を抱えると、素早くトラックに乗った。消防士はわたしたちをトラックに乗せ、ゲートへと向かった。火は丘の上に向かって燃え広がったので、ゲート周辺は無傷のままだ。突然目の前にフェンス付近の緑の木立ちが広がり、そこでうずくまっているキリンと数頭のシマウマが見えたので驚いた。動物たちみんなが恐ろしい最期を迎えたわけではないことを知ってほっとすると同時に、ホアンはどうしたのだろうと考えた。彼もフェンス近くで安全な場所を見つけて隠れているのだろうか？　さっきまでのように寛大な気持ちにはなれなかった。罪のない人々を火あぶりにしようとする人間は、だれであれ許すわけにはいかない。保安官の部下たちに捕まって、相応の罰を受けることを願った。

警察犬と訓練士を乗せたトラックが道路で待っていた。

「フェンスをよく見張っていろ。あの野郎を逃がすわけにはいかない」保安官が言った。

わたしたちは濡れた服に体を震わせながらトラックを降りた。

「ここからどうやって帰れと言うの？」ベリンダが訊いた。「車は全部だめになってしまったのに」

「あのトラックで警察署までお連れしますよ」保安官が答えた。「少しばかり窮屈だが、なんとかなるはずだ。あなたたち全員の供述が必要ですからね」

振り返ると、ステラが驚いたような顔で妹を見つめていた。「本当にあなたなのね。守護天使が助けにきてくれたのかと思い始めていたのよ」

「本当にあたしよ」ベラが応じた。「あたしは姉さんの守護天使なのかもしれないわね」

「奇跡だわ、フロッシー。ここでなにをしているの？」

「姉さんを訪ねてきたのよ。ほかになにがあるっていうの？」ベラはステラに笑いかけた。

「ずいぶん、久しぶりね」

「本当に。会いたかったわ」

「そう？　有名人になった姉さんは忙しすぎるのかと思っていたけれど」

ステラは笑みを浮かべた。「昔は楽しかったわね。わたしたちはふたりきりだった」

「姉さんはあたしを置き去りにした。あたしを邪魔だって言ったのよ」

「覚えているわ。わたしがばかだった。ひどいことをした。でもあなたはそんなわたしの命を助けてくれた。その償いをさせてちょうだい」

保安官がステラに手を貸して車に乗せた。ベラは切望と呼べるようなまなざしで彼女を見つめている。次に車に乗りこんだのはわたしだった。ドアが閉まり、車が走りだす。ベラが乗っていないことに気づいたのは、目的地に着いてからだった。車に乗ることに気を取られているあいだに、いつのまにか姿を消していたのだ。責める気持ちにはなれなかった。ひそかに彼女の無事を祈った。

31

## 警察署。その後ビバリーヒルズに戻る
八月四日

その後の数時間は、寒さと空腹とショックのせいで記憶が曖昧だ。供述書を作らなくてはならず、毛布とコーヒーをもらったものの、早く安全で温かなベッドに潜りこみたくて仕方がなかった。ダーシーがいてくれればよかったのにと思うと同時に、彼が戻ってきて屋敷が燃え落ちていることを知ったらどれほど驚くだろうと不安になった。ゲートにいる人たちがわたしたちの無事を伝えてくれるだろうけれど、それでもひどく心配するはずだ。

午後半ばになり、わたしたちはタクシーでビバリーヒルズに戻ることになった。ここにいる人たちの多くが有名人であることをわたしはすっかり忘れていたので、警察署を出たとたんにフラッシュを浴びせられてぎょっとした。持ち出した服に着替え、気を取り直した母はなにごともなかったかのようにポーズを取り、機嫌よく質問に答えている。やがて、メイドふたりを連れて、わたしたちが待つタクシーに乗りこんできた。

「あの消防士が、忘れずにスーツケースを持ってきてくれるといいんだけれど」母は言った。

「あれだけの服を持ち出してくれるなんて、あなたは本当に気がきくわね、クローデット。ご褒美に休暇をあげるから、家に帰るといいわ」

「ありがとうございます、マダム」

「週末のちょっとした旅行で本当によかったわ。残りの荷物はホテルに置いてあるから無事だもの」

「お母さまはそれでいいかもしれないけれど、ロンドンでわたしが買ってもらった上等の服は全部灰になってしまったわ」

「また買えばいいことよ。ビバリーヒルズにもそれなりの服は売っているでしょうからね」

「あたしの荷物も燃えちまいましたよ」クイーニーが言った。「替えのパンティーも全部。旅に出るっていうんで、新しいものを買ったんですよ。船が沈むかもしれないとも思いましたしね」

クイーニーの替えのパンティーのことを考えると、不意に笑いがこみあげた。助かったのだ。わたしたち皆、無事に生き延びた。ビバリーヒルズ・ホテルにはさらに大勢の記者たちが待ち受けていた。そのなかにタビー・ハリデイがいることにわたしは気づいた。ずうずうしくも手を振っている。ひとりの男性が人込みをかきわけて駆け寄ってきた。ダーシーだ。

「よかった」まわりでたかれているフラッシュに気づかないかのように、ダーシーはわたしを抱きしめた。「心配で気が狂いそうだったよ。電話は通じないし、あそこに行ってみたら……」ダーシーはわたしの顔を両手ではさむと、熱烈なキスをした。記者が見ていたけれど、わたしもそんなことはどうでもよかった。

「これでわたしの映画スターとしてのキャリアも終わりね」プールサイドに腰をおろし、飲み物とサンドイッチを注文したところで、母が言った。「あの映画を引き継ごうとする人間がいるとは思えないわ。ひどい内容だったもの。そう思わない？　本当にくだらない映画だったわ。それに、残念だとも思わないの。マックスはものすごく怒ったでしょうし、近頃は人目を気にせずのんびりと過ごすのが楽しいんですもの」母はチキンサンドイッチをつまむと、上品に口に運んだ。「世間がまだわたしをスターとして見てくれているような気がして、浮かれたのよ。でもいま思えば、ステラがわたしにメアリ役をさせたかったのは、彼女のほうがより若く、きれいに見えると考えたからなのね」

「失敗だったわね」わたしは言った。「お母さまのほうがずっときれいだったわ。演技だって上手だし」

母は心底、うれしそうな顔をした。「まあ、かわいいことを言ってくれるのね。いい娘を持ったわ」

わたしはダーシーに向き直った。「残念だけれど、あなたの映画スターのキャリアも終わりね。ほかのスタジオでオーディションを受けたいというなら、話は別だけれど」

ダーシーは愛おしげにわたしを見た。「本当にぼくが映画スターになれると思ったのかい？あの話を引き受けたのは、ステラ・ブライトウェルを観察できると思ったからだ。そしてもちろん、きみと結婚できるだけの金を稼げるかもしれないとも考えた。だからこれで振り出しに戻ったというわけさ」

「そうでもないのよ」わたしは彼がいないあいだになにがあったかを説明した。

「ステラの妹か」ダーシーの顔が輝いた。「そのことに気づくとは、きみは本当に鋭いね」

「そう考えれば筋が通るの。子供のころ彼女たちが姉妹で舞台に立っていたことをお母さまから聞いていたし、いるはずのない場所でステラ・ブライトウェルが目撃されている。本当にうまいやり方だわ。ベラは、ステラが客として招待されていたハウスパーティーにこっそり潜りこんでいたの。だれかに見られてもステラだと思われたでしょうし、実際になにかが盗まれたときにはステラには必ず完璧なアリバイがあった」

「ふたりが手を組んでいたということはないだろうか？」

「それはないわね。ベラを見たとき、ステラは本当に驚いていたもの。もう何年も音信不通だったのよ。ふたりの再会は心温まるものだったわ。ベラがステラの命を救ったんですもの」

「それで、その妹はどこなんだ？　警察に勾留されたのかい？」

「それが、わからないの。トラックに乗りこむときはいろいろと混乱していて、彼女はその隙に逃げてしまったみたいなのよ」

「それは残念だ。つまりぼくは手ぶらで帰らなくてはならないというわけか。当局はいい顔をしないだろうな」

「でも犯人がだれかはわかったんだから、イギリスの港湾局が目を光らせておくことはできるわ。ただし、ベラは変装しているし、偽パスポートで旅しているから見つけるのは難しいかもしれないけれど」

ダーシーはため息をついた。「うれしい知らせだね。彼女を捕まえる見込みはほとんどないということか」

「お姉さんと再会したわけだから、もう犯罪からは足を洗うかもしれないわね。ステラは充分に稼いでいるから、妹の面倒くらい見られるはずだもの」そうは言ったものの、ミスター・ゴールドマンの死はステラのキャリアの終わりを意味しているのかもしれない、とわたしは考えていた。

わたしはできるだけさりげない口調で言った。

「それじゃあ、あなたはイギリスに帰るのね」

「ロンドン警察に電報を打って、指示を仰がなきゃいけない。アメリカの警察の関与を望むのかどうかも確かめないとね。彼女はアメリカでなにも盗んでいないわけだから、望みはしないだろうけれどね」

「わたしたちはどうすればいいのかしら？」わたしは母に訊いた。「ここにいるわけにはいかないでしょう？　もう映画の撮影はないのだから、リノにあるあの小さくて、居心地の悪い家に戻らなきゃいけないのよね？」

「すぐに戻る必要はないわ」母が答えた。「あんなことがあったんだから、気持ちを立て直す時間が必要よ。そうでしょう？　もう少しで焼け死ぬところだったんだから、ここのホテルの滞在費くらいはゴールデン・ピクチャーズが出してくれてもいいはずよ。それに、燃えてしまったものを買い足さなくてはいけないもの。化粧品を全部置いてきてしまったのよ。ここで同じようなものが手に入るのかしら。フェイスクリームを作れる人がアメリカにもいるといいんだけれど」

「ヘレナ・ルビンスタインやマックス・ファクターがありますよ」ダーシーが応じた。

母は疑わしそうな顔をした。「でもそれって一般庶民や映画用でしょう？　わたしのような敏感肌には合わないわ。普通の化粧品には含まれていない特別な原料が入ったものが必要なのよ」

わたしはダーシーと顔を見合わせた。「ステラ・ブライトウェルに訊けばいいんじゃないかしら。あの年にしてはとても若く見えるもの」

母は首を振った。「ジョージー、彼女にはしわがあるわ。カリフォルニアの太陽のせいね。だからわたしは外に出るときは必ず帽子をかぶるのよ。それに彼女はサイの喪に服すでしょうからね。世界中が彼の死を悼むんでしょうね？　彼はこれまで、大勢の一般庶民を楽しませてきたんですもの」

わたしは笑いたくなるのをこらえた。そんなことを言って許されるのは母くらいのものだろう。

母はぱっと顔をあげてわたしを見た。「いいことを思いついたわ！　あなたたちふたりで車を借りて、海岸をドライブしてきたらどうかしら？」

「素敵」わたしはダーシーを振り返った。

ダーシーはうなずいて言った。「次の列車でニューヨークに帰れとは言われないだろうからね。車の手配をしてもらうようにフロントに頼んでくるよ」

「これで決まりね」母は満足げだ。「海岸沿いで居心地のいい宿屋を見つけて、欲望の赴くまま情熱的な夜を過ごすといいわ」

「お母さま！」かっと頬が熱くなり、ダーシーを見ることもできずにわたしは叫んだ。

「あら、どうしていけないの？　わたしならそうするわ。それにかわいそうなダーシーもそうしたくてうずうずしているはずよ」

「わたしはお母さまとは違うの」

「それに宿屋で過ごす情熱的な夜の費用は、経費として認められるとは思えませんしね」ダーシーが冗談めかして言ったのは、わたしにこれ以上決まりの悪い思いをさせないためだろう。「だれにも邪魔されずに、ふたりだけで一日を過ごそう。いいね、ジョージー？」

わたしは満面の笑みを浮かべた。「もちろん」

母は立ちあがると、リネンのズボンのしわを伸ばした。

「もしあなたたちがどこかで夜を過ごすことにしても、ひとり残されたかわいそうな老いた母親のことは心配しなくていいわ。どうにかするから」

「ミスター・チャップリンが近くにいるでしょうし、きっとお母さまの相手をしてくれるわよ」わたしはからかうように言った。「ところで、彼とのひとときはどうだった？」

「楽しかったわ。でも、このことはお願いだから秘密にしておいてね。マックスが気を悪くするだろうから」

ダーシーとわたしは笑みを交わした。ダーシーも立ちあがって言った。「いまからイギリスに電報を打ってくるよ。返事が来たら、すぐに車を借りよう」

「夢みたいだわ。電報と言えば、アルジー・ブロックスリー＝フォジェットのことはわかったの？」

「ああ。自分で言っているとおりだったよ——どうしようもない男さ。実家はかなり裕福で、いずれは彼が称号を継ぐことになっているが、これまでろくなことをしてきていないね。カンニングでオックスフォードを放校になっている。それ以外に犯罪歴はない。父親は軍人で、彼には落胆しているそうだ」

「それじゃあ、一人前の男にするために父親が彼をアメリカによこしたっていうのは本当だったのね。でもうまくいくとは思えないわ。人にたかることばかり考えている詐欺師みたいな人だもの」

「おや、噂をすればなんとやらだ」ダーシーが言った。顔をあげると、アルジーとそのうしろからベリンダがこちらに近づいてくるところだった。服は乾いているものの、どちらも難破した船から助け出された人間——ホテルに着いて鏡をのぞきこんだとき、そこに映っていたわたしもそうだった——のような有様だ。アルジーの白いフランネルのシャツはすすで汚れてしわだらけだったし、Vネックの白いセーターは縮んでしまったようだ。普段は完璧に整えられているベリンダの髪は、カールが取れてぺたんこになっているうえ、口紅も頬紅もつけていない。今日の彼女はわたしよりきれいとは言えない！

「ああ、見つけたぞ。ほっとしたよ」アルジーが言った。「ここにいることを祈っていたんだ。まるで台風の被災者だよ。服もない、金もない、行くところもない。だれを頼ればいいのかすらもわからない。助けてくれって親父に電報を打つわけにもいかないしね」

「会えてよかったわ、ジョージー」ベリンダが駆け寄ってきてわたしを抱きしめた。「辺鄙なところにある、あのうんざりするような小さな警察署から永遠に出られないかと思ったわ。ようやく車が迎えに来てくれたんだけれど、運転手から行き先を訊かれて、どこにも行く場所がないことに気づいたの」

「だから、きみたちのところに泊めてもらおうと思ったのさ」アルジーが言った。「これからどうするかを決めるまでね。ゴールデン・ピクチャーズに、ぼくを雇う義務があるって言いにいくつもりなんだ。ミスター・ゴールドマンがいなくてもいいさ。スタジオはこれからも続くんだろう？」

「どうかしら。彼がゴールデン・ピクチャーズそのものだったのかもしれないわね。様子を見るほかはないわ。でも、あなたは本当に自分が映画の仕事に向いていると思うの？」

アルジーは気分を害したようだ。「ぼくかい？　ぼくはなんだってできる男さ。次代のダグラス・フェアバンクスにだってなれるだろうけれど、喜んで背景だって描くよ」

「朝の六時にセットに行くのよ？」

「どうしてもそうしなきゃいけないなら、そうするさ。いまはだれが責任者なんだろう？　あんなことがあったんだから、それなりの補償はしてもらってもいいと思うんだ。もう少しで死ぬところだったんだからね」

「それまでは、あなたのお父さまのお望みどおりに牧場で働いてもいいのよ」母が冷ややかに言った。「決してわたしたちが口にしない戯曲の台詞をあなたが言ったことを許したわけじゃ――」

「『マクベス』の話？」

母はぞっとしたように鋭く息を吸いこんだ。「わたしがこの手で殺してしまう前に、だれか、その人をどこかに連れ出してちょうだい」

「あなたのお友だちのタビー・ハリデイがどこかそのへんにいるわ」わたしは言った。「わたしたちが着いたとき、記者たちといっしょにいたのよ。彼の部屋に泊まらせてもらったらどう？　あなたはここではあまり人気がないようだから」

「タビーか」アルジーがつぶやいた。「これって、スクープ記事と言えるよね？　クレア・ダニエルズが死の淵から救出されたんだから。ふむ、彼に会いにいったほうがよさそうだ。彼がぼくにインタビューをし、ぼくがドラマチックな顚末《てんまつ》を語る。映画界の巨匠の城の火事からどうやって生還したのかをね。この記事でタビーはジャーナリストとしての名前を売り、ぼくは取材費を受け取れるかもしれない」アルジーの頭のなかで歯車がまわっているのが見えた気がした。彼の物語のなかでは、自分こそがわたしたち全員を恐ろしい炎から救い出したヒーローということになるのだろう。

「そういうことなら、タビーを探さないといけないな」アルジーが言った。「だがまずはまともな服を手に入れてからだ。スタジオは、新しい服の代金くらいは払ってくれるよね？　これは上等のフランネルなのに、すっかり台無しだ。それに礼服やほかのものも全部燃えてしまったんだから。実を言えば、クレイグ・ハートがすごく親切にしてくれて、来てくれればいつでも面倒を見ると言ってくれたんだ」

「それなら、そうするべきよ」ベリンダとわたしは顔を見合わせて笑った。「しばらく部屋の隅にでも置いてもらえるかしら、ジョージー？　また自分でやっていけるようになるまで。このまま、しばらくハリウッドに残ろうと思うの。この火事をきっかけにして、衣装デザイナーとして雇ってもらうつもりよ。ミスター・ゴールドマンから頼まれた素晴らしい衣装のデザインが完成していたのに、あいにく全部灰になってしまったんですもの」

「素晴らしい衣装のデザイン？」わたしはそう尋ねたあとで、首を振った。「ベリンダ、あなたってアルジー並みにひどい人ね」

「わたしたちは非情な世の中を渡っているのよ、ジョージー。彼を好きになれなくて、残念だわ」

「おや、ぼくはそんなにひどくないぞ」アルジーが言った。「それに、きみもぼくのタイプとは言えないいな。だがジョージーはいかしているよ。彼女とならつきあってもいいな」

「悪いね」ダーシーが言った。「もう先約があるんだ」

「そうなの？」ベリンダが片方の眉を吊りあげた。「ようやくなのね」

# 32

## ビバリーヒルズ・ホテル
## 八月四日

あんな恐ろしい出来事を経験したあとだからか、妙な非現実感が続いている。神経がぴりぴりしていて、いまはイギリスに戻りたいということしか考えられない。普通の暮らしに戻りたい。映画スターもヤシの木ももうたくさん！

わたしの寝室にベリンダのための脚輪付き寝台が運びこまれた。追い出されたアルジーは、文句を言いながらタビー・ハリデイを探しに行った。あのふたりは同類だという気がする。翌日、母は珍しく気前がよく、ベリンダとわたしに服を買ってくれた。背中の開いたイブニングドレスやシルクのパジャマといった艶やかなものは見つからなかったけれど、それでも充分にありがたかった。あの手のものを再び目にすることが——買えるようになることが——あるかしら？　母は文句を言いながらも、クイーニーの新しい制服の代金まで払ってくれた。「どうしてまたあの子を雇うのか、とても理解できないわ。あんなにとんでもない子なのに」

「クローデットを助けたのはクイーニーよ」わたしは反論した。

翌日、ダーシーは一日中留守にしていた。保安官となにかすることがあったらしい。いつものように心配そうな顔のロニーがやってきた。残った動物たちはロサンゼルス動物園に送られることになったそうだ。大がかりな捜索の結果、地所のもっとも高いところにあるフェンスの脇でホアンの焼け焦げた死体が発見されたと教えてくれた。そこから逃げようとしていたのだろう。自分でつけた火にまかれたわけだ。当然の報いだと思った。彼はミスター・ゴールドマンに恨みがあったかもしれないが、わたしたち全員が命を落とす可能性もおおいにあったのだ。それにかわいそうな動物たちも。ミスター・ゴールドマンのお葬式の日取りが決まり、ミセス・ゴールドマンはしばらくここに滞在するとロニーは言った。スタジオとサイが心血を注いできた仕事は残すと決めたそうだ。彼女は夫の死に大きなショックを受けているらしい。

ビバリーヒルズ・ホテルに滞在して三日目、小さな荷物がわたし宛てに届いた。

「お届け物です、レディ・ジョージアナ」ベルボーイが言った。「直接、持ってこられたようです」

開けてみた。中身は小さなベルベットの小袋で、入っていたのは見事な大粒のルビーのペンダントだった。わたしは運んできてくれたベルボーイを追いかけた。

「待って。これを持ってきたのはだれ？」

「わかりません。フロントデスクに置いてあったんです。〝レディ・ジョージアナに渡してください〟というメモといっしょに。ぼくにわかるのはそれだけです」

わたしはその夜、戻ってきたダーシーにペンダントを渡した。手のなかで赤い炎のようにきらめくルビーを見ながら、ダーシーは口笛を吹いた。

「きみの友だちのベラは、本当に足を洗うことにしたようだね。これはプリンセス・プロミーラに届けるよ。喜んでくれるだろう。これでぼくも、少しはここまで来た甲斐があったというものだ」

「ここに残ってベラを捕まえるつもりはないの？」

「彼女がこれを自分で届けたのなら、まだこのあたりにいるということだ。姉といっしょにいる可能性はおおいにあるな。調べてみよう」

「それはないと思うわ。お城を逃げ出せるチャンスができるやいなや、いなくなったんだもの。ステラは居場所を知っているかもしれないけれど、絶対に話さないでしょうね。ベラに命を助けてもらったあとだもの」

ダーシーは肩をすくめた。「それならそれでかまわないさ。彼女に逮捕状が出ているわけでもないし、ここではぼくたちに司法権はないしね。船でダイヤモンドの指輪を盗んだらしいことを別にすれば、わかっているかぎり、彼女はアメリカでは罪を犯していない」

わたしは笑って言った。「その話をするのを忘れていたわ。指輪は盗んでいないってベラが言っていたの。おそらく、持ち主の女性が保険金目当てに盗まれたと言っているんだろうって。よくあることらしいわよ」

ダーシーは笑みを浮かべた。「面白い話だ。その情報はニューヨーク警察に伝えておくよ。なにも証明はできないだろうけれどね。残念だ。そういう女性は一度、相応の罰を受けるべきなんだがね。イギリスに戻ったらロンドン警察に報告書を出すから、ミス・ブライトウェルは手配されるだろうね。彼女が帰国するかどうかはわからないが」

ベラが刑務所に行くことはないと聞いて、わたしはほっとした。少なくとも、近い将来にそうなるおそれはない。いまステラといっしょにいるのであれば、それもまた喜ばしいことだった。サイを失ったステラには、支えになってくれる人が必要だろう。

勇気を振り絞って、ふたりきりで出かけようという話はどうなったのかと切りだそうとしたところで、ダーシーが口を開いた。

「ぼくはすぐにでもプリンセスにルビーを届けなくてはならない」わたしの顔に浮かんだ落胆に気づいたらしく、彼はあわてて言い添えた。「だから、ドライブは明日行くことにしよう。ニューヨーク行きの夜行列車に乗る前に。車の手配をしてくるよ」

翌朝、きらきらと太陽がきらめくなかをわたしたちは海岸に向かって出発した。さわやかな朝の風がヤシの木をそよがせ、ビバリーヒルズは美しいパステルカラーに染まっている。

横目でダーシーを眺めると、体の内側から幸せが湧き起こってくるのを感じた。オープンカーに乗っていて、隣には愛する人がいて、ふたりきりで過ごせる一日が待っているのだ。

ダーシーはホテルにピクニックバスケットとシャンパンを注文していた。禁酒法が廃止になって、本当によかった！

「北にあるサンタバーバラまで行くといいと言われたよ」ダーシーが言った。「でも一日中車のなかにはいたくないだろう？」

「それはいやだわ。最初に見つけた入り江でピクニックをしましょう」

そういうわけでわたしたちは遊園地と桟橋が陽気な空気を醸し出しているサンタモニカを北に曲がった。「人が多すぎる」ダーシーが言い、わたしたちは顔を見合わせて微笑んだ。ミスター・ゴールドマンの不吉な城に続く道に入ると、海岸線に沿って延びる道路は細くなった。数キロ走ったところに、うってつけの場所があった。片側に大きな岩が並ぶ、ほかにはだれもいない小さなビーチだ。ダーシーは車を止め、わたしたちはバスケットを持って砂の斜面をビーチまでおりた。半月の形をしている砂のビーチには流木が流れついていた。ペリカンの群れが上空を通り過ぎていく。岩のあいだに風のあたらない場所があったので、そこで水着に着替えた。

「きみが先に水に入るかい？」ダーシーが訊いた。

「いいわ。あなたも早く来て」わたしは波打ち際に向かって駆けだしたものの、水に一歩足を踏み入れたところで動きが止まった。「なんて冷たいの」

ダーシーが笑いながら近づいてきた。「残念ながら、カリフォルニアの海の水は冷たいことで有名なんだ。夏の最中でもね」

「泳ぐのはやめようかしら」

「スコットランド人のたくましさはどこにいったんだい、ジョージアナ・ラノク?」

ダーシーは打ち寄せる波にためらいもせずに飛びこんだ。そんなことを言われては、もちろんわたしも引きさがるわけにはいかない。ひとつ息を吸い、彼のあとを追った。大きな波が頭上で砕け、望みもしないのに水中へと引きずりこまれたわたしはもみくちゃにされた。ダーシーが腕をつかんで、水面に引っ張りあげてくれた。

「ごめんよ、波もかなり激しいと言っておかなくちゃいけなかったね。でもボディサーフィンにはうってつけなんだ」

「どうやるの?」

ダーシーは砕ける波に飛びこむと、うまい具合に流れに乗って岸へと運ばれていった。

「こんなふうに」

ダーシーほどうまくはできなかったが、しばらくやっているうちにコツはつかめたと思う。けれどふたりして大きな波に乗ろうとしたときには、乱暴に岸に打ちあげられる形になって、気がつけばふたり並んでぜいぜいとあえいでいた。まだ息が整っていないうちに、ダーシーがこちらに向き直ったかと思うと、わたしを抱き寄せてキスをした。ダーシーの唇は冷たくてしょっぱくて、海水に濡れた体は日光に照らされてちりちりした。波が再び打ち寄せては引いていったけれど、寄り添った彼の体や重ねられた唇、口のなかをまさぐる彼の舌が、いまわたしの世界にあるすべてだ。彼が欲しくてたまらない。こんな欲望を感じたのは初めてだ。こんなふうに感じることがあるなんて、想像もしていなかった。

このままではどうなるかわからないところだったが、大きなクラクションの音とやじる声が道路から聞こえてきて、わたしたちの姿が通り過ぎる車から丸見えだということに気づいた。わたしたちは気まずい笑みを浮かべながら体を離した。ダーシーが手を貸して立たせてくれて、わたしたちは手を取り合ってタオルを置いてあるところまで戻った。わたしはタオルを体に巻きつけて腰をおろし、立っているダーシーを眺めた。黒い髪は、海水と砂にまみれくしゃくしゃだ。真ん中あたりに黒い胸毛が少しだけ生えているたくましい胸、ひきしまったウェスト、そしてその下の水着。わたしの視線は必要以上にそこにとどまっていたのだと思う。目をあげると、ダーシーが面白そうな顔でこちらを見ていたことに気づいて、顔が熱くなった。

「シャンパンを開けようか？」ダーシーはそう言いながらバスケットに手を伸ばし、わたしの答えを待つことなく栓を抜いた。ふたつのグラスに中身を注ぎ、大きな岩の前でわたしと並んで座る。日射しは温かく、潮の香りがした。ダーシーはグラスを掲げて言った。「ぼくたちの未来に。早くその日が来ることを願うよ」

「わたしもよ」わたしはグラスを合わせた。

シャンパンを飲みながら、ダーシーは笑って言った。「きみは実のところ、なかなかに情熱的だと思うよ、ミス・ジョージー。やっぱりお母さんの血を引いているんだね」

「それほどでもないことを願うわ。あなたを裏切ったりしない奥さんのほうがいいでしょう?」

ダーシーはじっとわたしを見つめた。「自分の欲しいものはわかっているよ」

背筋がぞくぞくした。

「なにを用意してくれたのか見てみましょう」わたしは落ち着かなくなって、バスケットを開いた。様々な種類のサンドイッチ、生チーズ、果物、ビスケットなどが入っている。冷たい水で泳ぐと驚くほどお腹がすくことをわたしは知った。わたしたちは寄り添いあって座り、存分にたいらげた。

「早く出発してよかったね」ダーシーは沖に目を向けて言った。「また霧が出てきそうだ」

確かに黒い雲のようなものが水平線にかかっている。わたしたちは食べ物を片付けると、手をつないで海岸沿いを散歩した。時折足を止めては貝殻や面白い形の流木を拾った。どんな家に住みたいのか、場所はどこで、町がいいのか田舎がいいのか、どんな使用人が理想的かといったことを話し合った。わたしたちのどちらにもお金はないから、ばかげたことだとわかってはいたけれど、そういう話をすることで希望が持てた。このひとときを永遠にとどめておくことができればいいのにと、わたしは繰り返し考えていた。ガラスの瓶かなにかにつめておいて、ダーシーが留守のときに取り出して眺めるのだ。

「ぼくが映画であの役を演じられればよかったんだけれどね」ダーシーが考えこみながら言った。「そうしたら、いまの話が現実になったかもしれない。ぼくには映画スターになる素質があると思うかい?」

わたしは笑って答えた。「ええ、思うわ。でもひいき目かもしれない」

「ここに留まって、いちかばちか賭けてみるべきだと思う？」

「あなたは映画スターになりたいの？」

「とんでもない。だがきみといっしょになるためなら、なんだってするさ」

「それならイギリスに帰ったほうがいいわ。あなたに謎めいた任務を与えている人たちに、それなりの報酬をもらえるちゃんとした仕事が欲しいって言うのよ。そうでなければ、二度と手を貸さないって」

ダーシーは笑い始めた。「そのときはきみを連れていくよ。そういう話をしているときのきみには、ヴィクトリア女王のような威厳があるからね」

荷物を置いてあるところに戻り、もう一杯ずつシャンパンを飲むと、ほどなく眠気が襲ってきた。わたしは岩に寄りかかり、ダーシーの肩に頭をもたせかけた。ふたりそろって眠りに落ちてしまったらしく、なにか冷たいものが顔に当たる感触で目を覚ました。体を起こすと、黒い雲が頭上に広がり、雨が落ちてきているのがわかった。

「霧じゃなかったね」ダーシーが言った。「夏のカリフォルニアで雨が降るとは思わなかった」

「にわか雨かもしれないわ」わたしは希望をこめて言ったが、それに応じるかのように大粒の雨が落ちてきた。海上では雷も鳴っている。

「まずいな」ダーシーが言った。わたしたちは荷物をまとめると、泥まみれになった斜面をよじのぼるようにして道路に戻った。車の幌《ほろ》を閉じる方法はおろか、幌がついているのかどうかすらわからなかったので、顔に雨を受けながら走るほかはなかった。数キロ走ったところでようやく小さな小屋を見つけ、なかに入って熱いコーヒーを飲んだ。けれどその後も雨があがる気配はなかったため、びしょ濡れになりながら、惨めな気持ちを抱えてビバリーヒルズまで車を走らせなければならなかった。

「どこかで夜を過ごすことにしなくてよかったよ」ダーシーが顔から雨を滴らせながら言った。「こんな有様じゃ、さぞ上品なふたり連れに見えただろうからね」

ホテルの前庭にたどり着いたと同時に雲の切れ間が見え、奇跡のように雨がやんだ。

「なんともついてないな。やむのを待っていればよかったんだ」

「そんなことをしたら海に流されていたと思うわ。それにあの斜面の泥はもっとひどくなっていたでしょうし」

ダーシーはもっともだというようにうなずいた。庭園ではホテルの従業員がラウンジベッドを乾かしたり、落ち葉を掃いたりしていて、そこを歩くわたしたちに同情のまなざしを向けた。コテージのドアを開けると、母が飛びつくようにして迎えてくれた。

「ああ、よかった。あなたたちと連絡がつかないから、どうしようかと思っていたのよ」

「大丈夫よ、お母さま」わたしは答えた。「ただ濡れただけ。なにも危ないことなんてなかったのよ」

「あら、そんなことはわかっているわよ。あなたたちを心配していたんじゃないの。リノから恐ろしい電報が届いたのよ。ホーマー・クレッグが直々にやってきたらしいのよ。いますぐに出発しなくちゃいけないわ」

# 33

## ビバリーヒルズからリノへ
## 一九三四年八月七日　火曜日

ダーシーとわたしはその場で顔を見合わせた。

「ぼくは行くよ。きみがイギリスに戻ってきたら会おう」

「でもどこに行くことになるか、自分でもわからないのよ」わたしは言った。「ラノク城には戻りたくないし、お母さまはすぐにマックスのところに行ってしまうでしょうし」

「わたしの家にいるといいわ、ジョージー」ベリンダが言った。「わたしはしばらくここにいることにしたから」

彼女がソファに座っていたことに初めて気づいた。

ベリンダは微笑んだ。「ロニーが今朝来たのよ。必要なものはゴールデン・ピクチャーズがすべて手配してくれると言っていたわ。それに、衣装部にわたしを紹介してくれるんですって。わたしにとって、またとないチャンスになるかもしれない」

「よかったわね、ベリンダ。本当にあなたの馬屋コテージを使ってもいいの？」

「もちろんよ。遠慮はいらないわ」

「まあ。なんて親切なの」

「いいのよ、いままで何度かあなたを利用させてもらったもの」ベリンダが認めた。

「これでわたしの居場所がわかったわね」わたしはダーシーに言った。

ダーシーはわたしの顔に貼りついた濡れた髪を払った。

「風呂に入ってきたほうがいい。まるで溺れたネズミみたいだよ。あの列車に乗るためには、ぼくも荷造りをしなくてはいけない」

わたしはコテージのドアで彼を見送った。言いたいことはたくさんあったけれど、なにも言葉にならない。戸口でダーシーはそっとわたしにキスをした。「気をつけるんだよ」

「あなたも」

彼の手がわたしの手をかすめ、そして彼は行ってしまった。

部屋に戻ると、クイーニーはわたしの荷物をすべてまとめ終えていて、乾いた服を出すためにまた荷ほどきしなければならないことを知って、ぶつぶつと文句を言った。

「ようやく全部きちんとしたと思ったら、お嬢さんがひっかきまわして台無しにしちまうんですから」

「クイーニー、わたしのところで働くのが嫌なら、ここに残って別のアメリカ人の雇い主を探してくれていいのよ。でもこれからもわたしといっしょにいたいのなら、文句を言うのはやめてちょうだい。わたしはちゃんとしたレディズ・メイドが欲しいの。機嫌よく喜んで仕事をしてくれるメイドが。わかったかしら？」

「はい、お嬢さま」クイーニーはおずおずと答えた。

あまり期待はしないことにした。

母はあわただしく車と運転手を借りて、わたしたちはリノに向かった。山を越え、湖や森を抜けるまでは素晴らしい景色が続いていたが、やがてネバダ州の乾いた雑木林に入った。そのあいだじゅう、母はずっとぴりぴりしていた。

「どうして彼に気づかれたのかしら」同じことを何度も繰り返す。「もう終わりよ。彼は絶対に離婚してくれないから、マックスはわたしと結婚できない。なにもかも台無しだわ。望んでいたものすべてが失われたのよ。壊れて、消えてしまったんだわ」

絶望しているときですら、母が雄弁で大げさであることがよくわかってもらえると思う。

母がホーマーを探しに行っているあいだ、わたしは牧場のバンガローに座り、最悪の知らせを待っていた。それほどたたないうちに、玄関への小道を駆けてくるハイヒールの音が聞こえたかと思うと、母が飛びこんできた。髪を乱し、喜びに顔を輝かせている。

「なにもかもうまくいったのよ。ジョージー」満面の笑みだった。「ホーマーと会ったんだけれど、なにひとつ問題ないことがわかったの。彼ったら、わたしがここにいることすら知らなかったのよ。信じられる？　彼がリノに来たのは、わたしと離婚したかったからなんですって。結婚したいと思う相手を見つけたら、急に宗教に厳格じゃなくなったらしいの。素晴らしいでしょう？　数日で離婚できるから、そうしたら家に帰れるのよ」

「ミスター・ゴールドマンのお葬式はどうするの？　参列しなくていいのかしら？」

母は肩をすくめた。「何百万という人が来るのよ。わたしたちがいなくても気づかれないわよ。それに彼とは親しい友人でもなんでもないんですもの。正直言って、もうアメリカはうんざりなの。平等だとかいうばかな考えがなくて、ちゃんとしたフェイスクリームが買えるイギリスに戻りたい。もうこれ以上待てないわ。あなたはどう？」

同感だった。わたしももう待てない。

# 訳者あとがき

英国王妃の事件ファイルシリーズ第八巻『貧乏お嬢さま、ハリウッドへ』をお届けします。火のおこしかたはもちろんのこと、ボイラーがどんなものかすら知らなかった箱入り娘ジョージーも、メイドの真似事をし、王妃陛下の依頼でスパイのようなことをし、ときには空を飛び、貴族のお屋敷で教育係を務め、その合間に数々の殺人事件の解決に手を貸すうちにずいぶんとたくましくなりました。母親のクレアからは見栄えがしない娘だと散々こきおろされているジョージーですが、ダーシーとの仲が順調に進展しているせいか美しさにも磨きがかかっている様子。本書では世界的大スターから言い寄られたりもしています。

さて、今回のジョージーは、離婚の手続きをするためにアメリカに向かう母クレアと共に豪華客船に乗りこみます。クレアは長年の愛人だった男性と結婚する決意を固めたのですが、実は彼女はまだ正式にはミセス・クレッグのまま。夫のホーマー・クレッグが宗教上の理由から離婚を承諾してくれないのです。そこで相手の同意がなくても離婚ができるというネバダ州のリノという町に向かう決意をしたのでした（ちなみにリノは〝離婚の町〟として知られていて、現在でも go to Reno は離婚するという意味で使われています）。ところがそのためにはリノに六週間滞在する必要があることを知って愕然としていると、船上で知り合った映画会社のオーナーから映画の出演を打診されます。リノには替え玉を滞在させておいて、そのあいだハリウッドで撮影をすればいいというのです。熱心な誘いにクレアはその気になり、ジョージーは憧れのハリウッドに行けるということで心を浮き立たせるのですが、もちろんことがすんなりと運ぶわけもありません。ジョージーは船からなにか大きな物が落ちるのを目撃します。波間に浮かぶ髪が見えたような気もしますが、それが人間かどうかは定かではありません。騒ぎになるなか、船上で宝石の盗難事件があったことを知らされます。そしてその犯人を追いかけてダーシーが船に乗っていたことも。謎が解明される間もなく船はニューヨークに到着し、ジョージーたちはリノを経由してハリウッドに向かうのですが、そこでもまた大きな事件が待ち受けていました……。

ジョージーは豪華客船〈ベレンガリア号〉を見てその大きさに圧倒されますが、この客船は実在しました。本文でも触れられているとおり、ドイツのハンブルク・アメリカ・ラインという船会社が建造した三隻の巨船のうちのひとつです。一九一三年に完成した時点では世界最大の客船で、当時は〈インペラトール号〉という名前でした。進水後まもなく第一次世界大戦が勃発し、その後、戦争賠償金の一部として英国に引き渡され、サウサンプトン－ニューヨーク間を結ぶ〈ベレンガリア号〉となります。総トン数五二一一七トン、全長二七六メートル、旅客定員四二三四人、乗組員一一八〇人というのですから、どれほど立派だったのかがわかります。訳出にあたり調べてみましたが、一等客室のラウンジやプールなどは本当に豪華そのものです。初航海はあの〈タイタニック号〉の悲劇の五週間後だったので、安全性を高めるため船体のデザインや設備に変更が加えられ、一九三八年に引退するまで、キュナード・ホワイト・スター・ライン社の主要船として活躍したようです。

また本文で触れられているブルーリボン賞というのは、大西洋を最速で横断した船に与えられる賞で、一八三〇年代に複数の大西洋横断航路運航会社が設けたものです。当初は、受賞した船のトップマストにはその栄誉を称えるため、細長いブルーのリボンが掲げられていたのだとか。〈ベレンガリア号〉が受賞することはありませんでしたが、本書にも記されているとおり、〈クイーン・メリー号〉が一九三六年にブルーリボン賞を奪還しています。

著者リース・ボウエンはこれまでも実在する人物を物語に登場させてきましたが、今回顔を出してくれたのはチャーリー・チャップリンでした。ほかにも当時のハリウッドに実在した著名人の名前がパラパラと出てきます。さぞ華やかな時代だったのだろうと思えて、訳しながら少しジョージーがうらやましくなりました。

次巻ではロンドンのケンジントン宮殿が舞台になります。ジョージーにとってはそれほど居心地の悪い場所ではないはずですが、はてさて今度はどんな事件に巻きこまれるのでしょうか。どうぞお楽しみに。

コージーブックス

英国王妃《えいこくおうひ》の事件《じけん》ファイル⑧
貧乏《びんぼう》お嬢《じょう》さま、ハリウッドへ

著者　リース・ボウエン
訳者　田辺千幸《たなべちゆき》

2018年2月20日　初版第1刷発行

発行人　成瀬雅人
発行所　株式会社　原書房
〒160-0022 東京都新宿区新宿1-25-13
電話・代表　03-3354-0685
振替・00150-6-151594
http://www.harashobo.co.jp
ブックデザイン　atmosphere ltd.
印刷所　中央精版印刷株式会社

落丁・乱丁本はお取り替えいたします。
定価は、カバーに表示してあります。
 ISBN978-4-562-06076-4 Printed in Japan